谨以此书

铭记庚子之春的日与夜

致敬每一位守护光明的逆行者

LIFE IS A SYMPHONY

生命交响

一半　李萍　雷钟洋◎著

中国工人出版社

用生命奏响光明之歌

▼

岁末年初，大疫突袭。

武汉，这座千万级人口城市史无前例地按下“暂停键”。

危急关头，习近平总书记亲自指挥、亲自部署，统揽全局，果断决策。全国人民风雨同舟，众志成城，用3个月左右时间，取得了武汉保卫战、湖北保卫战决定性成果，夺取了全国抗疫斗争重大战略成果，充分展现了中国精神、中国力量、中国担当。

在这场没有硝烟的战斗中，国家电网公司深入贯彻习近平总书记重要指示精神，第一时间启动重大突发公共卫生事件一级响应，成立以党组书记、董事长毛伟明为组长，党组副书记、总经理辛保安为副组长的应对疫情防控工作领导小组，加强领导，周密部署，科学应对，全力投入抗疫战场，确保正常生产经营和社会大局稳定。

武汉胜则湖北胜，湖北胜则全国胜，国家电网公司党组科学调度，统一安排部署，调集系统内各方力量，以战时状态、战时标准、战时效率，全力保卫湖北保卫武汉。毛伟明董事长、辛保安总经理6次视频连线湖北，调研指导疫情防控和供电保障工作。身处疫情防控的主战场和决胜之地，国网湖北省电力有限公司党委全面落实国家电网公司党组“一个提高、六个强化”总要求，闻令而动、担当作为，组织动员广大干部职工冲锋在前、逆行而上，让党旗高高飘扬在一线，在惊心动魄的抗疫大战中擎起驱散黑暗的明灯，在复工复产的新战场上展现“大国重器”的责任担当。

没有从天而降的英雄，只有挺身而出的凡人。面对来势汹汹的疫情，国网湖北电力广大干部职工牢记人民利益高于一切，上下一心、众志成城，争分夺秒、忘我奋战，三天三夜为雷神山医院通电，五天五夜为火神山医院通电，37 小时为武汉最大方舱医院通电……用国家队的速度和力量，用舍生忘死的抉择，用坚守光明的行动，在战疫的滚滚洪流中构筑起了抗疫保电的坚固防线，生动展现了“鄂电铁军”形象，以实际行动诠释了伟大的抗疫精神。

《生命交响》分奏鸣曲、行板、小步舞曲、回旋曲四个乐章，分别以“悲怆”“英雄”“苍生”“光明”为主题，逼真再现、生动还原了国网人把使命担在肩上，把人民放在心头，不讲条件、不计代价、不畏艰险，为神州大地共克时艰送去光明和希望的中国故事。书中描写了五十多个奋战在抗疫保电一线的国网湖北电力人，他们心怀大爱、甘于奉献，彰显了共产党人的信仰之力，展现了光明卫士的人格之美。

《生命交响》是一本既有思想高度，又有人性温度的书，是一群平凡人在抗疫斗争中逆向而行的非凡故事，是国家电网抗疫保电、不惧生死的最美影像，是值得我们用心聆听的用生命奏响的光明之歌。

天行健，君子以自强不息。在全国抗击新冠肺炎疫情表彰大会上，习近平总书记讲话指出：“在这场同严重疫情的殊死较量中，中国人民和中华民族以敢于斗争、敢于胜利的大无畏气概，铸就了生命至上、举国同心、舍生忘死、尊重科学、命运与共的伟大抗疫精神。”在建设具有中国特色国际领先的能源互联网企业征程中，国网湖北电力人将始终牢记“人民电业为人民”的初心，大力弘扬伟大抗疫精神，始终坚定“不向困难退半步、只向胜利添精彩”的信念，勠力同心、锐意进取，为全面建成小康社会、实现中华民族伟大复兴贡献力量！

是为序。

2020年10月

_目录_

第二乐章 行板：英雄

第三乐章 小步舞曲：苍生

第四乐章　回旋曲：光明

后　记

序 曲

马上就要登机了，乘务员要帮他拿行李箱，被他摆手拒绝了。他的步履看上去有几分轻快，应该代表着他此时此刻的心情。一切向好，终于可以暂时舒一口气了。为了这一天，他，以及他背后的国网湖北电力八万员工到底付出了怎样的努力和代价，只有他，他们，只有他们自己知道。

2020 年，注定是一段与泪水无法剥离的记忆，有痛彻心扉，更有感天动地。

1 月 20 日，距除夕只有 4 天。当天晚上，伴随着中央电视台的新闻联播，习近平总书记对新冠肺炎疫情作出重要指示的消息传递到千家万户，他强调要把人民群众生命安全和身体健康放在第一位，坚决遏制疫情蔓延势头。正是从这一天起，全国实行感染病例日报告和零报告制度。

1 月 23 日上午 10 时，武汉“封城”，公交、地铁、轮渡、长途客运暂停运营，机场、火车站离汉通道暂时关闭。这座常住人口超过 1000 万的特大城市，在新冠肺炎疫情的强烈侵袭下不得不进入“隔离”状态。“坚决打赢疫情防控阻击战！”湖北、武汉成为疫情防控的决战决胜之地。

重担猝不及防地从天而降，这是天将降大任于斯人吗？病毒不请自来，狞笑着破门而入。从那一天开始，他心头的警示灯就没有熄灭过。职业生涯历经的风霜雨雪、酷暑严寒、冰灾洪涝，还有 2003 年的非典，依旧历历在目，是啊，他都经历过了，一路走来，一路谨慎地、昂扬地、充满自信地走过来了。国家电网公司的危机管控、应对意识和机制，早已深深嵌入这一央企的品格之中。一个人的危机意识，通常都会有迹可循，经历与经验都是他参考研判的坐标。这一次，他不得不承认，这一次非比寻常，心理的负荷一点点在加码。每天的晨会，雷打不动，手机不再是通信工具，而是一间办公室，一台办公桌，一条办公专线。一个个熟悉的名字变成了感染病例的数字，增加，又增加。午夜梦回，在深夜的静寂里，他与黑暗愤怒对视，情不自禁、不由自主地深呼吸，用力深呼吸。思维奔逸，去延展，去试问如果，如果他，如果他们稍微一点，哪怕只是一点点的决断偏差，会有怎样的后果？

这里是湖北，是中国水、陆、空交通的中心，东西在这里过渡、南北经此地勾连。中国第一、世界第三长河——长江给这方水土带来了灌溉之利、舟楫之便、鱼米之裕。千百年来，无数文人墨客在这里登楼赋诗，赞壮美江山，抒感怀之情。千百年来，无数英雄儿女在这里守护一方城池，书写可歌可泣的动人篇章。

一千多年前，崔颢立于黄鹤楼上，面对晴川芳树、日暮烟波，缓缓吟诵出千古名篇《黄鹤楼》。当李白登上黄鹤楼，诗兴大发之际，感慨道：眼前有景道不得，崔颢题诗在上头。头戴“天下江山第一楼”桂冠的黄鹤楼屹立江边，见证着湖北的发展，也见证着国网湖北电力人披荆斩棘，不断开拓创造中国电网、世界电网的多个第一。

1893 年，湖广总督张之洞在湖北织布官局点亮了第一盏电灯，开湖北工业办电之先河。1906 年，汉镇既济水电股份有限公司成立，湖北较早拥有了公用电力事业。汉镇既济水电公司大王庙电厂建成送电，这是当时全国最大的民营电厂。至 1949 年末，湖北全省发电装机总容量仅为 4. 5 万千瓦，年用电量只有 0. 65 亿千瓦时，五星红旗升起，湖北电网开启嬗变之路。1951 年 4 月，66 千伏武昌至大冶输变电工程投运，武汉冶电网形成，奠定了湖北统一电网的基础。1957 年 10 月，全省第一个 110 千伏输变电工程——青山至铁山输变电工程建成投运。1969 年 7 月，全省第一个 220 千伏输变电工程——丹江口至武汉输变电工程投运，实现襄阳、郧阳、武汉地区联网。1979年，从鄂西北贯穿至鄂东南的丹汉4回220千伏输电线路建成，湖北统一电网基本形成。1983年至1984年间，220千伏鄂赣、鄂湘联网工程陆续建成投运，湖南、湖北、河南、江西4省电网相连，以湖北电网为中心的华中电网形成。位于襄阳的500千伏卧龙变电站是鄂、豫两省电网连接的重要节点。从中部崛起，到推进长江经济带高质量发展，湖北电网自新中国成立以来，一直走在发展前列。

湖北电网电压等级的不断迭代升级，也见证了中国电力自力更生、不断跨越之路。中国第一条500千伏输电线路，落点在湖北。1981年，500千伏平顶山姚孟电厂至武昌凤凰山变电站输电线路投运，中国电网步入超高压时代。

长江干流上第一座大型水电工程，诞生在湖北。1981年，葛洲坝水利枢纽工程大江截流工程顺利合龙。这是20世纪我国自主设计、施工和运行管理的最大水利枢纽工程。我国第一个±500千伏直流输电工程，起点在湖北。1990年，±500千伏葛洲坝至上海直流输电工程双极投运，拉开了我国电网跨区联网的序幕。很快，中国将电网技术赶超领跑的目光投向了特高压。水资源丰富，但缺煤少油的湖北，再一次获得青睐。2009年1月，1000千伏晋东南—南阳—荆门特高压交流试验示范工程投运，这是我国自主研发、设计、制造和建设的世界首个商业化运营的特高压交流工程。2009年6月，世界上首次±800千伏特高压直流带电作业获得成功。中国成为第一个掌握最高电压等级输电线路全套检修技术的国家。世界首次特高压直流输电带电作业获成功。国网湖北检修公司胡洪炜成为世界上首次±800千伏特高压直流带电作业第一人。2014年12月，国网湖北检修公司李明成功完成世界首次1000千伏特高压线路直升机带电检修作业，成为这一领域的世界第一人。电力勇士豪横生命禁区，每年为国家减少停电损失数十亿元，国家电网人就是“大国重器”。

长江三峡，西起重庆奉节白帝城，东到湖北宜昌的南津关，是万里长江的咽喉。它赐予三楚灌溉之利、舟楫之便、鱼米之裕的同时也带来了绵延不绝的水患。1958 年，毛泽东主席在巡查长江三峡途中听取三峡工程建设规划，周恩来总理巡查三峡大坝坝址中堡岛。经过长达 40 年的论证和近两年的施工准备，三峡水利枢纽工程于 1994 年正式开工、2009 年建成。这座装机容量 2250 万千瓦的水电站，成为中国“西电东送”和“南北互供”的骨干电源点。三峡输变电工程是三峡工程的重要组成部分，于 1997 年开工建设，2011 年全面建成。工程以三峡电站为中心，向华东、华中及南方电网送电，供电范围包括九省两市共 182 万平方公里，惠及人口超过 6. 7 亿。三峡的水电，乘着铁塔银线，不到 1 秒钟即可抵达 1000 公里外的上海和广东。滔滔江水化作澎湃电能，为中国经济发展注入强劲动力。

他不敢设想湖北电网被疫情攻陷的后果，那后果必定是灾难级别的不堪承受，对武汉，对湖北，对中国。

这是天将降大任于斯人吗？他自言自语，苦我们的心志，劳我们的筋骨，饿我们的体肤，空乏我们的身躯，行拂乱我们的日常，曾益我们所不能……是啊，那段日子，他既盼望着办公桌上的红色话机响起来，传达最新的指示，又担心急促、尖利的电话铃一声声地蹂躏折磨他的心脏。他脚下一顿，长长的机场甬道里没有多少人，这条甬道，他来来回回穿梭往返过无数次，只有这一次明显感受到了孤单与寂寥，九省通衢的武汉，横贯东西，纵连南北，人来人往才是烟火武汉、人文湖北的本来面目。前面一米处有背影，后面一米处有脚步声，人，永远是最活跃的因素。很多人说大江大湖是武汉的灵韵所在，而他不以为然，他觉得是人，是不服周的武汉人，是每一个毛细血管都贲张着血性的英雄的武汉人，湖北人。纵然当下还没有恢复到以往的熙熙攘攘，但最具活力的人已经开始流动了。曾益我们所不能！是的，这片恩承大江大湖润泽的英雄的城市、英勇的人民做到了，把不可能原地转化为可能，无数个可能。他前面的背影不是慌张的，他身后的脚步声也不是慌乱的。而他自己，则迈着坚定的脚步去往航班的终点，北京。

在飞机乘务员甜美的提示下，他在自己的位置上坐定。前排座椅靠背的电子屏幕上，红旗猎猎迎风招展，天安门城楼庄严肃穆，华表昂首挺立。一行醒目的文字，每一个字符都笑靥如花：

热烈欢迎第十三届全国两会代表乘坐南航航班！

如花的笑靥吸引着他的目光，恍惚间，它们幻化成一个个问号，在依次发问：你这是要去北京了吗？心情怎么样啊？到了北京，要对那些关心你、牵挂你、支持你的朋友说点什么呢？

对呀，就要见到老友故交了，要对他们说些什么呢？作为国网湖北电力的董事长、党委书记，他要说什么？作为湖北的人大代表，他又要说什么？他暗自思忖，回忆着国家电网公司毛伟明董事长、辛保安总经理对湖北公司抗疫保电的每一次批示，每一次视频连线，每一次都是在问候中开场，在祝福与保重声中结尾，所有的情绪都穿插在彼此凝重的眼神和语气加重的叹词里。湖南、河南、江西、安徽驰援武汉的兄弟单位，更有那翱翔高翥的国网通航，在湖北最需要他们的时候，从四面八方云集而来。逆风而行的不仅仅是白衣天使，与天使同行的还有无所畏惧的光明使者，国网人。要对他们说什么呢？感谢吗？是不是太轻飘了些？毕竟是手挽手、肩并肩、心连心在一起拼过命的兄弟连，是过命的交情。所谓大恩不言谢，不能轻言啊。这份重如泰山的情义，岂能是“感谢”二字可以涵盖得了的！但不说感谢，还能说什么呢，除了感谢，还有其他的词汇吗？感激，感动，抑或感恩。所有为湖北拼过命的人，无一例外都在重复着一句话：不必说感谢，这是我应该做的。也有人对他说感谢，当时的他不也是同样的反应：“不必说感谢，这是我应该做的！”

空姐在提示乘客，关闭手机或是将其调至飞行模式。他掏出手机，选择了关机。手机演奏着动人的乐章关闭了明亮的帷幕，他的心弦为之一动。乐章？是的，乐章！他，以及无数个他，他们万人一心，和衷共济，在过去的两个多月里合奏了一曲绝地反击的生命交响。电力玫瑰卞明月、林闽、李哲，电力硬汉陈世雄、王波、高文攀，电力家庭、电力夫妻、电力父子兵、电力亲兄弟，他们当中的每一个都不可或缺、无可替代。他们踩着悲怆的鼓点，踏着英雄的节拍，他们是铁军却满怀柔情，他们坚硬无比却为所有人送去了温暖和光明。在悲怆奏鸣曲的乐章里，他感受着时间的变奏，时间！时间！还是时间！第一盏应急照明灯，第一声集结号，雷神山的三天三夜，火神山的五天五夜，用惊人的国网速度点亮了一座又一座方舱医院。他们与新型冠状病毒的直面零距离，急行军长途奔袭几百公里，电力铁军创造着“国网速度”，生死时速，只为守护武汉，守望湖北，守卫电网，国家电网，中国的电网。

国家电网的第一支“红马甲”就诞生在湖北。2001 年，国网荆门供电公司员工穿着印有“电力服务”的红色马甲，骑着摩托车走街串巷，成为随叫随到的“轻骑兵”。随后，“红马甲”在全国电力系统广泛推广，成为国家电网共产党员服务队的标签。在新冠肺炎横行霸道的至暗时刻，白衣天使是生命的希望，国网的红色兵团是白衣天使的坚强后盾，是守护希望的生命之盾。电力供应与生命救援之间不是约等于号，而是直接的、毫不含糊的、不容置疑的大写的等号。

谁能想象一个没有电的城市？没有电，就没有灯，也就没有了光明和希望。更不用说那些依赖电力才能运转的医疗设备，氧气、呼吸机、移动心肺仪……它们与电须臾不可离。那应该是乐章里最幽暗的部分吧，音符在距离、速度与效率中来回切换，快板、慢板、行板、柔板，悲怆的弦乐在柔板里交叉闪回，英雄的行板慷慨激昂，是对生命的尊重，也是对自然的畏惧；是战争，也是斗争。坚持，再坚持，坚持到最后，终于迎来了峰回路转，云开日出。那一刻，光明回旋在天边、在眼前、在脑海、在心田。

飞机在跑道上加速滑行，分分钟以苍鹰的仪态拥抱天空。舷窗外，阳光明媚，他心情大好。于是他瞬间做了一个愉快的决定，他要从这场艰苦卓绝、众志成城的战役指挥棒挥动的那一刻开始讲起，他想告诉所有人第一盏灯是如何点亮的，第一声集结号是怎样吹响的……

第一乐章

奏鸣曲：悲怆

同时间赛跑、与病魔较量，坚决遏制疫情蔓延势头，坚决打赢疫情防控阻击战。

一声部：时间！

▼

1 _ 指挥棒即刻挥动

“谁还有问题？如果没有，会就开到这里，大家分头行动吧！”国网湖北电力董事长肖黎春环顾四周，语气低沉。

没有人说话，在座的每一个人，谁也不敢设想湖北电网被新冠肺炎疫情攻陷的后果。湖北电网承载着全国电力电量交换的重要职责，二十条交直流输电线路从这里通过，实现着跨区电网的互联互通，华中电网、华东电网、华北电网借由此地实现了交直流混合互联。打开中国电网地理接线图就会发现，三峡外送的起点、西电东送的通道、南北互供的枢纽，湖北电网就是全国电网互联的“心脏”。“武汉胜则湖北胜，湖北胜则全国胜”这句话指的不仅仅是疫情的防控阻击战，更涵盖了国家电网的保卫战。

戴长军来开会时，是直接从家里过来的，他担心来不及去办公室拿笔记本，就随手从家里拿了一沓自己工作用的便笺纸。彼时，戴长军并没有意识到自己在便签纸上的记录，会成为日后湖北电网抗疫保电的珍贵资料。领导班子提完要求之后，与会的几大部室主任依次发言，戴长军用红笔把后勤部的工作列了几条：

针对紧缺的防疫物资需求，要……

针对严肃的疫情数据信息，要……

针对急需的患病职工救治帮扶，要……

针对复杂的办公场所管控，要……

针对紧急的被征用场所管控，要……

针对科学的抗疫引导，要……

……

刚列完发言纲目，戴长军就听见董事长点到了自己的名字。“老戴，你说一下后勤部的工作计划和打算！”

轮到王永会发言时，他使劲儿清了清嗓子。“各位领导，我汇报的重点是新冠肺炎疫情对营销部门带来的影响！影响最大的是线下服务渠道，湖北全省 1109 个供电营业厅将全部暂停营业。期间，客户无法临柜办理的电费交纳、故障报修、电量查询等业务只能全部通过国网 App 线上渠道办理。非必要的现场作业，我们的意见是全部暂停。除防疫重要客户现场保电、营销专业临时性抢修工作外，其余装表接电、采集运维、用电检查、反窃查违、抄表收费等现场作业全部暂停。95598 客户服务工作面临的压力会随之增加，至于如何解决与应对，我们还在想办法！另外，我们预估了疫情防控期间需要提供供电保障的重要用户，数据还没有出来。我就说这么多，最后表个态吧，虽然我说的都是困难，不过我们部门做好了准备，办法总比困难多嘛！”

这一天的会议内容，以及每一个与会者，国网湖北电力在家的领导班子，总经理助理、办公室主任陈文正，安全总监李培乐，设备部主任蔡敏，调控中心主任彭丰，后勤部主任戴长军，宣传部主任张珊珊，营销部主任王永会，他们当中的每一个人，他们说的每一句话，都注定会被写入国网湖北电力的史册。

会议从下午三点一直开到华灯初上，每个人的心上都好似被压上了一块沉重的铅块，太重了！几乎有点超负荷。会议室里的自然采光一点点暗下来，若在往常，早就有人起身去打开室内的照明灯，但是这一天，没有一个人起身。

“谁还有问题？如果没有，今天的碰头会就开到这里。从今天开始，每天都要开一次碰头会，至于以后是继续在这里开还是改其他形式，由文正主任发通知。胜利不是等来的，大家分头行动吧！”国网湖北电力总经理胡卫东接着董事长肖黎春的尾音，又强调了一遍。

靠近门口最近的陈文正站起来，凳子被挪动的瞬间，发出了摩擦地面的轻微声响。陈文正按下灯光开关，点亮了会议室里的白炽灯。从光明到晦暗再到光明，众人的眼睛都有几分不适，没有人说话，大家静默无言地离开了会议室。

张珊珊走得很快，步履生风，带起来的气流将披肩长发吹得随风起舞。形势严峻，作为宣传部的负责人，必须把一线感人事迹传播出去！讲好湖北电网的抗疫故事，展现公司担当尽责的央企形象，这是历史赋予的职责。疫情期间，传统的宣传方法手段要如何创新，才能掌握舆论主动权？宣传工作重要，宣传人员生命安全更加重要，宣传队伍零感染的目标到底能不能守得住？

走在张珊珊身后的是有着35年工作经历的老生产蔡敏，他已经在设备部主任岗位工作了近8个年头。作为湖北全省输变配设备大管家，这些年来，蔡敏头脑中的弦一直紧绷着，外界环境对电网设备的影响使他异常敏感。2003年非典、2008年冰灾、2016年洪灾……久经沙场的蔡敏隐隐感到庚子新春的这次疫情可能会比2003年非典更严重。肖黎春董事长在碰头会上再三强调“安全生产要时刻牢固树立红线意识和底线思维”，蔡琳觉得自己需要把困难想得更严重一些，只有这样才能准备得更充分一些。就在几天前，配电处李昇以及其他几个业务骨干先后来向蔡敏请假，想提前回老家过春节，蔡敏委婉地说了自己的担心，没有签批他们的假条。现在看来，蔡敏的预估与预判已经都变成了严酷的现实，他庆幸自己没有准他们的年假。一场战役，必须要有主攻队和后备队，否则如何战斗？接下来要重点考虑的就是如何避免变电站值班人员相互感染以及如何分级管控实现最小单元运转……工作千头万绪，蔡敏加快了脚步。设备部的内部会议应该也已经准备好了，他要用最快的速度回到他的团队中去，研究新冠肺炎疫情防控期间运维检修管理工作的紧急对策。

从国网湖北电力召开的第一次碰头会的这一刻开始，国网湖北电力同时间赛跑、与病魔较量的抗疫保电之战正式拉开了帷幕。

2 _ 第一盏灯

封城了。

封城了？

封城了！

封城了……

手机里的信息奔涌如滔滔江水，让人时时有种溺水窒息的感觉。这是2020 年 1 月 23 日，从上午十点封城之后，国网湖北送变电公司应急抢修中心的孟祥海就坐卧不宁。

三天前，国网湖北送变电工程有限公司召开了职工代表大会，也就是在同一天，钟南山院士明确新型肺炎可以人传人。一提起钟南山，孟祥海的头“嗡”的一响，整个人倏地打了一个激灵，条件反射般地想到了 2003 年的非典型肺炎。新年就在眼前，抬抬脚就要过年了。虽然一直有这样那样关于肺炎的传闻，但总的来说没有影响到武汉人对新年、对假期、对阖家团聚的期待，大街小巷张灯结彩年味十足，打折促销不绝于耳，采购年货人潮汹涌，亲朋好友也在照常约饭聚餐。一边是现实生活的岁月静好吉庆安稳，一边是网络世界里的风声鹤唳，拿起手机与放下手机简直就是两个世界，孟祥海的内心有点分裂。

应急抢修中心的春节值班表早已经排好了。紧张了一年的应急神经，每个人都想趁着过年好好放松一下。就在十多天前，应急抢修中心主任郭勇离职履新，新主任罗新到岗报到，在交接工作时，大家还语气轻松地开玩笑说，快过年了，别出什么大事啊。职工代表大会的第二天，应急抢修中心按照惯例开春节前的工作布置会。孟祥海拿捏着分寸说出了自己的担心，他不敢肯定，不敢言之凿凿地任性发挥。他只是回溯了自己2003年在北京当兵的经历。从小到大孟祥海除了去北京当兵的那两年，几乎没有离开过武汉，他甚至觉得天底下再也没有比武汉更舒服、更好、更适合他生活的地方了。那一年，非典型肺炎漫卷了北京大街小巷，人人自危。当时孟祥海所在的防空部队也得到了原地待命的指令，时刻准备着。

孟祥海说："大家别觉得我危言耸听，真的是因为我在北京经历过非典，那个记忆太深刻了，十多年了想忘也忘不掉！钟南山院士说咱们武汉的新型肺炎会人传人，那就是板上钉钉的事。这几天确诊人数也在增加，我相信在座的每个人应该都有直接或者间接的消息。我建议我们要做好准备，把灯具都检查一遍，有些装备甚至可以提前上车。"

孟祥海的提议得到了应急抢修中心主任罗新的全力支持，业务上的事情，刚刚赴任的罗新完全尊重孟祥海的意见。罗新老家在宜昌，他想趁节前回趟宜昌看望一下老人，之后就赶回来值班，还自我调侃道："我得快去快回，要真像你说的那样，我们恐怕要打一场硬仗。"

没想到一语成谶，武汉封城了。即便是脑海里保留着2003年北京非典的完整记忆，武汉的"封城"之举依然超出了孟祥海的预期与想象。迄今为止，武汉历史上发生过三次封城，第一次是太平天国时期，第二次是辛亥革命时期，那两次对孟祥海来说是历史，而当下的第三次封城，2020年的庚子新春，他却成了亲历者。新冠肺炎疫情蔓延过快，选择封城，是在抗击新型冠状病毒最前线的大武汉不得已的选择。"封城"是最直接最有效切断病毒传播途径，避免交叉感染的有效措施，这也是人类历史上第一次对一个千万级别的大城市采取的最严厉的防疫措施。

一个城市，原地不动，被按下了暂停键。我的武汉！孟祥海的眼泪抑制不住夺眶而出。

电话响了，是罗新。"孟祥海，你怎么样？我正在想办法回武汉。"

"我还好……"孟祥海语气哽咽，他不再说话，实在是说不下去了。

电话两端的两个人同时陷入了沉默，感受着彼此的情绪。

“保重!”

“你也保重!”

2020 年 1 月 23 日，这一天应该会被写进武汉的历史吧，一定会的吧。至少，孟祥海有生之年会永远铭记这一天。热闹的江滩一片死寂，空空如也。美食云集的吉庆街，蔡林记热干面、豆皮大王老通城、福庆和米粉、四季美汤包、汪玉霞酥饼……美食城齐刷刷地关门闭户，空气中依稀还弥散着食物的香气，却没有了人，人气。熙熙攘攘的江汉路步行街，昔日摩肩接踵，今朝门可罗雀。偶尔能看到一个人，戴着口罩，只留两只焦虑、迷茫的眼睛，脚步匆匆侧肩而过。

就在大多数人陷入惊惧之时，国家电网公司多年锻造的成熟的预警机制启动了，第一时间贯彻落实中央防控新型冠状病毒感染部署安排，指令直达湖北，国网湖北电力应急处置工作组随即成立。第一场硬仗的序幕徐徐开启，武汉蔡甸火神山医院开建，送电施工同步筹备、实施。

晚上九点，孟祥海得到了确切的消息，武汉要建“小汤山”，地点在蔡甸。

孟祥海努力稳住心神，给线路抢修班班长李皓打了个电话。李皓跟孟祥海同岁，两个人都是从部队转业回来的，2004 年同时入职，两个人在单位是互相补台的同事，下了班就是情同手足、无话不说的兄弟。这样的时刻，能分担压力，能一起商量对策，除了李皓，孟祥海没想到第二个人选。

“皓子，咱得提前准备了，要么没事，要是有事，一来就是大事，肯定是急活。”

“明白，老孟。”

“该下通知就下通知，让所有在武汉的兄弟必须保持通信畅通。”孟祥海又补充了一句，“随时待命!”

“老孟，我想提前去看一下蔡甸的现场，明天一早就去。”

“那最好，我让李季陪你去。”

虽然还没有收到正式的任务命令，但孟祥海知道，也许就在下一秒，要么是微信群里突然弹出来的信息，要么是办公桌上的电话突然惊声尖叫。这天晚上，孟祥海把妻子和孩子送到了父母家，他知道自己随时都有可能去往最危险的地方，他不能让自己有后顾之忧。这一夜，孟祥海半梦半醒，睡一会儿就要睁开眼睛看看手机里工作群中是否有最新信息。这天晚上，李皓也辗转反侧了一夜。24 日一早，他就带着李季一起开车前往了蔡甸，武汉职工疗养院。参照 2003 年抗击非典期间北京小汤山医院模式，要在武汉职工疗养院建设一座专门医院——火神山医院。火神山医院建设地点毗邻知音湖，原先是一片地势相对低洼的绿地。医院承建单位中建三局的设备正在进场，负责电力保障的国网武汉供电公司现场施工负责人已经进场，蔡甸区供电公司现场施工负责人也已经进场，水、电、路、信的各施工方都已经动了起来。李皓、李季在施工现场，悄悄绕场一周，查看了地形，目测现场的施工面积，预估夜间施工所需的照明设备。

大年初一，国网湖北电力应急救援基干分队接到了为火神山医院建设工地提供夜间应急照明的指令。28 名应急救援基干分队队员迅速集结到位，八台车载着高功率大型灯塔、箱式高杆多功能照明装置和 LED 防爆移动工作灯火速赶往火神山。刚走了五公里，孟祥海的电话响了，又来了一个指令：江夏也要建设一座专门收治新冠肺炎病人的医院——雷神山医院，需要立刻勘查现场。没有丝毫犹豫，八台车掉转方向赶往江夏。雷神山医院的建设地点恰好是军运村的停车场，地势开阔，相对平整。最重要的是这里的高空照明设施完备，无须应急抢修中心补充夜间照明。孟祥海将现场情况汇报完毕之后，争分夺秒地赶往火神山医院建设工地，那里才是最需要他们的地方。

第一盏灯要安在哪里？

李皓早就选好了地点。路口，加油站旁边，那是所有车辆的必经之处，车辆多、人员密集，是最需要光的地方！

晚上7：03，夜幕降临，伴随着一阵巨大轰鸣，火神山医院建设工地入口处6000瓦的汽油灯塔站了起来。七米高的灯杆伸长了脖颈，冉冉升起，“咔咔咔”，瞬间划破了夜幕，照亮了人心。就在那一刻，被第一盏灯的光影抚慰到的人们都抬起头来张望，那束肃穆平和的光点亮了现场所有人的心灯。孟祥海、李皓激动地击掌欢庆。

“皓子，现场就交给你了！”李皓临危受命，成为火神山上的应急照明队长，成为第一个为江城高擎明灯的人。

第二座灯塔，李皓布置在了火神山医院的正中央。为方便移动，便于转场，灯塔没有落地，而是固定在了车上。天空飘起了小雨，一条条经线从天而降，细细密密，不放过一丝一毫与大地万物亲密接触的机会。李皓与应急队员们在车上整整忙活了40多分钟才调试好。原本防雨的工作服早就被极具耐心的雨丝攻陷了，全身湿透，透心凉。第二座灯塔点亮的刹那，火神山亮如白昼，一并点燃了现场施工人员心底战天斗地的熊熊烈火。晚上8：12，工地东南角的第三座灯塔也亮了，工地上人山人海，轰鸣阵阵。哪里需要光，应急照明的光就照向哪里。

晚上11点，应急救援基干分队才开始吃晚饭，盒饭早就凉透了。工地依旧热火朝天，有的两班倒，有的三班倒。趁着吃饭的工夫，孟祥海跟李皓简单商议一番，把队员分为三小组倒班，当天晚上留了16个队员在现场值守。

“今天晚上我留下，你回去吧！”李皓要求值第一个夜班，“我刚才跟老婆视频了，跟她说我今天晚上不回去了，我女儿睡了，本来还想跟她说晚安呢，她等不及，熬不住，睡着了。不回去也是为她们考虑，万一传染她们怎么办！”李皓苦笑了一下。

“我把老婆孩子送到我爸妈家了，她们有人照顾，我更放心。今天晚上，兄弟们得委屈一晚上了，酒店我没联系好，一部分人睡车上，一部分人只能在咱们的应急装备库房里凑合一夜。明天吧，明天一定让大家睡在床上，洗上热水澡，吃上热乎饭。”孟祥海对自己的失职懊恼不已。

“咱们中心现在有多少个口罩？”

“二百个，最多撑三天吧。”

“三天之后呢？”

“这个你不用操心，我来想办法。你把现场管控好，注意安全。一定要注意安全！”

“老孟，你赶紧回去吧！这儿有我，你放心回吧。”

目送孟祥海离开，李皓穿着套鞋踩着泥泞，对施工场地内的照明灯塔逐一巡查，灯光架有没有位移，燃料是否添加。三座灯塔，沿湖十个照明灯位，一圈检查下来，需要一个多小时。雨已经停了，气温骤降，应该接近零摄氏度或者是零摄氏度以下。李皓说不上来自己是冷还是热，说冷吧，安全帽里热气往外冒，说热吧，汗水浸湿的内衣冰冰凉，贴在身上，寒凉彻骨。这一夜，他来来回回检查了三遍设备，唯恐出现一点闪失。

两天后，倒了夜班正在蔡甸知音莲花湖酒店房间里休息的李皓接到了孟祥海的电话。

“皓子，昨天我带着综合部新闻中心的邹小民和李季去现场，不是咱们的李季。刚刚他俩给我打电话，一个发烧 39 度，一个发烧 38 度。邹小民拍了片子，肺没事；李季肺片不太好，高度疑似被隔离了。还有咱们的夏智玮，他岳母发烧确诊了，岳父疑似在观察，智玮说十几天前他们一起吃过饭！”

“啊！”李皓惊叫出声，瞬间没了睡意，“老孟你有症状没？”

“没有啊，不发烧，也不咳嗽，也没有电视里说的身体酸痛、乏力！”

“哎呀，让你吓死了！没症状就好。咱都当过兵，身体好，没事的，别自己吓自己。现场有我，这几天你先别过来了。”

1 月 31 日 23：49，火神山医院电力工程施工完成，顺利通电。

应急照明能撤除现场吗？不能。完成的仅仅是电力工程施工。

2 月 2 日火神山医院完工，医院交付部队。

应急照明能撤除现场吗？不能。火神山医院建设指挥部请求他们继续坚守，因为污水处理系统的夜间施工仍然需要照明。

一辆又一辆关闭了警笛的 120 救护车载着病人急匆匆飞奔而来，短暂停留又急匆匆赶往下一个病人身边。2 月 3 日，火神山医院开始收治新冠肺炎病人，空气中弥漫着高浓度的消毒液气味。污水处理系统属于医院的高危施工区域。应急救援基干分队的队员们戴着口罩，穿着密不透风的防护服坚守在应急照明的现场，一个夜班班次，不喝水也不上厕所。一个白昼又一个黑夜，与时间赛跑，直到工程彻底收尾的 2 月 7 日。

天光大亮，太阳升起来了，红彤彤的，看上去心情不错的样子。应急照明的灯可以熄灭了！

“皓子，我来接你了！”

“老孟，你听到了吗？”

“听到什么？”

“集结号。”

3 _ 第一声集结号

集结号来自国网湖北电力调度控制中心。新冠肺炎疫情触发了国网安全的警戒线，作为中枢神经系统，这里最先示警了。

集结号是彭丰吹的，吹的时候用力有点猛，几乎耗尽了他的肺活量。凭着胸腔里几片 1963 年出品的肺，彭丰是国网湖北电力调度控制中心当仁不让的老资格，他可是从 1985 年大学一毕业之后就坐在了这个调度台上的人。今年是彭丰参加工作的第 35 个年头，中间有 10 年的时间，他曾经离开过这个“台”。离开调度台的 10 年里，让彭丰印象深刻的是 2008 年的那场雪灾，那时他刚好担任国网湖北电力超高压公司的总经理，超高压公司就是现在国网湖北检修公司的前身。彭丰一天不落，完完整整地亲历了抗冰保电的始末，留给自己一段刻骨铭心的《冰冷血热》的记忆。兜兜转转，彭丰又回到了自己职业的初始之地，他觉得自己的职业生涯会在当初出发的地方，在调度台前，画上一个圆满的句号。

这几年，彭丰特别注重中心的干部梯队建设，留心观察，悉心考察，70后、80后、90后，要思想过硬，要业务拔尖，的确有那么几棵好苗子。调度系统是电网的指挥核心，关乎整个地区的电网安全，对调度员的要求非常高，不仅要对电网结构、设备特性及其运行特点等专业知识了然于心，还要有超强的组织协调指挥能力和泰山崩于前而色不变的心理素质。一名调度员没有三年五载的一线积累，是不会合格的，更遑论优秀。苗子虽好，但彭丰总觉得他们身上还少点什么。至于具体少什么，彭丰也不能准确表述出来。也许就是一种感觉，一种精气神，只可意会不可言传，就是那种内化于心而没有外显于行的东西。有时候他会问自己，是他在以己度人吗？拿着自己的标准去量化他们，用自己的当年勇来比照眼前的青春年少。彭丰自我判断自己并非一成不变的老古板、老顽固，他有一颗年轻的心脏，这得益于多年来坚持运动的好习惯。青春做伴的岁月里，一日无球不欢，年轻的时候钟爱三大球，虽然谈不上样样精通，却也都玩得有模有样，后来年龄渐长，兴趣爱好便转向了三小球，同样上手很快，样样拿得起放得下。运动场上，每每面对调控中心的小年轻发出的挑战邀约，老彭总是毫无惧色，大手一挥，“我老彭不老”！

不明肺炎的传言同样无惧调度中心32楼的高度，无色无相地蔓延在大家茶余饭后的闲谈里。彭丰偶尔听到了，半开玩笑地叮嘱他们，不信谣不传谣哦！嘴上虽然这样说着，彭丰还是在心底暗暗画了一个圈，打了一个问号。空穴不来风啊，但愿是风起青萍之末，来无影去无踪，消散于无形，那应该是最好的结果。

情形在2020年1月20日急转直下，84岁的钟南山院士斩钉截铁地说出了“新型肺炎人传人”。

这一天，国网湖北电力的掌门人肖黎春来到了调控大厅，召集设备部、营销部、建设部、后勤部、安监部、办公室加调控中心主要领导，在这里召开了第一次抗疫保电专题会议。所有人省去寒暄，直奔主题。

“肖董，这次的感觉比2003年的非典有过之而无不及啊，我这心里不是很有底！有个初步的想法，会后我再做一个单独汇报。”

“没有底，也得托底。六个部门，你是非常6+1，今天用调度中心的会议室，我们开这个未雨绸缪的会，就是要给大家念念紧箍咒，上上紧弓弦！第一个就是你，老彭，你这个地方是重中之重，非比寻常。你要想好怎么办，方案、措施、步骤、时间节点，越详细越好，得赶紧把预案拿出来！”

“好的。肖董！”彭丰迅速在笔记本上勾勒了几个只有他自己能看懂的符号，说，“我刚才已经联系过荆州了，备用调度系统一切正常，随时可以启用。”

会议的气氛有几分凝重，散会之后，明显看出来每个人的脚步比来的时候重了好几斤。肖黎春走在最后，对彭丰叮嘱道：“你这个宝邸要严控，下一步我们就不能随便进来了！”

“咱们开会的时候，我已经安排人在做预案，我看完之后再向您汇报！”

《国网湖北省电力有限公司新型冠状病毒肺炎防控期间调控运行应急预案》，此刻已经安静地等待在彭丰的办公桌上。

购置疫情防控物资物品

疫情期间规章管理制度

跟踪人员身体状况信息

细化同城异地分组值班和异地主备同步值守操作实施方案

通信、自动化保障

彭丰用红笔重重地把“细化同城异地分组值班和异地主备同步值守”标注了出来，大脑飞速地运转着……

当调控中心分管生产的副主任李森把核实后的调度员名单放在彭丰桌

上时，他有点不太相信自己的眼睛。

“没有一个人请假？”

“没有。”

“没说什么？”

“没有啊，一个也没有。”

眼前的这份名单，每一个名字都对应着一个元气满满、个性十足的帅哥或靓女。他们会不惧权威坦陈自己的观点；他们会有鲜明的工作与生活的界限；他们会为了自己的坚持据理力争，不惜唇枪舌剑；他们讨厌加班，会认为那是效率低下的表现；他们每个人都贴着属于自己的标签，用尽洪荒之力展示着自我，燃放不一样的烟火。彭丰闭着眼睛都能想象得到这群“小兽”听到更改春节值班的表情，但是令人意外的是“没有一个人请假”“没有一个人有异议”。他甚至有点不相信自己的耳朵。

李淼看出了彭丰的疑惑，解释道：“我也有点意外，彭主任，但真的没有一个人请假！”

碰头会开过之后的第二天下午，国网湖北电力调度控制中心就在 23 楼，按照“一比一”的比例，搭建了 6 个调控监控席位，安装调试完 30 套系统，接入测试 5000 条数据，在 24 小时之内拷贝复制出了一个应急调度厅。

又一个让人始料不及的消息传来，武汉要封城了！

封城?! 调控中心一片哗然。封城当天下午，16：00 整，中班交接，32 楼与 23 楼正式分厅值守。调度员交接班实行网络交接，避免发生身体接触。彼时，大家只想到了 23 楼与 32 楼的垂直空间距离是九层，却没有想到两个楼层之间的时间距离会长达九十天之久。

彭丰在记事簿上写道：湖北应急调控大厅于 1 月 23 日 16 时 50 分正式启用，所有设备运行正常。湖北电力调控人员分为独立的两组，分别在原湖北电力调控大厅和湖北应急调控大厅交替值班。

封城之后，每个人的神经都绷得紧紧的。彭丰依然坚持每天都到办公室。他的家离单位很近，以前车水马龙的时候，开车会被堵在路上，还不如步行到得快。这么多年，他也习惯了步行上班，感受武汉的四季，樱花烂漫，入梅的氤氲水气，秋天的湿热，还有那难得的冬日暖阳。习惯了就是习惯了，封城之后，无论妻子如何劝诫他开车上班，他依然故我，还是坚持走路上班。走在熟悉的路上，彭丰却走出来一种陌生的感觉。因为没有人，封城之后，路上几乎没有了行人。除了像彭丰一样身负使命不得不出门的人。彭丰戴着口罩、护目镜，头上捂着帽子，全副武装。他能听见自己沉重的呼吸，隐约间老是觉得身后有脚步声，猛一回头，却空空如也。那是彭丰自己的脚步声，在空旷的路面上激荡出的回音。武汉还是武汉吗？彭丰不敢肯定，但他坚信一点：我还是彭大将军！走路可以让彭丰放空自己的思绪。新型冠状病毒挑战了世人的认知，它是全新的，有着太多的未知，超越了人类的经验。因为没有遇到过，就像面对一个恐怖的黑洞，探索与认知的过程每一步都小心翼翼。所有人，无一例外地心中没底。不过，肖黎春董事长的话时刻萦绕在彭丰的耳畔：没有底，也得托底！

没有好消息，全是坏消息。1 月 26 日下午，武汉市新型肺炎防控指挥部再次发布最严指令，武汉市内交通全部停摆，除防疫必须之外的人员、车辆严禁外出。

彭丰吹响了集结号，30 名调度员、3 名管理人员集中封闭，26 日 22：00前所有人必须集结到指定的酒店。

胡力第一个来了！

贺俊、刘昕、李森、程旭……都来了。彭丰的名单，无一人缺席。

23 楼、32 楼两个调度厅都有专门的通道，确保它们百分百地独立运行。大门关闭之后，彭丰也只能隔着电视屏幕或者手机屏幕，才能看到他们的身影、听到他们的声音。32 楼，调控中心会议室一侧，有一个不足三平方米的观景台。那里成了彭丰驻足最多的地方。他伫立在那里，有时候会忘记了时间，直到双腿酸麻。空荡荡的街道，不见一个行人，穿梭往来的只有闪烁着红红的警灯且隐匿了声音的120救护车。偶尔会有一辆橙黄色的电力工程车，一抹亮色，急匆匆奔驰而过，让彭丰心生暖意。

一个星期五的下午，彭丰坐在自己的办公室里。他听到了一阵开门声，耳测是调控中心的另一个副主任程旭。他在办公室里大声地招呼道："程旭，怎么样啊！"

"挺好的，彭主任！你在干吗呢？要我过去吗？"

"别过来，我也不过去，咱们就这样喊一会儿吧！"

程旭比彭丰小一岁，两个年过半百的高龄少年隔空对谈，热聊了一个下午。那天，作为一个资深工科男，彭丰真正读懂了英国作家丹尼尔·笛福笔下的鲁滨孙，理解了"星期五"对于鲁滨孙的意义。人是需要朋友的，是群居动物，需要交流、沟通与协作，人不是草原上独行的孤狼。

调控中心人员集结之后，彭丰做了许多假设，假设会出现这样或者那样的问题，但事实上，他假想的问题一个也没有出现，所有人情绪平稳、平静。没有人叫苦不迭，也没有人怨声载道，更没有人临阵脱逃。30个调度员分成5个组，每组6人，每组成立一个临时党小组，党小组长对各组负全责。他们拍摄视频，制作抖音，上传网络，甚至被央视、人民网转发，还一次又一次地登上"学习强国"。他们也流泪，不过是笑中带泪。彭丰在办公室里看着一段段出自这群既熟悉又陌生的同事之手的走心之作，《三八特辑》《胡力的一天》，直看得他老泪纵横，感慨万千。哪有什么垮掉的一代？永远都是一代更比一代强。以前彭丰总是担心接力棒交到他们手中会出现闪失与差池，如今看来，担心是多余的。他们，这些新生代，新生力量，70后、80后乃至90后，年轻的共产党员们，生活中的他们个性鲜明，但依然保持着共产党员的本色，家国情怀就在他们每一个人的骨血之中。对国家，有担当；对社会，有责任。在最危急的时刻，他们选择迎难而上，逆风而行，他们当中的任何一个都经受住了考验。

清明节那天上午，程旭给彭丰打了一个电话，说有点事情需要去处理一下。彭丰没多问。等到了下午，熟悉的开门声响起。他在自己的办公室里大声问了一句："程旭，上午干吗去了？"

过了好一会儿，彭丰也没有听到程旭的回答，又大声喊道："程旭！程旭！"

"彭主任，我父亲走了，是二月份的事。我谁也没说，今天上午通知我去领骨灰……"程旭的声音幽幽传来，明显变了声调。

彭丰呆愣在原地，一句话也说不上来。整整90天，程旭没提及过此事一次，哎！作为调控中心的主任，自己居然没有发现一丝异样，是自己太粗心大意，还是程旭将悲伤埋得太深？失去至亲的痛楚，彭丰知道。心像针扎一样疼，他觉得胸口堵得难受，眼泪一滴滴落在桌上的便签纸上，泪花四溅。他知道此刻的程旭一定在隔壁痛哭，那就陪着他哭一场吧！负面情绪不能强行压抑，需要被释放、被宣泄，否则憋在心里，是能把人憋坏的。

两个月后，武汉的入梅时节，当彭丰接受远道而来为国网湖北电力书写抗疫保电报告文学的女作家采访时，他以为陪程旭哭泣的那天自己的眼泪已经流干了，应该能控制好自己的情绪，但在讲到程旭时，彭丰的眼泪再一次夺眶而出。他觉得那段日子太不容易了，无论亲人离世不在身边的程旭，还是妻子生产不在身边的刘昕以及调控中心更多的同事，每个人都有自己的2020版故事，有相似之处，却绝不雷同。隔离值守的每一个同事都缺席了家人们最焦虑、最孤单、最彷徨的疫情时刻，都不容易！彭丰喃喃自语。

彭丰觉得自己在女作家面前露怯了，怎么说着说着眼泪就下来呢。这位女作家曾在2008年采访过他。2008年冰天雪地的那一仗，是一场硬仗，也是一场恶仗。他记得自己口若悬河地给作家复盘了他所看到的、所经历的。那个时候，他没有眼泪，只有热血沸腾和激情澎湃。2020年庚子新春这一次，更是一场生死攸关的硬仗，一场事关存亡的恶仗。艰难险阻，一路风雨，他们走过来了，咬着牙挺过来了，虽然闲谈时依然心有余悸，但更多的时候已经可以云淡风轻，笑看花开花落，坐看云卷云舒。

肖黎春董事长去北京参加第十三届全国两会前夕，那天的例行早会结束后，彭丰悄悄对董事长说："肖董，经此一役，我可以放心退休了。我们中心的年轻人都是这个!"他竖起了大拇指，笑得得意扬扬。

4 _ 雷神山的 3 天 3 夜

我就是彭丰口中的那个女作家，五月中旬接到了这本书的写作任务，在"去与不去"之间着实做了一番思想斗争，彼时的湖北省重大突发公共卫生事件应急响应等级依然是 2 级。身在西藏采访扶贫的恩师徐剑用六个字说服了我，徐老师的六字箴言是："走到、看到、听到。"这是老师为自己定下的"三不写"规矩：没有用脚走到的地方不写，没有亲耳听过的故事不写，没有亲眼看到的地方不写。我这才下定了决心，武汉，走起！5 月 25 日踏上了"青州—武汉"的高铁，提心吊胆了近 8 个小时，在淅沥夜雨中抵达了武汉，武昌站。

采访行程安排的第一站是火神山，采访蔡甸区供电公司。第二站是雷神山，保电单位是江夏区供电公司。

雷神山医院大门紧闭，门口用路障圈出来偌大的一个区域，警戒线虽然已经褪色，但是不影响它拒人于千里之外的基本功能。仅仅在线外区域停留了十分钟，便引来了尽职尽责的保安。不等我们开口，保安先生已经用最快的语速说了三遍他的宣言：不许向前！不能拍照！不准逗留！

陪着我一起过来这里的江夏区供电公司运维检修部副主任齐攀面露难色，就像他刚听到我的提议，去他疫情期间执行保电任务的现场看看时一样的表情。我知道他听到我的请求时，内心的第一反应是拒绝，但又被我不到黄河不死心的恳切所打动，无奈之下才陪着我走这一遭。这个时候，齐攀才说出了他内心的真实想法：他不愿意再到这里来。

雷神山供电保障队在这里日夜坚守了 70 天，4 月 14 日，保障队员们对供电设备进行了最后一次巡视检查。第二天，雷神山医院正式关闭，供电保障任务圆满完成。齐攀说，雷神山医院的场地是第七届世界军人运动会军运村的停车场。同一个地方，同样的保电任务，执行人是同一拨人，但是心理上的感觉却是千差万别，甚至是迥然不同。齐攀说他问过很多同事，大家的感觉差不多，没有人愿意再故地重游一番。

遂不再强人所难，返回江夏区供电公司职工活动中心，继续采访雷神山的“3 天 3 夜”……

时间节点回到 2020 年 1 月 25 日下午 3 点半。那天下午，武汉市防疫指挥部决定在建设蔡甸火神山医院的同时，要在江夏区再建一座专门收治新冠肺炎病人的雷神山医院。

工程建设，电力先行。很快，国网武汉供电公司就接到了武汉市防疫指挥部下达的江夏区雷神山医院电力工程建设任务，要求三天送电。一场电力施工与时间竞速、国网勇士与“疫魔”赛跑的战斗又多了一个竞技场。

兵马动，粮草行。任务下达的时刻就是施工开始的时间，根本做不到兵马未动粮草先行。江夏区供电公司电网建设管理中心项目经理李俊有点犯难，他负责组织协调雷神山医院电力工程建设所需的物资。去年 10 月份，李俊参加了军运会的保电任务，无惊无险，万事顺遂。可能是演练的时候以及军运会期间，神经绷得太紧了，任务告一段落之后，李俊大病了一场，刚开始的症状是高烧不退，又吃药又打针，体温降下来又升上去，反反复复，一周才彻底退烧，接踵而来的是咳嗽，中药西药都试过，喝过的止咳糖浆加起来得好几斤，不能说没有效果，但也见效不大。咳嗽整整持续了一个月，最厉害的时候感觉自己的心肝肺都快被咳出来了。新冠肺炎在武汉城区肆虐，李俊赶紧去医院拍了肺片，医生说他的肺部没有问题。这才放下心来。

李俊对我说，他倒不是担心自己，他真正在意的是如果因为他一个人影响到一群人，甚至是妨碍到工程进度，他会良心不安。说这番话的时候，李俊有几分动容，我相信这是他的真心话。湖北各地“封城”，工程设备运输变得异常困难。李俊现在只想确定雷神山医院需要多少电力设备，具体到什么型号，电缆的大致长度，他要争取在最短的时间把所需物资调集到施工现场。他在焦急地等待着前往施工场地查看情况的刘冬华的现场反馈。

刘冬华今年53岁，父亲是电力人，岳父是电力人，妻子和儿子也都是电力人。一家三口都参加了江夏区供电公司的抗疫保电，合唱了一曲电力抗疫一线的“吉祥三宝”。1983年，刘冬华初中毕业。那年父亲罹患重病提前病退，刘冬华接班，成为一名电力职工。上班第一天，父亲对刘冬华说：要知道自己是谁，无论干什么工种都要记住这一点。谨记父亲叮嘱的刘冬华，干过变电、营销和电网规划，直到担任武汉华源新盛电力有限公司江夏昌源分公司总经理，每一个岗位上，刘冬华都没有辜负老父亲对他的期望，都准确找到了自己的定位。

下午3：30接到任务，3个小时之后，刘冬华就赶到了施工现场。中建三局的推土机、挖掘机已经陆续进场，刘冬华目测了一下，差不多已经上百台了。雷神山医院医疗隔离区约51000平方米，病床约1600张；医护住宿区约9000平方米，可容纳2000余名医护人员。它的建设周期比火神山还要紧急。刘冬华粗略地估算了一下，雷神山医院大约需要10台环网箱、26台箱式变压器和7公里电缆。正常情况下这项工程施工的电力配套需要15天左右，但是武汉抗疫指挥部只给了3天的时间。现场勘测完成，刘冬华回到江夏区供电公司时已经是晚上11点钟。四楼会议室灯火通明，气氛凝重，所有工程涉及的人员都集聚在此处，准备讨论完善雷神山的电力施工方案。

江夏区供电公司副总经理董怡浪建议多点开工，这样能有效加快电力施工进度。有人说，雷神山医院施工建设工地，水、电、气及基础建设十多个专业几千名施工人员、近百台机械设备同时作业，协调难度估计很大。董怡浪拍着胸脯说：“协调工作交给我！”

雷神山医院配电网络以军运村配电网络为基础，采用双电源、四回路的供电结构，安装26台箱式变压器就能确保整个医院的用电需求，确保雷神山医院运行全程无忧。刘冬华说出了他现场勘测后的初步设想和所需设备。

李俊接着刘冬华的话说："我已经开始协调工程物资了，我们现有的库存不够，已经向市公司汇报过，需要从三个地市的五个厂家往雷神山医院调运变压器。最远的是宜昌的一个厂家，我正在联系运输车辆。我希望公司能够对接一下武汉市防疫指挥部，出具一个通行证明。今天晚上不睡觉，我也要把变压器全部搞到！"

施工人员已经全部通知完毕，估计这个时间已经有人在路上了！负责组织人员的江夏区供电公司昌源分公司输变电工程部副经理石训超简单汇报了他的工作进度。彼时，石训超不知道的是，他的同事陈家胜在接到他的电话之后，放下饭碗，从老家骑了半个小时的自行车赶到纸坊镇，在镇上租了一辆私人面包车，走了没多会儿，车被防疫关卡拦截了，没办法，陈家胜只好徒步前行，连夜赶了回来。见到石训超，陈家胜没有抱怨辛苦与劳累，憨憨地笑着说，还好没耽误事！

……

施工人员调集的难题、物资调配的难题、交通管制的难题、物流运输的难题……所有的困难一一摆在桌面上，逐一寻找对策。一阵头脑风暴刮过，完整的工程方案与成熟的施工思路逐渐浮出水面。

开工首日，气温骤降。58名党员突击队，300多名电力施工人员齐聚雷神山医院。深夜，黄家湖畔的雷神山医院建设工地的应急照明把工地辉映成另一个白天，白天与黑夜在这里没有了界限。工号嘹亮，马达轰鸣，时而如狂飙的呐喊，时而如滚动的闷雷，所有人憋着一股劲儿，与病毒决战、与时间赛跑，在战疫的前沿阵地。

"一二一，走！"

"一二一，走！"

工地上，20多名电力职工扛着一条百米长、杯口粗的电缆慢慢前行。

号子声声，肩上的电缆线游龙一样不听招呼，雷神山医院的建设工地的作业面巨大，水、电、气及基础建设多家施工单位，每个项目组都有自己的工期和日程。电力施工的机械化工具无法进场，搬运物资只能靠人工手推肩扛。百米长的电缆千斤重，全靠人力一步一步，生拉硬拽挪到敷设位置。本来就气喘吁吁，加上每个人都戴着口罩，愈加地呼吸不畅。一趟下来，个个都是汗流浃背，一月底的寒风在这些火炉一样燃烧的人们面前攻势尽失，败下阵来。必须乘胜追击，工人们轮流上阵，不眠不休交替施工，人群中的领号人刘冬华，用他本就极具穿透力的声线，加强版的高八度音阶，给沸腾的热血一声声、一遍遍地加着温。

很快，一个看似无解的巨大难题摆在了刘冬华的面前。而且是一个任他喊破喉咙、吼哑嗓子也无法突破的科学常规难题。无论是环网柜还是箱式变压器都要有基座，水泥预制基座是需要时间的。这个时间是无法人为改变的，它不以人的意志为转移。刘冬华急得原地转圈，一抬头看见了强军路一侧军运村正在建设中的楼盘。哎！有了！刘冬华灵光一闪，掏出电话给他认识的一个水泥预制厂打电话。大年初二啊，电话那头的人一听说是为雷神山医院基建服务，二话不说当即应允了下来。刘冬华与施工人员现场测量了一下，水泥预制厂则根据所需尺寸在工厂完成预制件的切割，运抵现场之后像搭积木一样完成了基座的建设。第一台箱式变压器吊装完成，稳稳地坐在了基座上。人群中爆发出一阵胜利的欢呼。

鏖战！

电缆敷设，互感器与表计的接线，箱变全部落位……投运、验收、调度、操作、调试、抢修六个专业小组，你方唱罢我登台，同时对工程设备、质量及工艺要求进行全面复查，最后的复查。

鏖战！

在“云监工”的注视下，雷神山医院以肉眼可见的速度崛起着，“中国速度”的答卷中，“电力速度”赫然在目。

鏖战！

3 天 3 夜，2020 年 1 月 29 日，18：23，雷神山医院通电。均匀的电流嗡嗡声和着国网铁军的心跳声，是武汉交响、湖北交响、生命交响不可或缺的音符。

5 _ 火神山的 5 天 5 夜

火神山医院感染七科一病区是最先收治病患的区域，一病区向北不足百米的地方就是一组箱式变压器。开始收治新冠肺炎病人的时候，火神山医院供电保障队队长高文攀与这里只有一个围挡之隔。他在蓝色的那面一边工作一边为白色那面的医护人士直面病毒、直面生死捏把汗，为白衣天使守护生命的英雄气概在心里暗暗点赞。

我站在当初高文攀守护的箱式变压器跟前，耳边传来与雷神山医院一样的电流声，嗡嗡嗡，嗡嗡嗡，均匀、流畅，像步调一致的行板，更像众志成城的风雅颂。如今的它们像一只只温顺的守护兽，静默蛰伏在火神山的一隅。

“病毒不退，我们不撤！我是写了请战书来的。关闭的那天，我们做了最后一次巡查，最后一拨撤离。”口罩遮住了高文攀的半张脸，眼神肃穆平和。

火神山医院是 2020 年 4 月 13 日关闭的，所有人撤离之后便成为人迹罕至之处。遍地绿意，是茂盛的劫后余生的青青世界，芳草萋萋，说与风语。闭上眼睛，聆听风的声音，回到那个被围挡遮蔽的白色世界里。

风的叙事视角从武汉封城开始。1 月 23 日，城池被封，物理阻隔疫情的蔓延与扩散。国网湖北电力第一时间研究部署非常时刻的保电措施，对湖北全省的发热门诊、定点救治医疗机构实施 24 小时供电监测，重点巡检与驻点保电相结合，全力保障可靠供电。

封城与建设火神山医院的指令几乎是同时收到的，前脚封城，后脚国网武汉供电公司便接到了武汉市疫情防控指挥部下达的火神山医院电力工程建设任务。蔡甸区，知音湖畔，武汉职工疗养院。领受任务的武汉蔡甸区供电公司总经理胡浩的大脑就像过山车一样急速运转。

施工环境差！

火神山医院现场施工条件差，施工场面复杂，基建和电力交叉作业难协调。然，施工条件再差，有20世纪60年代湖北人在悬崖上一尺一锤凿建“绝壁天河”时的条件差吗？

施工时间紧！

正常20天左右的工期必须压缩至5天内完成。那如果多点开工，每一个工点三班倒，每班干满8小时，一个工点24个小时。多点开工，不就是一个又一个的24小时嘛，这样一来，就相当于一天有了好几个24小时了嘛！

人员调集难！

务工者大多已经返乡过年，无法短时间大量调集施工人员。这个难题怎么破解？发动所有可以发动的人员，调集所有可以调集的人员，实在不行的话，适度延长工作时间，调整工作班次应该也可以吧？

一番自问自答，左右手互搏之后，扛着山一样的压力，胡浩慢慢冷静下来。脑海里只剩下一个关键字：干！快干！迅速干！

陈斌到岗！

王波来了！

我们来了……短短几个小时，51名党员纷纷亮出身份，主动请缨。

“走，我们先上工地，当务之急是拆除火神山医院建设场地的主供线路，拆除之后大型机械设备才能进场！”胡浩抓起安全帽和分管生产的副总经理陈斌一起疾步走出办公室。

雨也在这个时候凑热闹，庚子年的新春一片湿冷阴寒。细雨裹挟着寒风，铺天盖地，无孔不入。风掀起了胡浩的棉衣旨在偷走他的温度。他裹紧了棉衣，将安全帽的扣锁又紧了一格。风没有达到它的小目的，牵着雨，悻悻地捶打在胡浩的安全帽上，雨花盛开，氤氲一片。

“这个时候，可不能感冒了！”陈斌说，“要不我带施工人员去现场，你在单位坐镇吧！”

这阴冷的雨，一把伞就可以遮蔽得开。可看不见摸不着的新型冠状病毒呢，那是武汉人躲不开的凄风冷雨啊。可恶的病毒，你到底是藏匿在凄风中，还是隐身在冷雨中？因为你，武汉封城了，暂停了，停摆了，僵硬了。可恶的病毒，你让那些蜷缩在温暖室内的人，听到你的名字也浑身瑟瑟寒战。你还要肆虐多久啊，何时才能还我大武汉的烟火人间！胡浩不欢喜这雨，雨里像是带了刀子，刀刀插在他热爱的武汉身上，遍体鳞伤。

“别说是雨，天上就是下刀子，你、我也得去完成任务！咱们谁也不能缺席。”胡浩边说边走。

那个夜晚，胡浩像一座杆塔，挺立在火神山医院的建设现场，傲对风雨，坐镇指挥。陈斌则带领六十多名经验丰富的电力工人，一鼓作气，两小时就拆除了火神山医院拟建场地内原有的主供线路。

没有碍事的线路了，大型机械设备可以进场了！拆完最后一根线路，陈斌和同事们松了一口气。

这口气不能松，大家还得提着这口气！因为新任务又来了，场地外围的一条10千伏线路必须马上迁改。风雨中传来了胡浩的声音。

以往，这样的线路迁改至少要用3天时间。雨还在继续下，风没有停歇的意思。病毒更是在暗夜的风幕里、雨帘后暗自狞笑。时间紧，任务重，陈斌带着施工人员即刻转场，连夜奋战。这一夜，风雨，泥泞，他们奔跑着，呼喊着熟悉的名字，相互鼓励着，完成一个接一个的任务。雨水把口罩打湿了，却没有一个人想着去更换，那一刻，他们忘记了病毒的恐怖，心里只剩下一个信念，要快，要比病毒跑得快，让火神山亮起来，点燃火神山的火把，与新型冠状病毒决一死战。没有一个人喊苦喊累，也没有一个人中途掉队，直到黎明来临，东方亮起一抹瑰丽的色彩。

大部队来了！土建、设备安装、后勤保障，两百多位工友齐刷刷地赶来支援。在陈斌的调配下，大家各司其职，全身心投入建设中。人手依然短缺，但这已经是能调集到的人员极限了。没办法，只能实行 12 小时倒班制。白班，夜班，交替接力 24 小时日夜赶工。吃饭的时间就成了各个负责人交流、沟通各自部门进展的唯一时间，除此之外，他们半刻不得闲。

快点，再快点！成了每个人挂在嘴边的口头禅。

火神山医院建设现场没有任何的电力建设基础，最让人头疼的是，现场有四家施工单位同时交叉作业。泥泞的施工现场，常常要面对好不容易挖到一半的通道会因为其他单位的施工作业不得不暂停，有时候甚至要从头再来。每当这样的时候，陈斌和他的施工队伍的心情就如武汉的天气一样，阴云密布。疫情不等人，大家都担心不能如期完成任务。这也是火神山医院施工现场各类作业人员心中共同的想法与焦虑。

“我们在赶工期！”“我们也在赶工期！”

“我们这个工程很急！”“我们的工程更急！”

临大事，更须有静气。胡浩十分清楚现场各家的想法，他除了晓之以理动之以情去协调与其他施工单位的错时施工之外，也要不断给自己的队伍加油打气：“我们能做一点是一点，推进一点，电就离医院近一点。”在胡浩的协调下，电力施工时刻关注基建施工单位的建设进度，两百多人的施工队伍，24 小时随时待命。火神山医院基建施工方只要冗余出一点能施工的地方，电力施工队就见缝插针，丁点的零碎时间也不放过，集腋成裘，化零为整，不分昼夜地推进着变压器和电缆管群的安装敷设。常常是凌晨 2 点多才收工，早上 5 点多又集合。基建推进到哪里，电力电缆就敷设到哪里，全程跟紧进度，没有一分钟的耽误与浪费。

1 月 26 日，变压器安装和管群廊道施工的通知正式下达。蔡甸区供电公司安监部主任王波更担心的是现场施工安全。本来，他预约了一月底，也就是春节假期期间做直肠手术，可疫情说来就来，倒逼着王波自动忽略了自己的病痛，从火神山医院甫一开始就坚守在建设现场。施工进度、后勤保障、安全作业，每一个环节都被王波的双眸牢牢锁定，他要守护现场两百多名施工人员的安全。

当天晚上，武汉的气温跌至零摄氏度，阴雨连绵，寒风刺骨。施工现场到处都是泥水，以及积着水的坑洼。虽然有应急照明灯塔，但施工人员根本看不清楚电缆沟的情况，无法布线。而当天晚上的任务是必须连夜完成吊装四台10千伏环网柜。这样不是办法，一分钟，哪怕是一秒钟，我们都浪费不起！王波不假思索地跳进了冰冷的泥浆中，泥浆瞬间灌满了他的鞋子。王波双手浸泡在泥浆里，摸索着扯住电缆线，用力向外拖拽。10分钟之后，所有的电缆线规整到位，王波的力气也快被耗尽了，他被同事硬生生地从电缆沟里拽了上来，两条冻得已经麻木的腿站立不稳，重重地摔在地上。他下意识地用手撑地，可是手也已经失去了知觉，刚起来一个半身位又再次摔倒在地。同事见状，赶紧上前把王波扶起来，两个人架着他，把他挪到一处可以歇脚的空地上。

"王波，快回家换件干衣服吧!"同事们催他。

"王波，快把鞋脱了，换我的鞋。"一个年轻同事递给王波一双干爽的鞋子。

"不用！老王我当过兵，身体好着呢，大家不用担心我！干活去吧，抢进度最重要。"王波找了一瓶水，简单冲洗了一下鞋里的泥沙，拧干裤腿上滴滴答答的水渍，又回到了电缆沟边。这天夜里，他穿着一身被泥水湿透的衣服在火神山施工现场一直工作到凌晨3点。一身正气把被浸湿的衣物生生烤干了。

同样跳进泥水拖拽电缆的还有叶晖——蔡甸区电力工程线路分公司工作负责人，一位47岁的电力人。工作30年的叶晖，多年来一直积极向党组织靠拢，早已进入组织视野的叶晖在关键时刻经受住了考验。在火神山医院电力工程现场，叶晖指挥车辆进出，选择设备吊装地点，监督现场施工作业工艺，管控流程，不停地奔走在各个施工现场。面对灌满雨水和淤泥的电缆通道，勇敢地跳进泥沼，徒手拉出一条条电力线缆，苦活累活一起扛。火神山医院送电那天，叶晖在工程现场面对党旗，庄严宣誓。叶晖说，他觉得自己仅仅是尽职尽责地参与了一条救命电力线的施工，没想到收获的却是自己全新的政治生命。他将会永远铭记这一天，因为这一天是他的党员政治生日，这一天对他而言意义非凡。

这是一条救命电力线！是啊，救命，要救治的病人的命是命，敷设救命线的人的命也是命。保护别人的前提是首先保护好自己。胡浩几乎每天都要对各施工负责人强调这一点。他要求对火神山医院现场施工人员集中管理，在此期间，吃住全部在工地，避免与家人接触，这样做既保护了自己，也是对家人负责。每个班组长负责自己小组的健康监测，测体温、报体温，早晚各一次，确保有异常情况及时发现，及时应对。口罩、手套等防护用品按照先前方、再后方的顺序，由后勤保障人员严格执行，确保前方的施工人员足量供应。所有的幸运都不是偶然事件，正因为有了严密的措施，蔡甸区供电公司两百多名施工人员，在火神山医院电力施工期间没有发生一例感染。

无一人感染只是一个小目标，要让施工人员吃上可口的饭菜，每天都能有良好的身体状态投身于工作，这也在胡浩的考虑范围之内。疫情期间，食堂有部分工作人员未能返岗，公司的管理人员便轮流到食堂帮厨。常常是前一刻还在财务、人资部门处理工作，下一刻便穿戴完毕化身为厨师抑或是厨娘，择菜，洗菜，切菜，厨艺好的也能大显身手，做上一两道拿手菜。疫情期间，不能聚集在餐厅就餐，每次做完饭，要分餐装盒，第一时间运送到火神山医院的建设现场。吃上热乎饭的不仅仅有蔡甸区供电公司的电力施工人员，胡浩的原则是，共同抗疫、共渡难关、不分彼此、不分你我。兄弟单位的电力施工人员有就餐要求的，只要对方提出，尽量满足，从不推诿。蔡甸区供电公司的食堂经常是送完一批餐食，没过多久，一通电话打过来，请再支援六十份盒饭！

国网武汉供电公司华源输变电公司变电二班班长陈世雄在接受我的采访时，依然记得在火神山医院施工现场吃的第一餐饭就是蔡甸区供电公司提供的，并且能清楚地说出盒饭里的每一种菜式。

2020 年 1 月 31 日，23：49 分，火神山医院 24 台箱式变压器、4 台环网柜开关电源指示灯相继闪烁，顺利通电。

6 _ 火神山、雷神山的 20 天

“辣炒牛肉、清炒小白菜、一个煎蛋、一份米饭，还有一盒牛奶。”五月的一天，在陈世雄的办公室里，我们一边吃盒饭一边聊天，他依然能够清晰地说出几个月前在火神山医院建设的工地上吃到的第一餐饭的菜式。“那个牛奶是无糖牛奶。”陈世雄补充道。

“为什么会记得清楚？”

“没想过这个问题，不知道为什么啊，反正就是记住了。”陈世雄挠了挠头，“那天下着雨，应该是下午三点到的施工现场。我们去的时候没想太多，觉得到点就能回来吃饭吧，但是到了那里之后，一干起活来，那个氛围，说实话没有到现场经历过的人根本不能想象，也不能理解。所有人都不想停下来，就是恨不得一股劲把活干完，把电给他们通上。后来天就黑了，又累又饿，回单位食堂就餐根本不可能了，我们就联系了蔡甸区供电公司，问他们的食堂能不能给我们提供工作餐。对方连一秒钟的犹豫都没有，直接问我们，需要多少份，是他们给我们送过来还是我们自己过去取。那个时候不像现在，物资供应已经正常了。那会儿刚封城，肉啊菜啊还是有点紧张的。后来我们听说蔡甸区供电公司有个叫刘雪梅的小姑娘，光忙着给别人送盒饭，自己没顾上吃饭，低血糖在办公室晕倒了。李作家，换成你，你能记不住这一顿饭吗？又是刮风又是下雨，在火神山医院旁边的加油站里面，好几百人一起吃香喷喷、热乎乎的盒饭，蔡甸区供电公司真是没的说！”

今年 42 岁的陈世雄，是土生土长的武汉人，参加抗疫保电的时候他是国网武汉供电公司华源输变电公司变电二班班长。如今，他已经成长为变电工程部的副主任。

2020 年 1 月 23 日，农历腊月二十九。这是一个本书注定绕不过去，

且重复性提起的重要的时间节点。那一天，关于封城的消息铺天盖地的，陈世雄也出门去囤了点年货。回家一进门就看到妻子正在匆匆忙忙地收拾衣物，打包行李，一副出远门的架势。妻子童五彩是武警湖北省总队医院的护士。童五彩一边收拾东西一边对陈世雄说："新冠肺炎疫情形势不容乐观，医院让所有能到岗到位的医生护士去医院待命。"说到这里，童五彩面带愧色，"世雄，我没跟你商量，就报名了，你不会怪我吧？"

陈世雄的心猛地一沉。出于多年来的职业敏感，他预感到这场抗击新冠肺炎疫情的阻击战中，电力人是不会缺席的。也许很快他也会"出征"，前往抗疫保电的一线。陈世雄什么也没说，他的内心很矛盾，一方面他希望妻子能留在家里，既能照顾孩子和老人也保证了自身的安全；另一方面他也为妻子在这样的时刻做出这样的选择自豪，他甚至觉得自己的妻子是天底下最最勇敢的女人。陈世雄觉得自己是一个自私的人，自己有事业要拼搏进取，却双重标准地去阻止妻子爱岗敬业。虽有千言万语，却一句话也说不出来。陈世雄晃了晃手中的车钥匙，说："我送你！"知夫莫若妻，陈世雄不是一个会掩藏情绪的人，他的心情全部写在脸上。陈世雄想要说的话，童五彩心知肚明。陈世雄选择了缄默，童五彩也不愿意打破平衡，她反复叮嘱丈夫如果外出一定要做好防护。

湖北正式启动重大公共突发卫生事件一级响应，除西藏外，全国其余各省份均出现感染病例。风挡玻璃上的雨刷勤劳地工作着，唰，唰，唰，车里的陈世雄、童五彩默不作声。一只小小的黄色行李箱，一个红色小背包，一个装满洗漱用品的塑料袋，看着妻子离开的背影，陈世雄鼻子有点发酸，眼睛也像天空一样下起了雨。妻子静静地看着他，留给他一双弯弯的笑眼，拖着行李箱坚定地走进了医院大门。陈世雄站在风雨中呆愣了好一阵，才反应过来，他拿出手机，远远地拍下妻子的背影，发了一条朋友圈：

只能目送我老婆走向一线工作，放心，我会做好你的坚强后盾。

童五彩的母亲患病多年，原本陈世雄打算陪妻子趁春节假期回随州看望岳父岳母。眼下，妻子是不能回去了，陈世雄把电话打到了岳父岳母所在村的村委会，拜托村委会的工作人员帮忙买药和照顾，并嘱咐他们一定不要透露童五彩去抗疫一线的消息，陈世雄怕两位老人担惊受怕。安排妥当岳父岳母，这边家里就只剩下陈世雄和他父母亲以及四岁的儿子。陈世雄给母亲说自己随时可能外出，家里的生活副食品已经准备齐全，他又叮嘱年幼的儿子要好好听奶奶的话。这一夜，陈世雄失眠了。

农历腊月三十，早上 8 点，“叮”！手机短信。陈世雄看了一眼手机屏幕：8 点 30 分准时到单位集合。准备去火神山医院工地，保障施工照明。

出发前，陈世雄给童五彩打了一个电话，没人接，又拨一遍微信语音，还是没人接。他猜想妻子可能在开会抑或是在病区查床。陈世雄当时想过会儿再打，或者妻子看到自己的未接电话就会给自己回拨过来。没想到，接下来的几天，两个近在咫尺的人，各自忙碌得连电话都没能拨给自己最爱的人。

陈世雄和同事们一进入火神山医院施工场地，就被巨大的机器轰鸣声包围了。一千多人、几百辆工程机械车同时施工，挖掘机、起重机、推土机发出震耳欲聋的音浪，重型卡车在泥泞中来回穿梭，压路机不失时机地平整碾压场地……交叉施工，多点作业，空旷的场地上，24 小时不停歇。

1 月 25 日，农历大年初一，陈世雄的班组上班时间是下午 3 点到次日早上 8 点，整整 17 个小时。应急保障照明灯需要他们每隔两小时检查一次。那天夜里，冰冷的雨又淅淅沥沥地下起来，一阵风吹过，雨点像冰溜子一样打在脸上，灌进衣领里。陈世雄和同事们一刻也没有闲着，九个人要保障责任区的施工场地照明，需要每个人在不同的地方不停地巡检，以防止油料不足和施工时的意外破坏。疫情形势日渐严峻，陈世雄班组和蔡甸区供电公司的供电保障队都不敢有一丝的松懈。每天，仅巡检设备，他们的工作量就已经超负荷了。为了保障施工电源万无一失，保障工地用电安全，他们如履薄冰，战战兢兢，生怕哪一个环节出了一丝差错。要让灯一直亮着，要保障施工人员晚上的施工照明，这是陈世雄们最朴素的信念。

童五彩工作的武警医院在武昌区，陈世雄参与建设的火神山医院在蔡甸区，两地相距很远。童五彩在医院的工作是封闭式，陈世雄的施工现场也是无关人员禁止入内，疫情期间见面成为一种奢望。夫妻之间的沟通就剩下了电话。陈世雄的眼睛像被胶水黏住似的盯着火神山医院建设照明现场，妻子的手机在工作期间不能带进病房。往往是陈世雄给童五彩打电话的时候，童五彩在忙，而当童五彩给丈夫打电话的时候，陈世雄的手机铃声淹没在施工现场巨大的声浪里。就这样，一连四天，丈夫联系不到妻子，妻子联系不上丈夫，两头着急。农历大年初三，陈世雄轮休。彼时，正值武汉新冠肺炎确诊病人直线上升的阶段，各种关于疫情的消息让陈世雄心惊胆战，他的心一下子提到了嗓子眼。他试着再次拨打妻子的手机，这次，童五彩接听了。手机幻化成一座鹊桥，把两个相爱的人摆渡到彼此的身边，两个人在电话里又哭又笑，报不完的平安，诉不完的衷肠，嘱不完的担忧。与妻子打了一个甜蜜而又冗长的电话之后，陈世雄心里踏实了许多。

火神山医院的电力施工责任单位是蔡甸区供电公司，江夏区供电公司则负责雷神山医院的电力施工。所以有的电力人要么只经历了火神山，要么只感受了雷神山。陈世雄说他的幸运和自豪感来自这两座山的电力施工建设，他都参与了。1 月 27 日，陈世雄班组临危受命，驰援到雷神山施工现场指导协助工作。雷神山医院电力施工遇到了安装接地桩的难题。以往，安装接地桩都是土建承包商的施工队负责，和电气安装不搭边。江夏区供电公司的仓库里没有成品，到其他单位调配时间上已经来不及。做接地桩需要角钢，可仓库里只有六米的长角钢，接地桩需要的是两米的。没有现成的角钢，干脆自己动手做！很快，他们就将长角钢肢解为符合标准的两米的长度。待所需的 56 根角钢全部剪裁完成，再一锤一锤地夯进地下。“嗨哟！嗨哟！嗨哟！”众人喊起号子，抡起大锤，高高举起，用力夯下，一锤一个准，一点点把接地桩送达指定位置。陈世雄班组的 9 个人，无论是最年轻的董园，还是车祸后还未完全康复的电焊工王斌，每个人都在全力以赴，像一辆开足马力的战车一直向前奔驰着。

时间紧迫，施工、吃饭、睡觉环境虽然艰苦，但这都算不上难，难的是上厕所。超过千人同时施工的大工地，上一次厕所排队就要 45 分钟左右。为了减少麻烦，他们尽量少吃少喝，减少上厕所次数。然而，最艰难的时刻是从 2 月 3 日晚上开始的。这时火神山医院感染七科一病区已经开始收治病人了。在这种情况下施工，感染的风险极大。陈世雄班组二话没说，上！做好防护，迅速施工，严格消毒，这是陈世雄给自己班组兄弟们提出的十二字工作方针，每个人必须遵照执行，不能打一丝折扣。每次回家下班的路上，陈世雄都会故作轻松地跟同事聊聊最新的手机游戏，转移大家的注意力，给兄弟们减轻一些心理压力。

2 月 9 日，还没有来得及休整一下，陈世雄班组又赶往雷神山医院建设现场保障低压电源。开挖电缆沟、敷设电缆线，再将电缆头熔接到箱式变压器，24 小时轮班值守，连续奋战了 3 天，几乎没有休息。夜色中，看着一寸寸长高拔地而起的雷神山医院，陈世雄默默地为自己的同事黄友安祈祷：如果老黄能来这里治疗，是不是会康复得快一点。几天后，陈世雄却听到了黄友安病重离世的消息，忍不住仰天长叹，那一天，班组的兄弟们情绪也都非常低落。那段日子，陈世雄班组不是在火神山，就是在雷神山；不是在去火神山的路上，就是在去雷神山的路上。后来，又辗转穿梭在各个方舱医院之间。陈世雄烟瘾大，一天最少得吸一包烟。口罩成了戒烟神器，疫情期间的陈世雄三天也抽不完一包烟。

晚上 7 点，拖着疲惫至极的身体，陈世雄打开了家门。这是他参加抗疫保电以来回家最早的一天。儿子已经熟睡，70 岁的老母亲递给他一杯热牛奶。陈世雄发现母亲走路时佝偻着腰，步子比平时慢了许多。一问父亲才知道，两位老人步行去医院买药了，来回走了 3 个多小时的路。陈世雄鼻子一酸，红了眼圈。

“妈，您怎么不给我打电话？”

母亲扑哧乐了，笑着说：“你爸不让我给你添麻烦呀！你在《新闻联播》里对全国人民承诺要守护武汉，你爸说你干的是大事，买药这种小事，我们自己来就行。不给你添麻烦！”

陈世雄低着头默默喝牛奶。新型冠状病毒让所有人感到空前的恐慌，人人谈毒色变，父母也不例外，他们不敢开窗户，甚至白天在家也要拉上窗帘，仿佛只有这样才能把病毒阻隔在家门之外。即便是这样，父母也不愿意给儿子添麻烦，因为他们知道儿子正在做着比给自己买药更重要的事情。陈世雄无法想象两位老人是克服了怎样的心理恐惧才走出家门，戴着口罩，气喘吁吁，忍受着身体的极限，相互搀扶着走了 3 个小时，只为了不给儿子添麻烦。陈世雄咬着吸管，甜甜的牛奶，苦涩的泪水，五味杂陈。

1 月分离，4 月欢聚，公历 5 月 5 日是陈世雄的生日。童五彩给陈世雄打来电话，让他这天晚上务必回家吃饭，说要给他一个惊喜。挂断电话，陈世雄点燃一支烟，深吸一口。能每天回家，不错过爱人的电话，在椿萱并茂的时节膝前尽孝，陪伴孩子快乐地长大，不被打扰地吸完一支烟，饿了吃一碗汤汤水水、滋味肥厚的泡面……生活中有了这些日常的幸福之后，无惊就是喜吧。

7 _ 方舱医院的时间以小时计算

吃一碗泡面，把一碗泡面吃完，最好把汤汁也喝得底朝天，这样才有饱腹感。疫情期间，这种感觉不只是陈世雄一个人的奢望，无独有偶，这也是国网武汉供电公司客服汉口分中心汉口营业班班长周黎的切身体会。抑或是 2020 年所有参与抗击新冠肺炎疫情湖北电网人的共情点。

2 月 3 日晚上 8：30，一身疲惫的周黎回到家，刚刚花了半个小时把自己从头到脚消毒、洗涤完毕，给自己泡了一碗方便面。电话响了，电话那头是国网武汉供电公司营销部副主任王志杰，也是武汉防疫指挥部电力运营组的联络人。王志杰用不容置疑的口气对周黎说，九点钟必须赶到武展中心参加改建方舱医院的协调会。周黎看了一眼泡面，香气四溢，奈何时间不允许，就吃一口吧！咀嚼着齿颊留香的方便面，周黎驱车赶往武汉国际会展中心。

这是武汉开建的首批方舱医院，共三家，依托武汉国际会展中心改建江汉方舱医院，在武汉客厅中国文化博览中心改建武汉客厅方舱医院，在洪山体育馆改建武昌方舱医院。

一场新冠肺炎让“方舱医院”家喻户晓。到底什么是方舱医院呢？“方舱医院”是解放军野战机动医疗系统的一种，由若干可以移动的模块建成。这些模块可以是真正的房屋，也可以是帐篷等可以临时搭建的处所，在各种应急救治中广泛使用。“方舱医院”一般由医疗功能单元、病房单元、技术保障单元等部分构成，是一种模块化卫生装备，具有紧急救治、外科处置、临床检验等多方面功能。2008 年的汶川地震，解放军的野战“方舱医院”第一次投入使用。2010 年玉树抗震救灾，“方舱医院”替代玉树州医院行使医疗职能，及时救治了大量伤病员。2020 年抗击新冠肺炎疫情，方舱医院再次进入大众视野，并发挥了巨大作用。

空荡荡的街道上，只有周黎的车在疾驶。周黎知道自己车速有点快，甚至是超速了。前方是一个红灯，要不要闯红灯呢？脚比头脑先一步做出了选择，脚踩了刹车。看着红灯，周黎暗自读秒，再急有些规矩也不能破，文明的底线永远在那里。

周黎给人的感觉一向是性情内敛，遇事不慌，纵然心里焦急万分，也不会把惊慌写在脸上。此时此刻，他只希望自己能赶在所有人之前第一个到达现场，因为武汉国际会展中心的现场情况他最熟悉。这座方舱医院的电力施工将会在国网武汉供电公司的统一指挥下，多部门共同完成，作为辖区最了解现场情况的他，必须要为参与协作的各个部门提供基础情况，并做好相应的协调工作。现场办公会开了整整一个小时，改造方案初步拟定，用电容量也做了初步预估。

武汉国际会展中心方舱医院的进出口都设在了北面，门前的广场上一顶顶应急帐篷就是临时指挥部的办公室。周黎从会展中心出来，门前的解放大道上死寂一片，高架桥上路灯闪烁着泪光，对面武汉协和医院则灯火通明。协和医院是新冠肺炎定点医院，那里的医生、护士和病人在里面经受着怎样的煎熬，周黎无从想象。这里曾经是武汉最繁华的商业区，是 13 岁的女儿最向往的假日乐园，是妻子休闲购物的不二之选，如今人山人海早已成为记忆中闪回的片段，唯余一片冷冷清清，凄凄惨惨戚戚。他只希望方舱医院的电早一个小时通上，灯早一个小时亮起来，方舱医院早一个小时建起来，应收尽收，轻重分离，就能早一个小时阻断交叉传染。

回家的路，依旧冷冷清清，封城后武汉的白天、晚上并无太大差别，都是空空荡荡。区别仅仅是白天的照明灯是太阳，夜晚是路灯。周黎的心比来的时候更加焦虑，来的路上确切说是迷茫，现在方案出炉了，方案完备吗？有没有欠妥当的地方？如何施工才能确保在要求时限内完工？用电容量预估准确吗？有没有遗漏？一万个问号在周黎脑海里掐架，吵得他整夜无法安睡。第二天一早，周黎醒得比闹钟早。一骨碌从床上爬起来，还不到 5 点，离闹钟欢唱还有一个小时。

妻子在餐桌上给周黎放了一个面包，昨天晚上的泡面泡发过度已经被妻子当垃圾倒掉了。原本周黎是把妻子和女儿送去了岳父母家，觉得那样更安全一些。但是妻子执意要陪他，女儿也不愿意一个人留在外婆家。妻子就自作主张开车载着女儿回来了，等周黎晚上下班回家才发现她们母女在家。感动之余，为保险起见，夫妻俩商量出来一套家庭内部隔离措施。门厅、客厅、餐厅作为公共区域，每次周黎回来要在门厅处做好彻底的消杀。妻子和女儿住次卧室，周黎自己住在与阳台相连的有卫生间的主卧室。每次出门前，他都要给自己使用过的公共区域消毒，待开窗通风半小时之后，妻子和女儿才出来使用。同住一个屋檐下，要做到不见面、不面对面就餐，沟通基本靠大声吼，听不清楚的时候就打电话或者是视频。有时候看着女儿在视频里做鬼脸，周黎难过得想掉眼泪。周黎与妻子高庆两小无猜，双方家庭是世交。妻子说：“我知道危险，但越是危险，我们一家人越应该在一起!”高庆的一句“在一起”给了周黎在外应对各种艰难险阻的巨大底气和勇气。周黎三两口把面包塞进胃里，隔着门对妻子和女儿大声说了声“我走了”。这一天，他仍然是第一个到达现场的人。

根据前一天晚上制订的武汉国际会展中心电力施工改造方案，方舱医院分为东、西两个相对独立区域，要在原先展览馆电力配套的基础上，划分隔断，每四个床位布一条线，确保每个床位都有插座连接照明台灯以及电热毯。用电设施改造过程中没有出现大的状况，一切按照计划有条不紊向前推进着。抢工期对于电力人来说早已习以为常，但这一次大家铆足了劲往死里赶。过了很久，周黎在与工友闲聊的时候，说起武汉国际会展中心方舱医院的施工，工友的一番话让他感动不已。工友说:“以前干活是任务，这一次的方舱医院是治病救命啊，累的时候想想对面协和医院里的医生和护士，都是人生父母养的血肉之躯，人家是与病毒面对面搏斗，电力施工虽然也危险，可比医生护士差远了，人家不怕，咱们也不能当孬种!”2月5日，依托武汉国际会展中心改造的江汉方舱医院电力改造完工，48小时成功送电。

江汉方舱医院建好当天就住进来六百人。虽说在用电设施改造过程中没有出现大的状况，但是人员一入住，各种状况便接踵而来。武汉国际会展中心的建筑层高非常高，过于空旷，原有的供暖设备不足以满足现有的需要。虽然给每个人配备了电热毯，但是偌大的空间里寒气袭人，恰好那几天武汉冷雨绵绵，外面的湿冷与方舱医院里面的阴冷交相融汇，冻得没法住人，被隔离其中的几百人开始有了情绪。周黎连夜组织协调工作人员布线，绕着会展中心四周安装了23台空调。空调启动，温度逐渐上升，感受到暖意后的人们情绪逐渐平复下来。周黎刚想喘口气，又接到指挥部的命令，要求在方舱医院的出口增设医用CT机电源线……这里加一点，那里补一点，亡羊补牢的电力施工经验让周黎自责不已，他暗自把这些方案失误点一一写在自己的记录本上。当时记录的时候是想着有朝一日疫情过后总结经验，没想到，他的方案反思很快就派上了用场。

江汉方舱医院交付使用之后，周黎并没有立刻撤离，虽然这里有保电专班，他还是习惯性地每天在辖区的发热门诊、疑似隔离点和方舱医院来回穿梭，以备解决各种突发问题。他发现进入方舱医院的人们一天天发生着可喜的变化，从第一天进入时的神情慌乱，心事重重地坐着发呆，到第二天的平静以对，再到第三天、第四天的下棋、做养生保健操、跳广场舞……在喧哗与骚动中静心阅读日裔美籍学者弗朗西斯·福山《政治秩序的起源：从前人类时代到法国大革命》的“清流读书哥”就在这座方舱医院里面。隔着方舱医院厚厚的玻璃幕墙，周黎觉得从一个人身上看到了一座城的希望。每临大事有静气，不信今时无古贤。武汉，武汉人，这座被习近平总书记称赞的英雄的城市，这些在英雄的城市里浸泡着的人们，一定会战胜一切苦厄。

手机又响了，是新任务。江岸区政府决定在长江新城开建一座最大的方舱医院，要求确保 2 月 17 日完工。离医院建成只剩 72 小时，敲定供电设计方案迫在眉睫。2 月 15 日一大早，周黎迅速带队前往建设点——江岸区谌家矶大道红桥集团工业园区。

长江新城方舱医院要在红桥集团工业园区闲置的标准化厂房的基础上改造完成。园区内绿树成荫，景观绿化、休闲长廊点缀其间，每座厂房间距较大，通风条件好。这又是一次国网武汉供电公司相关部门单位紧急联动的总动员，基建、运维、客服、配电、运检等部门负责人及专家组成的指挥部迅速成立，为这座 22 个舱房、3500 个床位，武汉规模最大、病床数量最多的方舱医院提供照明、取暖、医疗、充电等全方位的紧急供电保障。

“目前的变压器无法满足用电负荷！”

“从这里施工可能影响用户的其他线路！”

“准确测算之后，长江新城方舱医院的供电容量 5650 千伏安！”

……

“现场不再提供电热毯插座，统一预留空调接口！”

“预留电视机插座和网线接口！”

“对接医护人员，确定移动 CT 位置，预留电源线！”

终于，在经过反反复复的讨论磋商，做了无数的如果和无数个假设之后，临近中午，指挥部敲定了最终的供电方案，决定 16 日一早开工。周黎所有的提议全部被采纳。

陈世雄是与周黎同时接到通知的，不同的是周黎需要立刻赶到现场参与供电方案的制订，而陈世雄从接到电话的那一刻起就要着手准备施工用的电力材料。奈何天公不作美，一场突如其来的雨导致道路结冰，从 50 公里之外的新洲拖运施工材料的运输车辆交通受阻，无法当天返回。这一夜，陈世雄又度过了一个不眠之夜，好在 2 月 16 日一早，缓慢行驶的运输车辆将全部材料安全运到了施工点。

早上 8 点，长江新城方舱医院施工现场，陈世雄带着他的班组集结完毕，与先期到达现场的 6 台施工车辆及工作人员会合，开始变压器吊装及箱变基础和变压器接地安装。30 名从各处抽调来的供电员工进入紧急战时合作状态，他们都聚集在陈世雄的麾下，接受他的统一指挥。

变压器吊装是第一道“坎”。有的变压器重达六吨，轻的也有三四吨重。吊装的时候，如果任何一个方向受力不均，都有可能导致严重的偏斜事故。在安装现场，每一台变压器吊装之前，每个方向的吊钩，陈世雄都要求必须经过 4 个人检查无误后才能起吊。8 个箱变基础、3 台环网柜、7 台箱变，施工人员轮流休整，施工不停，分秒必争。

周黎远远地看着，彼时，他还不认识陈世雄，加上大家都戴着口罩，头上又戴着安全帽，一个个五官模糊。目测是一个矮墩墩的精壮汉子，孔武有力，说话大嗓门，发现哪里不对劲就地一声吼，声音能盖过吊装车的马达声。干起活来风风火火，却又不是鲁莽行事，一支临时拼凑的队伍在他的指挥下发挥出了最大的能动性。其实，陈世雄也注意到了沉稳的周黎，每当他这边有需要协调的事情时，周黎就会主动靠拢过来，问明情况之后迅速解决，需要照明提供照明，需要人手增加人手，需要工具立刻送到手里。陈世雄暗自称奇，觉得遇上了一位千手观音式的好帮手。几个月之后，在国网武汉供电公司组织抗击新冠肺炎疫情中涌现出的先模人物集中培训现场，说来也巧，陈世雄、周黎恰好坐在了一起，那时两个人才正式认识。四手紧握，大声惊呼：原来是你啊！当然，这是武汉春暖花开之时的后话。

整整一天两夜，长江新城方舱医院全部电力设备组装完成，送电前的各项工作准备完毕。

2 月 17 日，15：15，在对每一段分级开关进行试送后，长江新城方舱医院一次送电成功。从 2 月 16 日 2 时到 17 日 15 时，配套供电工程从开建到送电仅用了 37 个小时。

二声部：还是时间！

1 _ 常青街 3 分钟

这是一个关于停电的故事。故障不大，只需 3 分钟就能处理完毕，但是故事却说来话长……

“江匀，要不我们再等等吧！陈班长不是已经在来的路上了吗？”

“老陈是去借防护服，能不能借到还是未知数呢！”

“李杨、胡伟，我觉得不能再等了，咱们是晚上 8 点过来的，你看看这都几点了，晚上 10 点多了！里面电路到底什么情况，我们也不知道，如果今天晚上修不起来，明天一早这些集中养老的老人就没法吃饭啊。刚才人家服务中心的主任也说了，这里虽然是发热门诊，但是直到现在也没有一个确诊的。我判断这里应该是安全的。咱们都戴着护目镜、N95 口罩，又有头盔，你看咱们的工装挺厚的，也相当于防护服了。”

“好吧，没给咱们配防护服的时候，咱不也是穿着工装去干活吗？”

“大家跟我来吧！我带你们去配电室。在五楼！”常青街卫生服务中心主任第一个走进了黑暗中。江匀、李杨、胡伟三个人紧随其后，一齐走进了黑洞洞的常青街卫生服务中心。

这一天的忙碌早就在江匀的意料之中，但是意料之外的是他没想到自已会晚上 10 点还下不了班，还吃不上晚饭。

1987 年出生的江匀，是土生土长的武汉人，父亲、母亲都是纯正的汉族，但是江匀却经常被人误认为是新疆维吾尔族。微卷的头发，又黑又粗还会跳舞的眉毛，深邃的眼窝，挺直的鼻梁，身材高挑，皮肤白皙，即便是被口罩遮住了半张脸，依旧散发着迷人的欧罗巴气息。纵然我已经过了发花痴的年纪，当看到广告模特一样的江匀高视阔步而来时，也禁不住地呼吸一紧，暗自叫好。采访本已经打开，录音笔已经开始字节跳动着录音，却总也不能集中精力，总觉得眼前的江匀似曾相识。在哪里见过他吗？

"李老师，是不是觉得我像一个人？"好家伙，这双眼睛不但会说话还能读心，真是一双慧眼呢。"很多人觉得我像中央电视台的尼格买提！"江匀边说着边摘下了口罩。

"哦，怪不得呢！你长了一张明星脸啊！"去掉口罩的遮挡，江匀的面貌果然与尼格买提有着八分相似。

"但我就是我，我不是别人。"笑声朗朗，为天地增色。江匀的父母都是电力系统的职工，受家庭的影响，江匀的学业与工作早早就确定了方向和目标。这次武汉之行，采访的很多人都是一个家庭中的二代电力人，甚至是三代。江匀不但生了一副好皮囊，还是一个多才多艺的多面手，口才了得，演讲能手，也是舞台上的灵魂歌手，但即便如此，他依然遵从了父母心愿，武汉大学电气工程学院毕业后入职国网，成了汉口客服中心硚口营业二班的一名工人，用电检查、电费回收、线路维护维修，为辖区大大小小的用电客户提供优质服务，每天把"你用电、我用心"挂在嘴上，记在心里，化在行动里。

华南海鲜市场就在汉口，疫情期间百步亭社区的万家宴也一度上了热搜。武汉公司汉口客服中心保电压力巨大，几乎每一个营业班辖区都有确诊或者疑似病患。武汉第四医院古田院区收治了 30 名来自古田的确诊病人和 10 名来自宗关的确诊病人。新冠肺炎患者的典型症状就是呼吸困难，呼吸机成为救治病人不可或缺的医疗设备。而医院只有一路电源，无法保证几十台呼吸机同时工作，必须迅速完成电力扩容。

疫情期间的“迅速”意味着什么呢？意味着争分夺秒，意味着电力扩容早一分钟、早一秒钟完成，另一端的呼吸机接通电源之后，病人就早一分钟、早一秒钟借助外力畅快淋漓地呼吸，获得更多的氧气，从而获得更多的活下来的机会。时间就是生命，电力也是生命！国网武汉供电公司为武汉市第四医院制订了详备的临时应急备用电源系统方案，汉口客服中心快马加鞭地组织人力物力展开电力施工，一天出设计，一天安装到位，电源插口接驳到每一张病床前。完成安装的这一天，江匀望着古田的天空，隐隐觉得这一天不会这样顺遂地结束。

听着江匀字正腔圆地诉说着他的故事。“古田”二字忽然将我的思绪摇曳到了别处。在我特别喜欢的湖北女作家池莉的小说《你以为你是谁》里，有一段描述古田的文字：汉口古田路有一大片工人阶层的住宅区，叫作简易宿舍……

古田隶属武汉硚口区，而硚口是大汉口的起源，是武汉近代商业文明的重要发祥地。武汉自来水厂、武汉铜材厂、武汉制药厂都曾经是古田老工业区的重头戏，这些工厂都创造过辉煌的历史。池莉笔下的“万人宿舍”就是20世纪60年代初，古田附近的各厂为自己的职工出资建造的住房。大多是模仿苏联的红房子，房屋内部潮湿、狭小、光线差。只有厂房和宿舍的古田，商业和娱乐配套匮乏至极，古田的发展远远落后于其他区域。“棚户区、生化武器、远房亲戚、老汉口”，曾经是大多数武汉人对古田的初始印象。2008年，武汉市委市政府决定，古田工业区全部搬迁。历经了八年之久，直到2016年，百余家化工企业终于全部搬迁移址，古田彻底告别了化工时代。江匀是看着这片土地结束工业使命，迎来了脱胎换骨的商圈时代。老武汉们只有在硚口民族工业博物馆里才能依稀寻得一丝旧日古田风貌。江城壹号是武汉市最大的“工业遗产”改造项目。原轻汽厂的28幢老式厂房，经过改造成为集武汉年轻人青睐的文化休闲、时尚购物、美食娱乐多功能为一体的标志性商圈。江城壹号也是江匀特别喜欢去的地方，他戏称因为他们都姓“江”。一场疫情，剥夺了所有人出门的权利，武汉按下了暂停键，人人都暂停在原地。

江匀觉得每天能够出门去工作，好过蜗居在家里。以前他并不觉得自己有多么热爱武汉，多么热爱自己的工作，一场疫情，让他重新审视自己的学业与职业选择，如果说以前还有一点点的不甘的话，如今他是真的开始热爱自己所从事的职业，与光为伍，与影同行，将光和影送到千家万户的电力人。

国网武汉供电公司客服汉口分中心组建党员团员突击队，应对交通出行管制，减少人员流动聚集，确保抗疫期间电力服务质量。江匀得知消息后就报了名。二月份眼看就要见底了，月底是电费明细整理的时间节点。平时，这项工作都是由各营业所自行整理，但疫情期间非比寻常，要最大化地减少人员外出，降低感染风险。作为志愿者，江匀主动承担了整个分中心的电费明细导出工作，整理相关资料并分发给各营业所。疫情期间欠费不停电，但是电费明细整理工作不能停。在此之前，江匀还参加了硚口两个医疗收治点配置发电机方案制订、长江新城方舱医院安全用电志愿宣传活动、分中心优质服务工单回复工作以及营业所抄表任务。疫情期间志愿返岗工作成为江匀的常态化生活内容，每一次出门，家人都分外担心，他自己也很小心，口罩、护目镜一应俱全。家人觉得江匀变了，其实他自己也觉得自己变了，至于哪里变了，一时之间也说不清楚。每次发动汽车引擎去上班的时候，江匀的心都是喜悦的，是真正的从心而悦。江匀是在那一瞬间明白了自己的变化所在，一场疫情将他从“要我工作”催化为“我要工作”。

作为一名青年员工，我们应该有担当、有作为、有奉献，尽自己的一份心为抗疫出一份力！

——摘自江匀的演讲稿

果然不出江匀所料，晚上 8 点，来了一张派工单：位于江汉区常青街常福里 50 号的常青街社区卫生服务中心突然停电，报修。

这天值班的除了江匀，还有李杨和胡伟。江匀在办公室继续值守，安排李杨和胡伟去现场查看情况。半个小时之后，现场的消息传来，常青街卫生服务中心的外围线路没有问题，初步判断是内部的问题。江匀在电话里让现场的两个人再次确认一遍，不久得到了同样的回复，这一次百分之百地排除了外线故障，确定问题是出在内部。按道理来说，用电客户内部的故障不属于供电公司维修的故障范畴之内。但是常青街卫生服务中心的电工不在，常青街社区、社区卫生服务中心的负责人在现场急得直跺脚。他们拦着要返回班组的李杨、胡伟，希望他们能帮帮忙，到服务中心内部去检查一下。两个人拿不定主意，正想给江匀打电话，不料一抬头，发现江匀已经到了现场。

原来李杨、胡伟第一遍给江匀打电话的时候，他就从周围嘈杂的现场声中判断出来，围观群众一定很多。疫情期间，对病毒的恐慌导致了医院医疗资源的挤兑，虽然社区卫生服务中心只提供社区最日常的医疗服务，但据江匀了解，常青街社区卫生服务中心每天也有人在排队输液。这些输液的人群当中有没有已经感染病毒而不自知的人呢？有没有无症状病毒携带者呢？一切都是未知。一想到是自己的工作安排将两位同事置于危险之境，江匀在办公室再也坐不住了，他开上车，一路猛踩油门赶了过来。

黑黢黢的社区卫生服务中心门前，聚拢了一圈人，有社区的，有卫生服务中心的，也有附近的居民。

“这里面还有 20 几位集中养老的老人，没有电，明天一早没法煮饭，他们咋个过早！”

“是啊，这要是在平时还能出去给他们买早点，现在这个时候，哪里买去啊？”

“配电室在哪里？”江匀下车，挤进人群问了第一个问题。

“配电室在食堂的一个边边上，在五楼。”

“我们可以进去，帮你们查看一下，帮你们维修也没有问题，但是我们需要做好防护措施，希望你们能够理解一下！”

在来的路上，江勺已经打定主意要帮常青街社区卫生服务中心把故障彻底排除，他一边开车，一边给自己的班长陈永敏打了电话，问能不能搞到三套防护服。电话那头的班长答应会想办法，一搞到就给他们送到现场。江勺吃了一颗定心丸。

江勺到达现场的时候已经是晚上10点钟，从接到故障报修电话算起已经过去了两个小时。春寒料峭，让人恨不得把脖子缩进胸膛里，裹在棉衣里面，但是围观的人一个也没有离开，他们好不容易鼓起勇气走出家门，似乎要跟这三个电力人比一比耐力，围观到底，就是要看一看这几个小伙子是不是关键时候能打硬仗的铁军。

“您确定这几天在咱们中心打针输液的没有发烧的病人吗？”

“没有，都是一些老年病。有几个发烧的孩子，就是一般的普通感冒。”

“那好吧！我们进去。”做完最后的确认，在常青街卫生服务中心主任的指引下，江勺三人一前一后向黑暗中走去。没有电梯，几个人在手电筒的昏黄中拾级而上，爬了一层又一层。耳边除了脚步声、深重的呼吸声，就是每个人自己的心跳声。咚！咚！咚！

故障果然出在内部，配电室的空气开关短路跳闸。3分钟，纠结焦虑的两个小时之后，故障在3分钟之内排除了。虽然隔着五层楼的高度，当常青街社区卫生服务中心的灯光由内而外亮起来的时候，江勺确定自己听到了楼下的欢呼声。

食堂也被点亮了，这里有人间烟火特有的气息。明天早上，老人们会在这里如常过早。江勺想，习惯了在外过早的他，什么时候才能吃到熟悉的味道呢？那一刻，他突然有点羡慕生活在常福里的老人们。

2 _ 水杉坪 50 分钟

这仍然是一个停电的故事，故事的地点远离了武汉的闹市，在恩施州咸丰县小村乡。

“老杨，前面就是那个坡，咱这车能上去吗？”

听着副驾驶座上同事的担心，杨红刚的心里也在下意识地打鼓。今天要去的小村乡水杉坪村平均海拔在一千米以上，前天晚上刚下了一场油凌，路面像一面光滑的镜子，如果下车站在路上低头照一照，男人可以当镜子刮脸修面，女人可以对镜贴花黄。出工前，杨红刚给电力工程车装上了防滑链，纵然做了万全的准备，一路开过来，在九曲十八弯的盘山路上，车依然打滑了好几次。每一次，车上几个人的心都提到了嗓子眼。小村乡供电所没有专职司机，于是就给驾龄长的、驾驶熟练的、驾驶技术好的职工颁发了准驾证。就拿杨红刚来说吧，他是咸丰县供电公司小村乡供电所的副所长，是拥有准驾证的驾驶员，也是这次前往小村乡水杉坪村抢修电力故障的维修人员之一。身兼数职并非今年疫情期间的特殊情况，在很多偏僻的基层供电所，这就是一种常态。一个基层供电所的电力职工，既是运维，又是营销，也有可能是客服，每一个人都是多面手。

小村乡是 1996 年建乡的，但这里翔实可考的历史可以上溯到元朝。

元明之前，此地是湖广施州卫金峒土司属地。隆庆四年（1570）金峒土司覃壁叛乱，唐崖土司覃柱奉调从征，平乱后，朝廷将大、小二村赏给了唐崖土司。清朝雍正十三年（1735）改土归流，大、小二村被划入新设施南府咸丰县，属礼忠里。有燕子岩、大村、小村、李子溪等四个集场。大村集镇开设于乾隆年间，名为“永兴场”；小村集镇位于人头山下、南河之畔，开场于 1800 年左右，名为“永太场”。咸丰年间，“永兴场”更名为大村，“永太场”更名为小村，一直沿用至今。北洋时期，军阀割据，这里并没有因为山高路险而幸免于难，而是你方唱罢我登台，兵燹战乱，匪患不绝。1933 年 12 月，红三军退出湘鄂边苏区，转移到如今咸丰县小村乡大村一带。任弼时受中央委托，跋涉千里、历尽艰辛来到鄂西与贺龙、关向应会合，并于 1933 年 12 月 19 日在大村集镇水井湾主持召开了湘鄂西中央分局会议。这就是红军史上著名的大村会议。这是一次极为重要的会议，被称为红三军史上的“遵义会议”。湘鄂西中央分局会议旧址被公布为湖北省级保护文物。

小村乡地势由西北向东南倾斜，武陵山余脉蜿蜒其间，森林覆盖率高达 90%以上。广袤的森林在福佑这片土地的同时，也给电力施工设置着自然的障碍，无论是当初的农村户户通电工程，还是后期农村电网的运行维护，高山、森林都是一个施工难点、运维重点。

这天早上 7 点，咸丰县供电公司小村乡供电所的电力报修专线就“丁零零”地响起来了。电话是水杉坪村的村委会主任打过来的，语气很焦急，几乎算得上是在大声地吼叫了。

杨红刚在电话里让对方慢点说，说清楚点。费了好一通工夫，杨红刚才明白为什么水杉坪村的村主任这么着急。

水杉坪村位于小村乡东南部，是全乡十二个村中最小的一个行政村，全村人口不足 1000。水杉坪村地处高山，平均海拔 1200 米，森林植被茂密，尤其水杉居多，“水杉坪”村名由此而来。2014 年，三千亩高山乌龙茶基地落户水杉坪，高山乌龙茶成为村里的主导产业。前些年，为茶企安装专用变压器，施工的时候，小村乡供电所的每一个人都累得脱了一层皮。其实就在水杉坪村这次停电报修前，村里除了以前的种茶大户咨询变压器增容之外，也有不少村民春节后不打算再外出打工了，想留在村里种茶开茶厂，打电话咨询安装专用变压器的已经有四五个了。

杨红刚干过发电，从事过运维抢修，还搞过客户服务，2015 年开始在供电所工作。自从担任副所长以来，每年的大年三十，他总是让其他人回家过年，与家人团聚，自己雷打不动地值班。虽说还有几年就要退休了，但是老杨依然保持着刚入职时的干劲与激情，只是他没想到今年这个班值的时间有点长，从大年三十一直到三月底，疫情挡住了回家的路，把他牢牢地锁定在了供电所里。

昨天晚上，一开始落雪的时候，杨红刚的心就开始悬起来了。1 月 23 日武汉封城之后，湖北各地陆续响应，恩施州的疫情并不严重，确诊病患比全省疫情最轻的神农架林区多一点。恩施州并没有因疫情不严重而放松警惕，反而加大了防控力度，多措并举确保不增加新的病例。小村乡辖区有 12 个村，在各个重要路口设置关卡控制人员流动。隔离点建在哪里，电就送到哪里。疫情检查点建在哪里，供电服务就跟进到哪里。这样一来，各个关卡、隔离点和疫情检查点的电力服务就全都需要供电所保障。杨红刚自己当然忙活不过来，还没等他一一打电话通知，供电所的十几位同事就陆续返岗了。纵然有年纪和阅历，杨红刚还是被一干同事们的勇敢气概感动得热泪纵横。逆行的何止是白衣天使！

小村乡小村村大地坪十组的一个村民从武汉返回后出现了持续发热不退、咳嗽不流鼻涕的症状，一检查即被确诊感染了新型冠状病毒，随即被送往了咸丰县人民医院隔离治疗。大地坪十组的整组村民被隔离观察，这里也成了小村乡供电所的重点保电对象。隔离期间，一旦发生停电会造成各种生活不便，家庭不能取暖，不能烧水煮饭，手机不能充电，对外联络受阻，各种状况集中频发很容易激发人的负面情绪。万幸的是，小村村的供电一直非常平稳。

小村村没停电，水杉坪村停电了！沉重的积雪压断了一棵水杉树，水杉树躺倒的时候扯断了供电的线路。

水杉坪村的村主任在电话里说，停电的时候是在半夜时分，大部分人都睡觉了。早上起得早的人发现停电之后就反映到了村委会，随着发现停电的村民越来越多，出门的也越来越多。不来电，这一家出来一个人，那一家再出来一个人，大家互相打听情况。这对疫情防控十分不利，村主任心里说不出的着急："不能聚集、不能扎堆！停电了，村里的喇叭也不响了，我着急啊！杨师傅你们快点来修吧！”

杨红刚是所里驾驶技术最好的，这样的天气，他觉得只有他自己亲自驾驶才能放心。防滑链吱吱呀呀地碾压着积雪，踩着油凌艰难前行。40 分钟后，抢修小分队已经远远地望见水杉坪村周围高耸入云的水杉树了。过了这个坡，再走一公里，就到了！

“老杨，前面就是那个坡，咱这车能上去吗？”

“好像不行呢！”杨红刚试着开了两次，坡陡路滑，太滑了，实在是太滑了。无论是猛踩油门向上冲还是匀速攀爬都不行，防滑链也防不住的湿滑，走上几米，车就完全不受控制地滑下来。要不是杨红刚驾驶经验丰富，胆大心细，车下滑的过程中方向盘稍有闪失，就有跌落山谷的危险。

“老杨，我们下去给你推车？”

“那不行，往下滑的时候推车的人太危险了。算了吧！”安全为上，杨红刚最终放弃把车开上坡的打算。“看来，我们只能把车停在这里了！兄弟们，咱们得下车走着去喽！”

一公里的路，平时步行也就需要十几分钟。但是这不是平时，这是在海拔 1200 米的高山上，下过雪结了冰。除此之外，杨红刚他们还携带了大量的电力维修工具和材料。轻的几公斤，重的十几公斤。

说实话，这些年杨红刚一直没觉得自己老，潜意识里他仍旧停留在自己还是一条精壮汉子，可以一天一夜加班不合眼，第二天照样生龙活虎的年代。但是为什么今天，背着线圈，才走了几步就气喘吁吁，上气不接下气了呢？一个不留神，杨红刚脚下打滑，踉跄着坐在了地上，手里的工具飞出去好几米远。飞溅的冰花扑在脸上，不凉！木木的一种感觉。哦！戴着口罩呢。嗨！这个地方新型冠状病毒来不了，他一把扯下口罩，啊！神清气爽，豁然开朗。昔日那条精壮的汉子又回来了！一公里的路，拖拽着沉重的物资，抢修小分队生生走了 50 分钟，才到达被水杉破坏的线路故障现场。

其实并不是什么大故障，只是司空见惯的平常得不能再平常的线路问题。要不是这雪后又湿又滑的外部条件，在平时，这个故障排除只需要 3 个小时，就能把线路重新续接完成。这不是平时啊，这是流年不利的庚子春天啊，这一年从立春第一天就乱糟糟的，违反常理，打破常规，每个人都在经历着未曾经历过的事。从上午 9 点多一直忙活到下午 3 点，水杉坪村终于恢复了正常供电。

村主任在电话里客气地问杨红刚他们要不要去村里，喝口水歇一歇。听到电话这头的杨红刚拒绝了，电话那头的人明显地松了一口气。感激是真诚的，邀请也是真诚的，只是电话两端的人都知道当下不是合适的时机。

抢修小分队已经精疲力竭，累极、饿极。大家互相打着气，挣扎着把抢修设备和材料装在车上，杨红刚让大家在车上稍事休息，他负责取水做饭，这是多年野外抢修练就的生存本领。

小村乡的高山溪流众多，有一句广为流传的民谚："要进大小二村难，七十二道脚不干，还有三道水里钻。"这七十二道溪流、三道瀑布，随便掬一捧都能洗心润肺。每次外出抢修，他们都会带方便面或者是自热饭，相对于吃方便面而言，自热饭更好吃、更讨人喜欢一些。杨红刚自诩经他的手热出来的自热饭是天底下最好吃的自热饭。有个同事不服气，非要跟杨红刚同时热饭比试一下。开吃的时候，大家一致裁定还是杨红刚热的饭风味为上。同事也试吃了几口，细细品咂之后也自叹不如，终于信服了老杨。以天为幕，以地为席，大山之巅的电力人，下午 4 点在嬉笑调侃中吃了一顿热腾腾的午饭。

3 _ 武汉客厅 1 小时

还是一个停电的故事，您有兴趣继续听吗？虽然都是停电的故事，却各有各的不同。倘若不信，且听我道来……

请假去武汉的时候，校长一边在我的请假条上签字，一边语重心长老父亲一样叮嘱着：“武汉的东西湖区是中风险地区，最好不要去。万一你的健康绿码变了颜色，回来之后会影响工作的，切记！”

于是心里就有了小斗争，在去不去东西湖区之间左右摇摆。东西湖区是金银潭医院所在地，金银潭医院作为武汉市突发公共卫生事件医疗救治定点医院和第一批定点收治新冠肺炎病人的医院，在一定程度上代表着新冠肺炎的治疗走向。东西湖区还有首批方舱医院之一的武汉客厅方舱医院，这些重要医疗机构正常运转的背后，是恒河沙数的电力保障故事。

能不去吗？

不能，我清楚地听到了自己的心声。

去东西湖区采访的这天，我特意戴了一个 N95 口罩。但实际上，真的进入东西湖区辖区后，发现与之前去过的蔡甸区、江夏区并无二致，街上人来人往，沿街的铺面开门的十之八九，虽然人人都戴着口罩，但空气中没有一丝一毫的急促与焦虑，一派气定神闲与怡然自得。

东西湖区供电公司的采访顺序是总经理邝斌、副总经理李磊、电力调控中心主任王友军、运维部主任刘舟和客服中心用电检查班长黄利文。前面四位在采访的时候，不约而同，不经意间都提到了黄利文，他们讲述的视角不一，却都对他赞赏有加，这让我对安排在最后的采访充满了期待。

金银潭医院作为武汉市专门处理公共卫生事件的传染病医院，在疫情暴发后，是最先收治新冠肺炎病人的定点医院，后期，虽然其他医院开放、方舱医院建成，但依然有危重症患者陆续转到金银潭医院。尤其是 1 月下旬，火神山、雷神山医院还未建成，国内医疗队还未大量到达，金银潭医院一直在大量接收病人特别是确诊重症病人。随着疫情扩散，入院患者越来越多，金银潭医院只好将一部分病房临时改成重症监护室。1 月 17 日，同济医院团队留守金银潭医院南楼 7 层重症医学科，1 月 19 日，金银潭医院 6 层病区一边收治危重病患一边进行改造。重症监护室病房对设备要求非常专业，改建初期很多配套跟不上，尤其是电力设施。

接受采访的每一个人都能清晰地说出金银潭医院的 1 月 17 日、1 月 19

日这两个时间节点，因为从 1 月 19 日开始，东西湖区供电公司正式将金银潭医院列为重点保电单位。彼时，武汉还没有封城，一切看上去生活如常，平静无波，殊不知那仅仅是风暴前的片刻安宁。也就是从这一天起，“黄利文”这个名字开始频繁地出现在几位被采访对象的口中。其实现在想来，他们当中的每一位不都在距离危险最近的地方吗？这是一个多么可爱的群体啊，他们只阐述事实，绝不标榜自我，却把发自肺腑的赞美与欣赏统统给了身边的其他人。

2 月 3 日，经武汉市新型肺炎防控指挥部统一部署，将在洪山体育馆、武汉客厅、武汉国际会展中心建设首批“方舱医院”，用于收治新型肺炎轻症患者。

东西湖区供电公司是晚上 8 点钟得到正式通知的。当天晚上的时候，大部分的保电力量还驻守在金银潭医院。第二天一早，黄利文就去了武汉客厅做了用电检查，喜忧参半。武汉客厅的部分电力设备有老化现象，近几年没有做过周期性安全调试，设备的绝缘状况尚可。武汉客厅有两路市电，备用发电机组虽说维护保养不到位，但尚能正常使用。

武汉客厅是中国首创的集文化产业聚集区、文化艺术品展示交易区、高端酒店会议服务区于一体的超大型城市文化综合体，包含中国文化博览中心、武汉艺术品交易中心、汉口大戏院、中国民间藏品博物馆、中国私人艺术馆群、大家工坊等 9 大城市文化公共建筑。武汉客厅启用之后，先后举办了多项大型文化艺术盛会。

在武汉客厅基础上改造的“方舱医院”分为三个区域，A 区有 1000 张床位，B 区、C 区各有 500 张床位。武汉客厅的会展功能决定了建筑的挑高在数十米左右。防疫指挥部给东西湖区的电力施工要求是，确保每张床铺配备电源插座，保障医疗设备使用及病人基本生活所需。武汉客厅的用电功率要最大限度地承载每个床位病人保暖用的电热毯、每个区域的电热油汀以及会展中心供暖系统的用电量。黄利文带着一支不到 20 人的保电专班昼夜不息地施工，3 天，72 小时，比规定期限提前 1 天完成了武汉客厅方舱医院的电力施工。2 月 7 日晚，武汉客厅开始收治患者，一批批新冠肺炎确诊轻症患者被连夜送来。

其实从去年下半年开始，黄利文的神经就一直绷着，先是军运会保电演练，后来是军运会期间的持续保电。刚想松口气过年，还没等喘上一口气，新冠肺炎疫情扑面而来。参加工作这么多年，老黄也算得上是身经百战，身处冰火两重天的大武汉，炉火熊熊的夏季需要保电，冰雨、洪涝时更需要保电，几乎没有一年是在安逸闲适、平稳平静中度过的。黄利文生性寡言少语，虽然不属牛，却极具吃苦、耐劳、奉献的老黄牛精神。保电专班每天最少 4 个人，在金银潭医院与武汉客厅之间来回巡视值守。站在金银潭医院的病房大楼上能够清楚地鸟瞰武汉客厅的全貌，站在武汉客厅方舱医院的入口处，抬眼看去，就是“金银潭医院”高出天际线的硕大字符标志。一街之隔的距离，让东西湖区抗疫保电专班人员能够两两兼顾。作为用电检查班长的黄利文，别人可以三班倒，上一休二，而他对自己的要求是永远保持在岗的状态。

武汉客厅外部的广场上 12 顶野战帐篷密密匝匝，还有十几台医疗专用车，最醒目的便是橙黄色的电力工程车，那既是保电专班的临时办公室，也是休息室，24 小时值守的他们，每隔 1 个小时便穿梭往返在金银潭医院和武汉客厅之间，实在是累极了，就在工程车上眯上一小会儿，往往是前一分钟还在跟同事说着话，话音刚落，呼噜声就起来了。

2 月 20 号中午，黄利文刚走进武汉客厅，照明灯就开始忽闪忽闪的，他心里一惊，暗道不好，要出事儿！果然，照明灯眨巴着狡黠的眼睛合上了眼皮。瞬间，武汉客厅一片漆黑，人群随即一片骚动。

“大家请待在原地，不要随意走动！”

“请安静，工作人员已经去检修电路了。大家不要担心，很快就会来电！”

好在方舱医院内部的医护人员和负责维持秩序的各类工作人员遇事不慌，迅速劝解、安抚、稳定了大家的情绪。自 2 月 7 日方舱医院启用以来，人们的情绪从慌乱与焦虑中逐渐跳脱出来，开始变得生机勃勃，但是突然的停电，一下子激发了潜藏在心底里的恐惧，对黑暗的恐惧，对死亡的恐惧，对未知的恐惧。骚动一点点平复下来，黑暗中，人们沉默着，死气沉沉的。

这厢，黄利文带领保电专班人员同样迅速地展开了故障排查。首先要排除的是方舱医院内部的用电故障，是用电超载了？电源插座进水了？还是取暖用的电热油汀出问题了？方舱内部有两名电工，他们几乎是奔跑着完成了内部故障的排查，半个小时之后，电工告诉黄利文，故障不是在内部。

那问题会出在哪里呢？

武汉客厅与它紧邻的金银潭大道128号的武汉金色太阳纸制品有限公司共用一个箱式变压器，会不会故障出在那里？这家公司在春节前就因为经营不善停业休整，大部分职工放假回家，疫情期间，公司里几乎没有人。想到这里，黄利文赶忙让两个同事去那里一探究竟。无论问题是出在外部还是内部，要想重新送电，必须要有人进入武汉客厅的配电室。配电室在武汉客厅的地下一层，通往配电室的路必须要经过方舱医院的核心区域，那里都是已经确诊感染新冠肺炎的病人。

半个小时之后，去武汉金色太阳纸制品有限公司的同事打电话过来，果然不出黄利文所料，故障就出在那里。一只老鼠溜进了箱式变压器，估计它是想找个温暖的地方待着，却没想到聪明反被聪明误，一下子丢了性命。一只老鼠陨落在了鼠年的春天里，还蝴蝶效应般引发了一场停电事故。故障排除了，可以送电了！

“我自己进去！”黄利文说道，“你们在外面盯着就行！”

“不行，我要跟你一起去！”东西湖区客户中心的陈书第一个反对。

“还有我，我们一起！”金银潭营业所的赵信杰同样意志坚决。

“还是我们一起下去吧！里面的情况我们比较了解。多一个人多一个帮手，我们两个是这里的电工，我们下去是分内之事！”武汉客厅的两个电工同样使命在肩。

黄利文、陈书、赵信杰戴上护目镜、N95口罩，穿上防护服，戴上两层手套，在武汉客厅两名电工的带领下，一步步走向黑暗中的配电室。时间一分一秒地过去了，床上没有温热的电热毯，隔断旁没有暖暖的电热油汀，偌大的空间里没有煦煦的空调暖风，整整一个小时过去了，武汉客厅的温度在一点点地下降着，人们的心也在一点点地凉着。快到冰点了！快到忍耐的极限了！忽然，第一盏熄灭的灯忽闪忽闪地睁开了眼睛，一盏，一盏，又一盏，武汉客厅方舱医院重现了光明。送电成功的瞬间，负一楼的配电室里，黄利文听到了群情振奋的歌声、欢呼声，还有尖利的哭声，那应该就是喜极而泣吧！电就是光，能带来温暖和希望，武汉以及整个湖北打了一场漂亮的新冠肺炎疫情阻击战，“电”功不可没，电力人功不可没！

“您当时流泪了吗？”

“嗯。”黄利文点点头，略带羞涩。

“武汉客厅一小时”的故事是黄利文在带我参观武汉客厅方舱医院的过程中讲述的。3月8日，这里就已经封舱了。黄利文说那一天他如释重负，离开的时候，他特意在那个地方拍了一张照片作为纪念。

“就是那里！”我顺着黄利文手指的方向看过去，“武汉客厅”四个字红彤彤的，煞是喜人。

“黄师傅，我能跟您在这里拍张合影吗？”

“哦，好吧！”寡言少语的黄利文看上去稍稍不太情愿，却也没有出言拒绝。

“武汉客厅”鲜红的地标在我们背后闪耀，相机定格了这个瞬间，我站在了一位电力英雄的身边。

4 _ 百步亭9小时

这一章专门讲停电的故事。这一次的停电发生在百步亭社区。是的，你没听错，就是当年闻名遐迩荣获首届“中国人居环境范例奖”的唯一社区武汉江岸区百步亭社区。

新冠肺炎让百步亭社区再一次出名了！

2020 年 1 月 18 日，第二十届百步亭万家宴如期举办。4 万多个家庭参与，13986 道菜肴，1 个中心会场，9 个分会场，9 个居委会特设楼栋、片区、苑区、社区等家宴，邀请社区空巢老人、失独老人、志愿者等，走出家门品家宴、庆团圆。如果风平浪静，百步亭万家宴仅仅会是海量信息中的一朵小浪花，潮涨潮落间被湮没。但这是庚子新春啊，疫情把万家宴持续发酵，终成一杯苦酒。

作为国网武汉供电公司汉口客服中心百步亭社区营业班的检查主管，周勇对这里的情形了如指掌。很多人跟周勇聊过同样的一个话题：为什么肺炎疫情已发出了“预警”，百步亭社区还要搞大型的聚集活动？有关部门呢？为什么没有人出面去劝阻？

你怎么知道没有？问这样问题的人一听就不了解百步亭的前世今生，一般来说，好脾气的周勇会耐着性子给他们科普一下。所以当我坐在汉口客服中心的职工之家，向周勇提出这个问题，他脸上浮现出一个了然的笑容。

百步亭社区并非无名之辈。借用武汉市长周先旺的措辞，百步亭社区是中国群众自治非常好的一个样本。样本！评价过高了吗？没有。

百步亭社区占地五平方公里，四万户十八万人居住在这里，社区内有花园现代城、百合苑、景兰苑、幸福时代等九个居委会。全国文明社区示范点、全国先进基层党组织、全国三八红旗集体、全国五四红旗团委标兵……国家级、省级、市级奖项拿到手软。多位党和国家领导人亲临社区视察，中央宣传部、中央文明办、建设部、文化部四部委联合发文向全国推广百步亭社区经验，湖北省文明委、武汉市委市政府分别作出了《向百步亭花园社区学习》的决定。

百步亭并非原名，这块土地本来的名字叫“白布篷”。武汉市是百湖之城，一百多年前，在这个遍布鱼塘和水沟的郊区，人们操持起一个个白布篷子讨生活，摆摊、叫卖，遮风、挡雨，明明离城很近，却只能望城兴叹，“白布篷”就是一个城中村，是一座城市中的孤岛。从白布蓬到百步亭的嬗变用了20年的时间，滥觞始于1994年拉开中国城镇住房商品化的序幕的《关于深化城镇住房制度改革的决定》。

百步亭社区一开始就是商品房和保障性住房两头并进的项目，按照“建设、管理、服务”三位一体的模式来建社区。这种模式在当时的湖北甚至中国是先进的，其中有一些管理、服务方式，即便放到现在来看，也很大胆。百步亭模式跳出了传统的行政管理体制，不设立街道办事处，直属于武汉市江岸区管理，实行社区自治，而万家宴则是百步亭社区模式的直接产物。

2000年腊月二十四，小年，百户社区居民组织起来，一起吃了顿小年夜饭，当时只有五十多道菜。在经济飞速发展甚至主宰一切的日子里，同住一个社区的邻里能一起坐下来吃顿年夜饭，聊聊人情冷暖，老武汉市民文化的滋味格外悠长。千禧之年的这次百家宴就是一个起点。随着百步亭社区的名声越来越响，尤其是成为基层社区管理的典型之后，从百户到万家，小年夜宴会的规模越来越大，名声越传越广，全国各地纷纷效仿。2011年，百步亭的万家宴入选英国吉尼斯世界纪录，以8146道菜的纪录成为世界上展出最多菜肴的宴会。事已至此，能够刷新并且打破这个纪录的，放眼全国，甚至全世界就只有百步亭社区自己了。

万家宴是百步亭社区每年的年度大戏，也是它最响亮的品牌，并且逐步升格成为武汉市的一张文化名片。这样一场持续了20年的盛宴，一张代表武汉基层治理、现代化治理的名片，谁会轻易去叫停呢？

夫风生于地，起于青萍之末。身处百步亭社区的许多人，事后回想起来，都表白说自己不是没有犹豫过，只是他们当中没有一个人勇敢站出来，充当那个预警的吹哨人。心存侥幸的不是某一个人，而是所有人。雪崩的时候，没有一片雪花是无辜的。

2 月 4 日，百步亭社区公布了各小区部分出现发热病人门栋信息：安居苑小区 55 栋楼中，33 栋出现发热病人；百合苑 36 栋中，17 栋出现发热病人；怡康苑 5 个单元网格中的一个网格至少 10 人确诊感染新冠肺炎；CT 结果高度疑似新冠肺炎人数超过 30，轻症在家隔离数十人。百步亭社区成为新冠肺炎集中高发区域。屋漏偏逢连夜雨，船迟又遇打头风。这一天，百步亭社区东勤佳苑 12 号楼 3 单元楼道里的一辆电瓶车在充电时突然起火，火势太过迅猛，伴随着“噼噼啪啪”的爆裂声，滚滚浓烟遮蔽了整个楼道。起火不久，停电了！

彼时，武汉的医疗资源尚不能满足病患需求，火神山医院刚刚动工，雷神山还在酝酿之中，方舱医院还未开始谋划。除了已经确诊入院的，大部分人尤其是百步亭社区的，都在家里煎熬着。这个时候，停电可是非同小可啊！

东勤佳苑因为出现了确诊病人已经被封了，控制人员流动，从源头上阻断交叉传染。疫情小区的电力抢修，如何修？怎么修？演练过水患，模拟过火灾，唯独传染病是一个空白，一个盲点，一个漏项。当火灾与传染性疾病叠加时，要如何应对呢？没有任何的借鉴，甚至说毫无经验可循。但能因为没有遇见过就置若罔闻吗？不能，当然不能。“你用电，我用心”是电力人的承诺，一诺值千金。你的需求，我的责任。没有半点的犹豫，从接到报修电话，领取材料，周勇和同事们只用了半个小时就赶到了现场。人员不够用，怎么办？除了百步亭营业班的 6 个人，又从其他的营业所紧急调集来 3 个技术过硬的电工。进小区的时候颇费了一番功夫。门口的值守人员虽然知道他们是来抢修电力的，但是仍旧要一一登记，测量体温。周勇虽然很无奈，倒也能够理解这是疫情防控的需求，百步亭社区的居民已经是惊弓之鸟，虽然看不见的传染源在其内部，但是对于外部的防控也不能掉以轻心，他们经不起雪上加霜。

当周勇赶到东勤佳苑的火灾现场时，消防员已经将火扑灭，只剩下一片狼藉。3 单元一侧的 24 块电表全部烧毁，荡然无存。电表箱也被炽烈的火焰熔成了一坨废铁，墙体比黑炭还要黑上几分。空气中弥散着一股浓重的胶皮味，烈焰与浓烟舔舐过的楼道也被整齐地涂抹成乌黑色，一楼最严重，二楼次之，以此类推。

简单查看了一下现场后，周勇给大家分派任务，做了一个分工。9 个人立刻分头行动。

咦！怎么会有水，刚开始时滴滴答答，后来成了小溪流，自上而下流淌着。还有窸窸窣窣的扫地声。周勇三步并作两步上楼去找水源和声源。原来是二楼的一个住户，50 多岁的一个男人，拎着水桶在洗地。周勇上来的时候，正好看到男人把刷完地面黑油泥一样的脏水往楼下扫。

“这位师傅，我们在一楼抢修电力，您这样泼水会影响我们的！”周勇好言相劝。

“影响你们，这脏乎乎的不打扫，也影响我们啊！”男人的语气不善，想来是疫情加火灾，一场又一场无妄之灾让他心生愤懑。周勇也不好多说什么，就静静地站在楼梯上，任脏水流过他的脚下，一径流到楼下去。男人似乎察觉到了自己所作所为的不妥，嘴里小声嘟囔着，把手中的水桶重重地放在地上，转身回自己家去了。

周勇下楼后，发现同事们的干活速度比往常要快出来许多，赶来支援的 3 个其他营业所的同事已经迅速融入自己的抢修小分队中，好像他们合作过无数次那样的默契。

就在这时，几个人探头探脑地来到了他们的周围，有的站在楼梯上，有的站在楼道门口，其中一个，居然，没，有，戴，口，罩！也许是被楼道里的气味和悬浮的灰尘颗粒刺激到了，没戴口罩的那个人冲着周勇和他的同事们打了一个大大的喷嚏。周勇的反感从脚底板的涌泉穴一下子涌到了脑门子，他大声斥责道：“这是什么时候啊！你们还是注意一下吧！不要聚集在那里，影响我们工作，你们这样干扰我们施工，啥时候能修好！”

“我们就是来问问什么时候能修好，什么时候能送电！”众人讪讪，有点不好意思。

“大家请各自回家，我们会尽快维修，你们不围观，不妨碍我们施工，咱们就早一分钟送电！”

下午 1 点到百步亭现场，晚上 10 点，东勤佳苑 12 号楼 3 单元恢复供电。收拾好工具，周勇正要跟同事离开。一楼的一扇防盗门打开了一条缝，一个宽厚的声音说：“谢谢你们了！我不出去，我用方便袋给你们装了几瓶水，你们太辛苦了，连晚饭都没吃，喝口水吧！”

“不用，不用，谢谢您！”周勇婉言谢绝了来自陌生人的美意。没人提醒还好，经人一提醒，他才觉出饿来。看看几位工友，白口罩已经成了黑白口罩。收拾停当，几个人相视一笑，用眼神达成共识，此地不宜久留，三十六计走为上吧！

三声部：还是时间！

▼

1 _ 恩施 PCR 实验室 5 小时

“水色清明十丈，人见其清澈，故名清江。”这句出自《水经》中的话，便是清江名字的由来。清江，长江一级支流，古称夷水，从湖北恩施利川之齐岳山发源，流经利川、恩施、宣恩、建始、巴东、长阳、宜都七县市，浩浩汤汤八百里，横无际涯，流淌出一条美如画的清江长廊，而后在宜都陆城回眸一笑汇入长江。江水滔滔向东流，一路向武汉。

恩施市疾病控制中心就在清江边上，现在的时间是上午 10 点，疾控中心里一片忙碌。忙碌的不仅仅是身着白大褂的疾控中心工作人员，更有身穿红马甲的国网恩施供电公司客服中心的施工队。忙碌的起因要从三天前说起：

2 月 1 日，恩施州决定在恩施市疾病控制中心建设首座 PCR 实验室，从而确保新冠肺炎疑似病例的快速确诊。PCR 实验室配备有全自动病原菌快速检测系统、核酸提取仪等专业设备，可以通过 DNA 基因追踪系统迅速掌握患者体内的病毒含量，精确度高达纳米级别，对助力恩施州打赢疫情防控阻击战有着重要意义。恩施市疾病控制中心的配电情况仅能够满足现有的疫苗冷藏和办公用电，新建的 PCR 实验室大概负荷为 60 千瓦，且对稳定供电要求非常高。PCR 实验室的设备将会在 2 月 12 日运抵恩施，所以要在这个时间节点之前解决实验室的一切问题，第一个要解决的难题就是供电线路的敷设。

杨浩是恩施市疾病控制中心的办公室主任，对电力施工业务相对比较了解，他算了一下工期，会在五天左右，剩下的时间还要快马加鞭地进行实验室的内部装修，虽然有些紧张，应该也能够来得及。杨浩一点也不敢耽误，当天晚上就对接了国网恩施供电公司。

“大疫当前，生命至上！我们会尽最大的努力，用最快的速度，全力保障咱们疾控中心的用电！”国网恩施供电公司总经理宋全清做出了庄严的承诺。

赵炜家所在的小区大年初三就被封了，虽然小区里并没有新冠肺炎确诊病人，也没有疑似病人，但是小区的管理非常严格，甚至说是严苛。想轻易出小区大门，那可比登天还要难。当国网恩施供电公司客户中心主管贾斌开车来到赵炜小区门口时，虽然出示了工作证，证明赵炜是恩施供电公司客服中心市场班的电工，也给保安看了恩施州新冠肺炎疫情防控指挥部出具的通行证，但依然费了一番唇舌。

这是小区被封之后，赵炜第一次出门。他非常谨慎地戴上了两层口罩，戴上塑胶手套，没有防护服，就穿上了厚厚的工作服。一路上，贾斌的车开得飞快，马路上除了他们这一辆车、两个人之外，再也无人无车。路灯亮着，照着两个人前行的路。车厢内，虽然只有他们两个人，但也都不敢轻易摘下口罩，露出本来面目。两个人各自发出着被两层口罩扭曲了的声音，边走边商量这个工程该怎么办。晚上 8 点多，贾斌、赵炜赶到了恩施疾控中心。这让杨浩喜出望外。他知道电力铁军的速度，但没想到在自己打完电话不到一个小时的时间里，他们连夜就过来了。

恩施市疾控中心紧挨着清江，一街之隔便是清澈见底的清江水。院子里有三栋居民楼，因为疫情所困，小区封闭式管理，院子里停满了居民的车辆。在现场看了一圈之后，贾斌、赵炜询问杨浩主任这些车辆是否可以移走，杨浩想也没想就给了二人一个否定的回复。因为这个时间没有居民愿意贸然出门。杨浩说："这个时候还出门的，除了我们的医护人士，估计就只有你们电力工人了！"

贾斌、赵炜楼上楼下、院内院外查勘完毕，一个成熟且具备操作性的供电方案已经浮现在两个人的脑海里，需要的电缆、互感器以及计量表计也大致在心中有了底数。PCR 实验室要建在恩施市疾病控制中心四楼，这就需要对疾控中心用电线路和设备进行一番改造，改造完成后再从实验室敷设一条专用电缆，接入疾病控制中心的公用变压器。两个人测量了一下，专用电缆的长度在 50 米左右。疫情期间，恩施市疾控中心的检测任务非常繁重，一旦停电就会影响检测，所以电力工人只能实行带电作业。院子里满满当当的车辆，将原本就不宽敞的行道变得更加拥挤，电力工程车是开不进来的，那也就意味着无法使用现代化的吊装机械，只能回到多年前电力施工的人拉肩扛的状态。贾斌、赵炜相视一笑，有种一夜回到解放前的感觉，唉！都是疫情闹的啊！

"杨主任，咱们什么时候可以施工？"

"嗯，我们中心最近的检测任务特别重，这一批样本的检测最快两天能完成。电力改造两天后开始施工，你们看怎么样？"

"那好吧，我们也回去备一下施工材料，免得准备不足，影响施工进度。"

等第二天开始筹备施工材料时，贾斌、赵炜两个人在心底暗自庆幸，幸亏疾控中心给了两天的缓冲期。客服中心管理仓库的赖小英春节回了老家利川，恩施封城，她赶不回来。赖小英在单位的工作群里连连自责，忙不迭地说着抱歉和对不起。疫情当前，人力诸多不逮，这能怪谁呢？好在运维中心那边的设备存量充足，赶紧协调物资。时间紧任务重，还要调配、加派人手。整整两天，一刻也不得闲。

2 月 4 日早上 8 点，国网恩施供电公司客服中心班长杨经国带着 8 个电工准时出现在施工现场。这是一支久经考验的党员服务队，他们直接带着业扩报装申请书，这边现场办理用电报装，那边专用电源施工已经全面展开。按照预订的施工方案，8 点到 12 点完成所有的施工项目，12 点停电，启动恩施市疾控中心自备电源供电。施工队只有 1 个小时的时间将新敷设的电缆接入疾控中心的变压器，1 点钟必须要恢复运行市电，因为备用电源系统稳定性差，疾控中心的疫苗需要冷藏，一旦停电会影响疫苗的活性。

恩施市疾病控制中心一片忙碌。飞奔小跑着的医护人士，来来往往送检测样本的各县区医院的工作人员，喊着号子挥汗如雨的电力施工人员，还有一趟趟搬运装修物资的装修公司工人。原来恩施市疾控中心把实验室装修时间提前了，与电力施工同步进行，这样能有效缩短装修工期，加快实验室建设进度。

“慢一点！慢一点！”

“让一让！让一让！”

从一楼到四楼的楼梯宽度不足两米，电工们扛着电缆上楼，不时和来回搬运实验室装修所需材料的工人们在窄窄的楼梯上狭路相逢，逼仄的空间，狭长的通道，只能停下来相互避让。此时退一小步，是为了一会儿道路通畅的时候，可以畅通无阻前进一大步。

“贾斌，接着！”赵炜把电缆从实验室所在的四楼沿着外墙展放到一楼，等候在一楼的贾斌等人快步上前，一人用力将电缆压靠在墙壁上，一人用锤子钉线卡，相互协作着把靠近地面的电缆固定在墙面上。难度最大的是固定从四楼下放到一楼的这段电缆。大家找来一根绳子，一头系在赵炜身上的安全带上，另一头在楼梯间的楼梯扶手上系牢。固定电缆时，一名电工拉着绳子，两名电工拉着安全带，负责固定电缆的赵炜把半边身子探出墙外，小心翼翼地伸出手用线卡将电缆固定在墙上。四层楼下来，赵炜的手臂又酸又软，肌肉不受控制地持续痉挛。电缆敷设完成并固定好后，低矮的配电房内，大家又开始制作线鼻子、安装配电箱、整改老旧线路。配电室不足一米六高，只有一扇低矮的小窗户，几乎不透风，光线也不足。班长杨经国身高一米七六，仅仅是一个普通身高，即便如此，也不能挺胸抬头，只能弯腰叠肚，佝偻着背干活。弯着腰干活实在是太累了，杨经国干脆蹲在了地上。他抬头看了看弯着腰的同事，提醒了一句："小心，别碰到头了！"不提醒还好，同事听见班长在说话，一转头，头结结实实地撞到了天花板，虽然隔着头盔，依然被撞得头晕眼花。几个人哈哈大笑，相互调侃着继续干活。

12 点，恩施市疾控中心准时停电。自备电源随即启动。倒计时开始！

每个人的神经都紧绷了起来，不再有人调侃，不再有人说笑话，甚至不再有人说话。大家沉默着，手中的活计不停，沉默的力量无穷大。

时间一分一秒地过去，13：00 整！工程没有完成，还有最后一点在收尾。豆大的汗珠子，一滴一滴滴落在配电室的地上。一分钟，两分钟，三分钟……13：08！完成。5 个小时不间断的施工，恩施市首座 PCR 实验室通电了！原本预计 5 天的施工期仅用了 5 个小时，再一次刷新了国网速度。

"谢谢！谢谢！"恩施市疾控中心办公室主任忙不迭地说着感谢，"给大家准备了盒饭，赶紧吃饭吧！辛苦大家了！"

清江岸边有高高的水泥墙围挡，大家把盒饭拿到江边。水流潺潺，清澈澄明，水中的水草参差不齐，随着水流左右摇摆。大家掏出手机对着盒饭、清江水一个劲地拍照，一张张分享在工作群里。远在利川，清江上游的赖小英在群里发了一句由衷的感慨：你们能看到清江，能在外面呼吸新鲜空气，自由走动，真好啊！

盈盈清江脉脉不语，带着岸边人的喟叹，无声无息，流向远方。当清江成为长江的一部分，临江照水，还能分得清彼此吗？江水清心，照见愁。

2 _ 葛洲坝换流站的 62 天

清江水流到宜昌了，哦，清江依然保持着它的清澈。一位哲人说，顶级的艺术家都是透明的。那种透明的感觉应该就是清江水这般的澄明吧！

其实每一条河流都是一位艺术家，有体无形，利万物而不争。平有微波，急有巨涛；实则冰，虚如云，心怀大善时润泽众生，恼羞成怒时樯倾楫摧。放眼望去，清江水继续向前奔涌，去赴大江大海的邀约，一去不复返。而我要暂时停下来，我要去葛洲坝，去看看当年在小学课本中初识的葛洲坝的风姿。

李超对我说，历史是用来铭记的，温故而知新，从历史中能汲取前进的不竭力量。他从第一天入职，就详细研读了葛洲坝的历史。

李超是葛洲坝换流站的站长，1981 年出生的他离不惑之年尚有 365 天的距离，却已然是一副不惑于心的模样。他的左手无名指戴着白金质地的婚戒，会习惯性地用右手的大拇指、食指转动一圈。他说，那是他与妻子的对戒，从婚礼上妻子给他戴上的那一天开始，就没有摘下来过。妻子也是。

今年从 1 月 27 日到 3 月底，李超一直被疫情封闭在换流站里，每次触摸一下戒指，仿佛心中的爱人就在身边。李超觉得工科生的思维就是一个定义模式，他把手上的戒指定义为“爱的标签”，触手可及。他还定义了很多东西，比如葛洲坝换流站直流场硕大无朋的桂花树。李超将那棵树定义为“开拓者”，那是葛洲坝换流站的第一代建设者种下的参照物，是一面可以映照出昨日艰辛的镜子。

葛洲坝水利枢纽工程是长江干流上第一座大型水电工程，1971 年 5 月开工兴建，1972 年 12 月停工，1974 年 10 月复工。1981 年，葛洲坝水利枢纽工程大江截流工程顺利合龙。1988 年 12 月全部竣工。这是 20 世纪我国自主设计、施工和运行管理的最大水利枢纽工程。1989 年 9 月 17 日，±500千伏葛洲坝——上海直流输电工程竣工投产，填补了中国超高压直流输电技术的空白，双极投运后拉开了中国电网跨区联网的序幕，标志着中国输变电技术跨入世界先列。作为首端站的±500 千伏葛洲坝换流站紧跟中国发展脚步，年输送电量从刚投产的近 10 亿千瓦时到如今高达 60 亿千瓦时。为中国跨区电网的稳定运行贡献了 30 年的力量，肩负华中、华东两大电网异步互联及跨区电网安全稳定运行重任，它像一颗恒久远的钻石，恒定、持久、远谋。面对疫情，它不能出什么闪失，更不能出任何意外。这一点，作为站长的李超比谁都明白。

大疫当前，国网湖北直流运检公司筑起了“封站”隔离、组建应急预备队以及远控应急运维的“三道防线”，在全国范围内率先实行换流站封闭值守管理。葛洲坝换流站、龙泉换流站、江陵换流站、宜都换流站、团林换流站、施州换流站、宜昌换流站 7 座换流站从 1 月 27 日开始封闭值守。

7 座换流站封闭值守，7 位站长各自镇守一方，犹如七剑一起下天山，每个都是高手，一等一的大侠。一个篱笆三个桩，一个好汉三个帮。站长是高手，站里的每一个员工也都非等闲之辈。

工龄与站龄同岁的副站长黄正发到岗！黄正发是葛洲坝换流站历史的参与者和见证者，从郑州电校毕业参加工作那年就是葛洲坝换流站正式双极投运之时，30 年来，黄正发从未离开过。老黄主动承担起了驻站值守人员的后勤保障和个人信息采集。每天测量所有人员的体温并统计、上报数据。

老党员、葛洲坝换流站里经验丰富的副值长马建坤回来了！老马的老家在河南，他已经连续五个年头，大年三十没回老家跟家人团圆了。

厨师闫红也已经到位！“站里每个人的口味我都了解，杨鑫不吃辣，韩帆喜欢吃嫩牛肉，覃卓不吃香菜，马建坤喜欢喝甜粥……吃得好身体好，吃得饱才有力抗疫保电！”葛洲坝换流站食堂面积比较小，封闭期间采取分时分餐制，单人单桌，由闫红打包好分发给每位员工。对于额外增加的劳动量，闫红就当是运动减肥了。

员工艾波步行 3 个小时，辗转回到了换流站！

吹拉弹唱样样在行的文艺全才覃卓回来了！有他在，站里的业余时间不寂寞。

……

14 个人集结完毕，葛洲坝换流站抗击新冠肺炎疫情，保障设备安全稳定运行战役开始了。

考验跟曹操一样，说到就到。2 月 7 日晚上 9 点多，雨打在办公室的窗棂，原本想早点休息的李超一个激灵，顿时清醒了。自从封闭值守之后，14 个人分别独居一室，单人单间，最大限度地减少接触，避免交叉感染的可能性。葛洲坝换流站的员工宿舍数量仅能满足集体住宿，但是封闭驻站期间人员比平时多。大家集思广益，将办公室、会议室、资料室、健身房等所有能利用的区域都充分发掘出来，改成临时宿舍。李超住在自己的办公室里，在办公桌前紧靠窗户边上加了一张床。躺在床上能看到清晨的第一缕阳光，夜晚也能远望直流场的灯光。雨势不大，一支支雨箭借着风势斜斜插进松软的泥土里，润物细无声。李超的窗外有一大片樱花林，那是五年前 500 千伏交流场改扩建时种下的。这场雨会让今年的樱花季更绚烂吧！迷迷糊糊，李超睡着了。

凌晨 2 点，警铃大作。正在值班的马建坤发现了状况。葛洲坝换流站极 I 阀控 VBE C 相 MC 板卡突发故障，进入单系统运行状态，情况非常紧迫。情况越紧急越不能慌，李超接到马建坤的报告后，第一时间按照双汇报制度上报了故障。首先上报国家电网调度中心，而后上报湖北直流运检公司运维检修中心，疫情期间，还需要告知公司的防疫中心应急办。

葛洲坝换流站的设备运行 30 年了，部分设备存在老旧现象，带电更换风险相对较大，存在单极闭锁的可能。李超、马建坤一合计决定向上级申请停极处理，那谁来操作呢？

“我来吧！”李超说道。

“还是我来吧，我操作过很多次，没问题的！”马建坤制止了李超，坚持由他亲自操作。马建坤将操作票仔仔细细核对了好几遍，跟大家一起梳理了停极操作的流程，确保所有的准备工作都安排到位以后，他坐到了操作电脑前，在监护人的配合下，根据指令认真开始操作，经过一番小心谨慎的操作，极 I 顺利停运。

葛洲坝换流站一共六组交流滤波器，停运一组，虽然冗余减少，但其余五组仍能正常输出120万千瓦时。此时，争分夺秒地完成抢修，以最快的速度恢复可用载重就成了当务之急。就在这时，天公不作美，像被人戳漏了一样，雨势忽然就变大了。霎时，直流场的水泥地面上朵朵雨花乱溅。2月的雨是冰雨，打在脸上寒凉刺骨，落在工衣上钻进衣领、袖口，冷冰冰的，凉薄得让人心寒。没有人去在意，雨打湿了口罩，索性扯下来扔在一旁。雨阻隔了工友间协作的默契，那就大声喊，风声雨声喊声，声声回荡在直流场上。天公累了，兴风作浪了一个小时，也没能吓退抢修小分队的干劲，也许它觉得没意思，转身睡觉去了。雨势骤减，停了！

凌晨3点，抢修工作圆满完成，极I阀控制系统故障成功解决，重新投运，葛洲坝换流站直流系统恢复正常运行。

一群人湿答答地从直流场往各自的宿舍散去。

“你们困不困？”不知谁问了一句。

“不困也得回去休息！”李超说得很严肃。

“别急嘛！站长。我是忽然想到了科比，不是说他每天凌晨四点半就起来练球吗？满天星星，灯光寥落，行人很少。科比说大多数人不曾见过凌晨四点半的洛杉矶，而他坚持了十年才成了科比。”

“你到底想说啥？”

“站长，我们想打篮球！”异口同声。

“你们三点半起来练球也成不了科比！”李超打趣道。

“我不想成为科比！站长，我就是觉得没有人像我们一样工作这么不定时，一天24个小时，任何时间都有可能是工作时间！”所有人陷入沉默，唯余工鞋踩着雨后的水渍的节奏。

“行，我明天向公司申请，给咱们安装一副篮球架！”

“这个点应该把覃卓薅起来，让他来给咱们唱一首！”

“别闹幺蛾子，让他休息吧！把厨房闫师傅叫起来给大家煮点姜汤，祛祛寒气，这个时候感冒发烧可不得了！”

“煮什么姜汤啊，一人来一碗元宵还差不多，今天是元宵节呢!”

“是啊，从春节到元宵节，庚子新春，我们都经历了些什么啊！在这个春天里，有的人失去了生命，有的人失去了工作，而我还健康地生龙活虎地活着，试问有何种借口与理由不珍惜，不全力奉献，不努力工作？这份工作不仅仅是一份工作，这是货真价实的‘辛苦我一个，点亮千万家’。”李超摇摇头不再作声。逆光而行，只为拂晓。

下了直流场的楼梯，穿过阀厅后面的小径。吸饱了雨水的桂花树更加精神抖擞，叶片在路灯下闪耀着祖母绿的光芒。“啪”！“啪”！两朵小黄花睡醒了。是迎春！迎春花开纳福。不是幻听，也不是幻视。没有一个冬天不可逾越，没有一个春天不会来临。迎春花真的开了!

春天，原本就是花开的季节。封闭值守 62 天后，李超走出了葛洲坝换流站。在他身后，一树树樱花正是烂漫时。

3 _ 施州换流站里的 90 天

“我家里有事，年度检修一结束，我就请假回去!”

“张勇，能不能再坚持几天，你们三个留一留加个班，他们俩都同意了。我希望你也能留下来!”

“不行，站长，我家里真有事!”张勇的声调陡然高了上去。

“那你告诉我，谁家里没事？封闭值守的时候考虑到你老婆生孩子，所以没让你参加。年度检修有多重要，任务有多重，你不是不知道！你是咱们站唯一一个主值班员，是核心力量。检修结束重新送电，要再观察一段时间的运行。这个节骨眼上，你回家，我准你假其他人怎么想?”

“我不管！我必须要回家!”

“张勇，你看看人家周菁，比你还小五岁，人家一个小姑娘都能主动请战封闭值守 62 天。你得有点大局观才行啊!”

“别跟我提周菁，她是党员，我又不是！我该值的班值完了!”扔下一屋牢骚，张勇扬长而去。

这里是国网湖北直流运检公司七座换流站之一的施州换流站，力劝张勇继续值守的是站长宋宇，七剑下天山各守一摊的“七剑”之一。宋宇1月24日大年三十那天值完班，原本要交接班回家。武汉封城之后，国网湖北直流运检公司随即开会研究换流站的安全值守，宋宇隐约觉得换流站有可能封闭管理，索性就留在了站里。施州换流站有五名武汉员工，武汉的家是回不去了，他们干脆以静制动，以站为家。1995年出生的周菁是2018年刚入职的年轻员工，她家在武汉市的武昌区，受当志愿者的父亲的影响，周菁第一个写了请战书。周菁写道：“作为共产党员的我，为党分忧，责无旁贷！留站继续值班，搞好本职工作，是我力所能及的事情。施州换流站作为跨省、跨地区的重要枢纽，意义重大，而且施州站站址偏远，通勤压力大，留站值班将减少人员流动性，可以将风险降至最低。”

国网湖北直流运检公司是中国最早的超高压直流运维管理单位，是中国直流输电事业的摇篮。从1989年中国第一个超高压直流输电工程葛南直流输电工程起步，到2019年顺利接管渝鄂背靠背柔性直流联网工程，历经30年的发展，作为系统内的第一个直流专业化管理公司，负责湖北省境内特高压交直流合建站，以及5座±500千伏常规直流换流站，2座±420千伏柔性直流换流站的运维管理工作，承担着确保三峡电力外送、维护湖北直流与跨区电网安全稳定运行的重要使命，成为湖北电网三峡外送起点、西电东送通道、南北互供枢纽、全国联网中心的重要支撑。

七座换流站中的施州换流站、宜昌换流站是目前世界上投运的电压等级最高、输送容量最大的柔性直流输电工程。两座柔性直流换流站的投运，使川渝地区和华中地区的电网真正实现了异步互联，从根本上解决了500千伏跨区长链式交流电网存在的稳定问题，不仅提升了四川、重庆、湖北、湖南等省市区的电网稳定性，也使西南、华中、华东三大电网跨区输电更加顺畅，提高了电网运行的灵活性和可靠性，打通了西部地区和东部地区电力输送的大通道。

宋宇所在的施州换流站是渝鄂直流背靠背联网工程的南通道换流站，就在恩施州咸丰县高乐山镇杉树园村。

6月初，结束在咸丰县供电公司的采访，我按原定计划前往施州换流站。奈何暴雨如瀑，不时有小股泥沙和石块滚落到路中央，出于安全的考虑，遂止步于距离施州换流站仅10公里之处。是为一大憾事！

见到宋宇是上苍对我没有实地参观施州换流站的变相补偿。在葛洲坝换流站完成对李超的采访之后，宋宇从天而降，他是因为工作的缘故来葛洲坝换流站公干。宋宇从手机里找出来一张施州换流站的鸟瞰图，指给我看。照片里的施州换流站被群山环抱，周围是花瓣一样的青翠山峰，施州换流站恰如这朵“山花”的花蕊、花心。站内的主体建筑造型像一条帆船，乘风沐雨，立于山巅唱大风。青山绿水，旗云流动，宛若仙境一般。站内种满了山茶，红胜火，白若雪。换流站封闭值守的62天恰好就是山茶花的花期。宋宇记得施州换流站绿化苗木栽植的时候，绿化工人们闲谈时将山茶花称为胜利花。胜利花！从第一朵山茶花开，映红了晚霞中的换流站那天起，宋宇就坚信这场抗击新冠肺炎疫情的战斗一定会胜利。

然，宋宇依旧不能理解张勇的反常与执拗。施州换流站是国网湖北直流运检公司所辖最偏远的一座换流站，站内的运行、检修人员大都不到30岁，日常工作不仅繁重而且周而复始，交通不便，与繁华世界相距甚远，所有人无一例外地期盼、珍惜与家人团聚的时间与机会。施州换流站是2017年5月25日开工建设，2019年6月24日正式投入运行的。新冠肺炎疫情暴发时，施州换流站刚刚安全运行了半年的时间。一场疫情褫夺了国人最温情的假期——春节，但两个月的封闭值守对施州换流站的大多数人来说并不陌生。2018年的11月、12月，施州换流站的人员就曾经有过类似的经历，头顶巨大的筹建压力，倒排工期，封闭值守，所有运行、检修人员整整奋战了两个月，只为保证换流站的零缺陷运行。张勇当时的表现与今天判若云泥，对呀，张勇刚才不是说了家中有事嘛，也许是真的出了让他难以承受的事情了吧！宋宇心里“咯噔”一下。张勇来找自己请假之前，已经跟他的值长发生了口角，而自己也没有细究原因，只是一味地不准假，哎！宋宇暗自嗔怪自己。

封闭值守的62天里，宋宇时常被自己年轻的团队感动得鼻子发酸。作为一个扎根湖北的西北人，他经常主动到站里的食堂去小试身手，给大家做正宗的油泼面、西安羊肉泡馍和岐山臊子面，陶醉在年轻人大快朵颐的滋味享受里。他知道大家的辛苦，每一个人的付出和努力，宋宇都看在眼里记在心里。这就是他们的工作，这就是他们的使命。感动之余，宋宇就特别愿意给这些可爱的同事们做饭吃，用家乡的美食犒赏三军。毕竟食物不仅能熨帖胃，也能传情达意，抚慰人心。

只有25岁的周菁，家世优渥，父亲在武汉新冠肺炎疫情最严重的社区当志愿者。娇小柔弱的周菁不仅第一个写下请战书驻站值守，而且主动承担了工作之外的一些额外职责，上报体温测量信息，食堂、值班室、宿舍的消杀。2月中旬的一场寒潮，咸丰县温度直降十几度，施州换流站的消防管网报警，站里值守的人员全体出动找漏点。大家排查了站内所有的阀门井，最终是周菁所在的组找到了渗漏点。那是小姑娘第一次下消防竖井查找管道漏点，从弥漫着异味，又潮又湿的竖井里爬上来时，周菁全身都湿透了。

28岁的值班员罗敏，虽然参加运维工作只有短短三年，却已是施州换流站技术过硬的中流砥柱。2月1日原本应该是他与女朋友订婚的日子。突如其来的疫情将罗敏留在换流站，将心上人困在武汉城。一种相思，两处闲愁。此情无计可消除，才下眉头，却上心头。休息的时候，罗敏就跟女友打视频电话宽慰她。有时候工作一忙，连轴转起来，忘记给她打电话，想起来再联系时，电话那端的女友就会哭得梨花带雨，罗敏尤怜。女友一边哭得抽抽搭搭，一边让罗敏安心上班。“我会照顾好自己的，你好好上班吧！亲爱的，我在武汉等你！”

43岁的司机胡涛，乐观，幽默，封闭值守期间化身为胖天使，既是施州换流站的司机，也是清扫院落的清洁工，还是修建绿化苗木的园丁，也许正是因为有了胡涛的悉心管护，换流站里的山茶花才会开得比往年更红火更娇艳。

54 岁的食堂帮厨杨大姐是施州换流站旁边杉树园村的村民，老公生病在家。杨大姐想辞工回家照顾，奈何疫情期间招人不易，坚持了一个月，等到有人接替她的工作之后才离开。杨大姐辞行的时候才对宋宇说了实话，她老公得的是癌症。宋宇含着眼泪送杨大姐离开了施州换流站。

62 天，施州换流站并没有出现大的故障，毕竟刚刚运行了半年，整体性能稳定。元宵节那天，恩施的天气晴好，施州换流站的运维人员度过了一个比宜昌葛洲坝换流站运维人员轻松愉快的节日。清晨，高山雾霭缭绕，一缕阳光穿透雾气，散落在±420 千伏施州换流站内一排排高压设备上，丁达尔效应似真如幻。宋宇带着施州综合检修组党员突击队成员对全站的设备进行常规巡检。

“变压器油位正常！”

“端子箱加热器正常！”

“在线监测装置载气瓶压力正常！”

“你们想不想家？今天是元宵节。”宋宇问道。

“想！”

“当然想了！”

“我也想，”宋宇笑了笑，继续说，“但是……”

“但是我们得坚守！”不等宋宇说完，大家“哈哈”大笑着就把宋宇的话截断了。“宇哥，你不用说！我们都知道，想家是真想，但我们在这里也是真心实意地想在这里！”太阳升起来了，薄雾不知去了何处，天地间煦色韶光明媚。

62 天，说难熬也难熬，说快也快。转眼之间就到了 3 月 28 日，国网湖北直流运检公司宣布可以换班了。在接到换班通知的同时施州换流站也接到了年度检修的进度表，七座换流站，施州换流站第一个开始检修。牢骚与埋怨的情绪可以理解，但是张勇这样的过激反应，宋宇始料不及。刚想掏出手机给张勇打个电话，恰好国网湖北直流运检公司检修中心一个同事的电话打进来，跟宋宇讨论检修方案。宋宇转头就把张勇的事情撂下来。回家就回家吧，带着情绪工作，万一出问题怎么办，一失万无啊！

事情到这里并没有结束。在恩施，宋宇带着施州换流站的运行维护人员配合国网湖北直流运检公司检修中心开始了年度检修。在宜昌，张勇敲开了国网湖北直流运检公司运维中心党总支书记陈涛的办公室门。

张勇是带着个人诉求来找陈涛的。他跟自己的值长和站长起了冲突，负气回家，重新回施州换流站工作有心理负担和压力。他希望陈涛书记能帮他调换一个换流站，在表达自己诉求的时候，他把事情的前因后果站在自己的角度上复述了一遍。

“陈书记，2 月份我老婆刚生小孩，老婆孩子一直都是我岳父岳母在照顾。3 月底我参加了年度检修，快结束的时候，我老婆的外公外婆一个生病一个住院，岳父岳母既要照顾老人，还要兼顾我老婆和小孩。我老婆有时候一个人要带两个孩子，老大才 3 岁，老二刚出满月。我跟老婆说检修结束我就能回家，后来又让我加班，还要再待十几天。我给老婆打电话，她在电话里就哭了，我老婆哭，孩子也哭，我的心都要碎了，我是男人啊！我当时就是想请个假回去看一下她们，然后还可以再回站里嘛！值长值长不准假，站长站长也不准假……”

“你跟值长、站长他们说家里的情况了吗？”

“没有……”

“为什么不说呢？”

“嗯，嗯，我没好意思说，也有人跟我差不多吧！其实每个人家里都有事。”

“张勇，你能这样想很好，说明你是有大局观的。你工作也有几个年头了，又刚刚晋级，是站里唯一一个主值班员。你们站是咱们公司最偏远的一个站，也是年轻人成长最快的一个换流站。你仔细想一想，这几年都是什么样的同事离开了你们那里，哪一个不是业务突出、表现优秀，然后获得晋升去了更重要的岗位？如果跟同事闹了矛盾、跟领导起了冲突，想以这样的理由离开是不可能的。这一点，我可以非常明确地答复你。”

张勇低下头，嗫嚅着说：“值长当时骂我了，他态度很不好！我不能接受。”

陈涛说：“无论是你们值长还是站长，如果他们的管理方式和态度有问题，我可以批评他们。如果是他们错了，也可以让他们向你道歉。但是你们值长是一个不问青红皂白就随便骂人的人吗？他逮谁骂谁吗？还是你们争吵的时候，话赶话然后才骂的你呢？张勇，那你有没有想过你自身是否也存在问题呢？”

“我家里的确有困难！”

“张勇，作为男人，我能理解你对家庭的责任，对老婆孩子的责任，换位思考一下，如果我遇到与你同样的问题，我也会着急上火的。张勇，如果我是你，我会想一想国网的精神，也会想一想身为一个党员该如何处理家庭与工作……”

“我不是党员！”陈涛的话还没有说完，就被张勇出言打断了。

“你不是党员，可以不用共产党员的标准要求自己。但你是国网员工啊，《国家电网公司员工守则》你总该遵守吧！央企员工的责任与担当，一条一条地对照一下，你做到了吗？”张勇的头低得更低了。陈涛顿了一下，继续说：“张勇，今天我们就谈到这里，你呢，这段时间也冷静一下，既然回来了就踏踏实实休班，照顾一下家里，不要有太大的心理和精神负担。但是呢也要尽快跟你们施州站的宋站长联系一下，确定回去上班的时间。”

“我考虑一下再说！”张勇垂头丧气地离开了陈涛的办公室。

宋宇说，后来张勇休完班就回施州换流站上班了。宋宇也找张勇谈了一次话，让他放下包袱安心工作，就像山巅的旗云，太阳升起烟消云散。工作照常，生活如常。

宋宇告诉我，张勇去向陈涛书记反映问题之后，陈书记给他打电话了。当宋宇知道张勇家里的情况后，其实是有点后悔的。电网铁军虽然铁骨铮铮，但骨头里既有热血也有柔情。一个男人给了一个女人家庭，女人给男人养育了孩子，在女人最需要男人的时候，男人却缺席了！张勇的反应与表现在情理之中。宋宇反而觉得张勇是个真男人，为了自己的老婆孩子奋力一搏，也是一种勇气，是人性中最本真最美好的部分。

“我能理解张勇是一回事，但如果我是张勇，我不会像他那样做！”宋宇正色道，“我跟张勇一样，是男人是丈夫是父亲，这都一样，不一样的是我还是一名共产党员。这一次，我们国网湖北直流运检公司七座换流站参与封闭值守的一共 119 名员工，其中党员 75 人。现在回过头来看，62 天的安全值守，与党组织的工作密不可分，离开党组织，凝聚力、影响力、战斗力就无从谈起。的确，我们的日常工作管理以人为本，提倡人性化管理。尊重人性，保护个性，但是完全从人性的角度出发，就不会是今天的局面和结果。我前前后后在换流站里坚守了 90 天，我认为党员的党性觉悟是基于人性基础上的一种自我实现和自我超越，党员就应该有个党员的样子！”

“李老师，你是不是觉得我说的话很官方，很冠冕堂皇的？”

我微笑不语。

“我说的是真心话，比真金还真！”宋宇义正词严，眉宇间激荡着一股不容置疑的凛然浩气。

4 _ 23 楼与 32 楼距离 90 天

在茶水间选择咖啡的时候，李淼在水洗咖啡豆与日晒豆之间犹豫了一秒钟，而后快速做出了决定，日晒豆。从小到大，李淼一直活得特别清醒，清醒地知道自己的方向，自己的未来，自己的好恶，自己想要什么不要什么。丈夫说她果断起来不逊于任何男儿郎。李淼弯弯的笑眼睨视着自己的爱人，调侃道：“我比你逊呀！”与爱人分别已有月余，有点想念呢，但即便想念此刻也不能打电话，机长同志他在天上飞着呢。

李淼呷了一口咖啡，醇厚浓烈，鼻端滑过一丝淡淡的果酒香气。这是她春节前为自己储备的咖啡大礼包，囊括了需要自己动手研磨的咖啡豆，方便快捷的挂耳咖啡，以及她最心仪的顺滑馥郁、层次分明的冷萃咖啡包。对于咖啡的热爱，李淼从大学时就开始了，不过她从来没有将咖啡与小资情调、精致生活等同视之，她只是在世界三大饮品的茶、可可、咖啡中选了自己最中意的一种。咖啡可以提神醒脑，让人时刻保持清醒，身为国网湖北电力调度控制中心分管生产的副主任，李淼不允许自己在工作时间有一丝一毫的神疲气倦。这样香醇的咖啡，可不能藏私，独乐乐不如众乐乐，要赶快知会 23 楼和 32 楼的年轻饕餮们，尤其是 23 楼的贺俊和 32 楼的刘昕，他们与李淼一样，也是咖迷。调控中心封闭运行后，被封闭其中的 33 名同事已经 20 天没有见到过家人了。“五班三倒”的“战时”应急值班体制能充分保障调度员们的休息，休息之外冗余的那些时间，如果没有一点小兴趣、小爱好，要如何抵御封闭的独孤与焦虑？

新冠肺炎疫情来势汹汹，国网湖北电力启动应急预案后，电力调度控制中心“2+1”专项应对预案随即启动。所有的预案启动都是非常规性的，在预案启动之前，有几项工作需要一一落实，首先摸清整个湖北省电厂的人员组织、物资储运、疫情控制情况，评估疫情期间全省的发电能力和负荷调整能力，同时考虑疫情控制政策的调整，准确预测这段时间的负荷需求。

“贺俊，你把省内发电能力评估网间受电需求后告诉我，我来协调华中分中心和国调驰援湖北足额的电力资源，我说清楚了吗？大家分头去准备吧，速度要快！数据要准确！”李淼说话的语速比一般人要快，吐字清晰，会让人紧张，却不会有压迫之感。其实，李淼说话快的时候，被她分管的调度员们并不紧张。如果哪一天，淼主任的语速慢下来，那才是山雨欲来风满楼。调度员们之间交换一下眼神，互相提醒着，小心点吧，淼姐火山要喷发了！

调度系统是电网的指挥核心，关乎整个地区的电网安全。一名合格的调度员至少需要三年至五年的一线积累，不仅对电网结构、设备特性及其运行特点等专业知识了然于胸，还要有极强的组织协调指挥能力和扎实过硬的心理素质。1 月 23 日，国网湖北电力以最快速度“复制”出一个临时应急大厅。“2+1”中的“2”即 32 楼的主调控大厅与 23 楼的应急调控大厅，“1”指的是荆州的备用调控中心。李淼将调度员分为 A、B 两组，分别在 23 楼与 32 楼交替开展值班。两厅值班人员不交互，地点不交互。

武汉的疫情越发严峻，在武汉市中心城区将禁止机动车通行的消息传来后的第一时间，调控中心吹响紧急集结号：所有调控值班人员赶在当晚 10 点前到指定酒店集中，实行封闭管理。

贺俊第一个在工作群里请战，他是调控运行 B 组的调控长。贺俊是 1975 年的，比李淼大一岁，是位党龄 16 年的“老调度”，被同事们戏称是调度员的“镇山之宝”，这个绰号源自贺俊工作中的遇事沉稳，处事干练果断。贺俊家有老妈、老婆和女儿，三个女人一台戏，贺俊是家中响当当的超级绿叶，备受老妈宠爱、老婆爱护和女儿爱戴。

贺俊拖着行李箱刚走进酒店的大厅，妻子的电话就追过来了。

“到了吗？”

“到了！”

“进了酒店房间之后一定记得要消毒啊！”电话那头的妻子一百个不放心。

“好了好了，我知道了。你在家照顾好女儿，替我亲她一下吧！”贺俊匆匆挂完电话，他不知道自己要多久才能再见到女儿。一想到要跟自己的小棉袄分开许久，作为老爸的贺俊就难过得直掉眼泪。在酒店大堂迎候调度员的李淼本想调侃“女儿奴”贺俊几句，看着贺俊难受的模样，心想就先别补刀了。

那天晚上，李淼发现贺俊在朋友圈给他女儿写下了一段话：

宝贝，等你可以不戴口罩就出门，可以骑着心爱的平衡车满院飞驰，可以穿上漂亮的裙子在舞台上笑着跳舞的时候，我要带你去麻城看漫山遍野的杜鹃；去荆州方特看熊出没和烟花；去随州看曾侯乙的古老编钟；去襄樊古隆中找故事里的三国，去十堰樱桃沟里边摘边吃直到吃饱。宝贝，乖乖的，等着爸爸回家……

刘昕则是1987年的少壮派调度员。妻子的预产期在2月份，春节前刘昕就把大腹便便的妻子送回了黄石老家，原本是计划春节假期回老家陪妻子待产。疫情打乱了所有人的春节计划与生活节奏。李淼通知刘昕的时候考虑到了他妻子即将临盆的实际情况，没想到刘昕的电话接通之后，得到的却是“保证准时到岗”的答复。2月10日那天，刘昕升级成为父亲，女儿降临人间的第一声啼哭他是隔着手机屏幕听到的。女儿哇哇大哭，手机这端的刘昕哭得比女儿的声音还要嘹亮。刘昕当爸爸的这天，调控中心还有一个同事过生日，李淼特意自制了两个戚风蛋糕，因陋就简，一个插上蜡烛权当生日蛋糕；一个恭喜刘昕喜得千金。

贺俊与刘昕两个人的家离得很近，以前两个人经常一起拼车上下班。李淼经常说，贺俊、刘昕两个人在一起工作的时间比他们陪伴家人的时间要长出来N倍。疫情改变了这对平时“孟不离焦、焦不离孟”的亲同事的日常相处模式。贺俊去了23楼的应急调控大厅，并且担任调控运行B组的调控长。刘昕则就地留守32楼的主调控大厅，是调控运行A组的调控长。除了担任调控长之外，刘昕还是国网湖北电力调控中心一支部的临时代理书记，他根据排班情况，组建起了五个临时党小组。每个党小组设置正副小组长互为备用，党小组长除负责正常调控业务外，还对本组党员分早晚两时段进行测温汇报，全时段检查佩戴口罩情况。作为支部书记，刘昕带领党员志愿者对两个办公场所每天进行消毒杀菌，尽最大努力消除工作中交叉感染的风险。事实证明，在关键时刻，充分发挥党组织和党员的先锋力量，是打赢这场疫情防控阻击战的根本保证。

今天，新增防疫重要用户183家，请夜班及时掌握滚动修订的相关预案……

22 点 30 分是交班时间。“调度二厅”调控长贺俊与“调度一厅”的刘昕进行网络交接班。闻其声，见其人，然而见到的仅仅是大屏幕上的光学图像信号。科技改变生活，科技改变世界，科技让生活更美好，科技保护了疫情期间的调度员的生命安全。A、B 两组人员整齐列队，上一班调控长、监控长分别向下一班的调控长、监控长交接当班电网运行情况。

23 楼与 32 楼之间的垂直高度是多少？不知道，李淼没量过。23 楼与 32 楼之间的步行楼梯台阶有多少层？不知道，李淼也没数过。李淼走路的速度跟她的语速是相匹配的，快如风，疾如电，从 23 楼到 32 楼，御风而来，驭风而归，垂直高度与几层台阶虽然不知道，但两层楼之间的物理会面距离她最清楚不过了。从国网湖北电力调控中心集结号吹响的那天算起，到李淼、贺俊、刘昕三位咖友重新聚首之时，从 23 楼到 32 楼的时间距离是整整 90 天。

国网湖北电力调度控制中心是我湖北之行的最后一站，为了能进入这里采访，我先去武汉协和医院做了核酸检测，拿到“阴性”的报告单之后，再填写《国网湖北电力本部办公区域阶段性项目外协人员准入审批表》，工会提请申报，办公室审批完之后又去人事部门备案，三个猩红的公章盖下来，我才被获准进入调控中心。陪同我采访的工会干事毛佳对我再三解释原委，调度系统是电网的指挥核心，等同于电网的大脑，关乎整个电网的安全。实在是因为调控中心太重要了，是百分百的“闲人莫入”之境。

李淼说：“我们是重点保护动物，调控中心值班员属于不可替代人员，没有一定的沉淀当不了调度员，不可能随便找个人来代班。一个被感染就会一锅端，虽然现在已经是低风险的后疫情时代，但是我们这里的防控措施一点也没有减弱，我的神经也一直不敢松懈。这口气就靠它吊着呢！”李淼晃了晃手中的珐琅彩透明咖啡杯，咖香四溢。

调控中心的采访始于彭丰，终于李淼。留给排在最后一个的李淼的时间并不多。在有限的时间内，李淼娓娓而谈，一个字不多，一个字不少，一句废话也没有，中间还给我做了一杯手冲咖啡。咖香满屋。李淼是典型的南方女孩样貌，言谈举止间却自有一股北地冷峻飒爽风流。同为女人，一直以来我都有个自以为是的女性审美标准，那就是“帅”。“帅”是女人最高级的仪态，这也是伍尔芙的标准，她认为伟大的灵魂都是雌雄同体。

李淼用三个关键词结束了与我的聊天：责任、感动和守望。她说，一场疫情让她看到了包括她在内的所有年老的、青壮的、年轻的调度员的责任，责任高于一切。她曾经数度被一声集结号就从四面八方云集至 23 楼、32 楼的同事感动得狂飙热泪，2020 年是李淼记忆中流泪最多的一年；与彭丰一样，李淼也一次又一次地站在 32 楼的小阳台遥望空旷的街道。她说自己从来没有绝望过，哪怕是在疫情几近失控的那段日子里，也从来没有。李淼不知道自己的希望来自哪里，主调大厅在做最后的准备，马上分厅值守的那天，同事无意间抓拍了她的一张照片，命名为《守望者》。照片里的李淼神情冷峻，静静凝视着早已看了千百遍的调控中心大屏幕上的湖北电网实时潮流走向图。李淼看着照片里的自己，后知后觉地明白了自己内心的希望来自哪里。希望来自他们自身，电力人是光明的使者。此时此刻，守护电网就是守护光明，而守护光明正意味着守护希望。

楚地迓韵：东湖丽景

▼

◎收件人：刘一江

◎主　题：东湖丽景

接到你的电话时，妈妈正在赶往青州高铁站的路上。本不想告诉你，怕你担心，却鬼使神差在电话里说了自己的目的地。一家五口人，爷爷奶奶不知道，前几天都是爸爸在帮着我规划安全出行的路线，是坐飞机还是坐高铁，如何请假、如何报备，条理清晰地给我做着参谋长，爸爸甚至详细阅读了百度百科中的“武汉”词条，把他的认知一点点说给我听。就像那年寻访《国碑》时一样，做好完备的出行攻略，提前访问各个博物馆的网站，把他作为阅读者的第一需求告诉我，但爸爸始终拒绝阅读妈妈笔下的文字，就像你莫名其妙的抗拒一模一样。爸爸不想让我告诉你，主要是担心你会担心我，课业负担本就压力山大，还要再分心劳神。知母莫如子，心思缜密的儿子鄙视神经大条的老妈的各种日常。电话接通的那一瞬间，我还是忘记了爸爸的叮嘱，下意识地对你说了自己的行踪，也许在我的潜意识里，你已经不再是需要爸爸妈妈保护的孩子，而是可以反哺父母的英俊少年。

原定计划是乘坐飞机，东营直飞武汉天河机场，只需两小时零五分。那一天说来也怪，三遇“天河”一词：早上订机票，东营飞武汉天河机场的“天河”；中午外出吃饭，农家乐餐馆养鱼池旁赫然在目一首打油诗，最后一句：天河碧浪泛金光。天河！下午刷微信朋友圈时，《华夏》总编辑刘迪生贴出来一篇他的旧文，题目为“在天河喝酒”。第三个天河！下午四点一刻，收到了航班取消的短信，无奈之下我只好改乘高铁，旅程从两个多小时一下子被拉伸到七个多小时。

妈妈是个特别幸运的人，出发前的晚上本来要在学校值夜班，晓亮校长知道我第二天要出门，主动替我值班。因为爸爸还在济南千佛山医院照顾病重的奶奶，孙蕾阿姨就让她公司的车送我去青州坐高铁。青州的玉刚叔叔则等在高速路口，送我上车时塞给我三本书，让我在路上读。余华的《间奏——余华的音乐笔记》，贾雷德·戴蒙德的《枪炮、病菌与钢铁》，纳西姆·尼可拉斯·塔雷伯的《黑天鹅效应》。玉刚叔叔用细长的手指敲打着第三本书的封面，去吧，去抓住这只黑天鹅！

孙蕾阿姨一路发送着对我的关心与担心，时而文字，时而语音。“人活着的意义是什么？生命对每个人提出了问题。”引号中的20个字是孙蕾阿姨发给我的话题，这是我们作为朋友之间的日常对谈。不是我就是她，每每看到一个可以引发自己思考的观点，就击鼓传花扔向对方，思维奔逸，漫无边际。儿子，支持一段情谊历久弥新的永远是对等的相似的三观，三观合，万事和。

其实我接受这项任务之后，就收到了国网湖北电力抗击新冠肺炎疫情保障电力供应的所有宣传资料，新闻类、文艺类杂七杂八足足有二十万字之多，一边看资料一边做远程采访，也可以完成书写任务。为什么要在疫情还没有完全解除的时候就过来这边呢？

“大江东去，浪淘尽，千古风流人物。”妈妈最喜欢的词人苏东坡无数次吟咏过荆楚之地。在这里，孙权坐断东南，岳飞兴师伐金，太平军挥师北上……辛亥革命武昌起义的枪声，结束了统治中国两千年的封建帝制，给中国带来了现代历史进程的曙光。京汉铁路大罢工轰轰烈烈，“保卫大武汉”的嘶吼震天响。1938 年，武昌水电厂员工将来不及拆卸的发电设备全部炸毁，只为避免发电设备落入日寇之手。如此决绝，如此刚烈，宁为玉碎不为瓦全，宁愿玉石俱焚，不愿苟且相安。

一座城池，为何能让几代人浴血奋战、以命相守？武汉为什么会是一座英雄的城市，武汉人为什么不服周、不信邪？

在写作《国碑》的时候，爸爸曾陪我去过武汉，去看武汉辛亥革命博物馆、首义广场、鄂军都督府、黎元洪旧居、黄鹤楼……那一次的武汉之行，短短数日，武汉的血性、有温度和态度，成为心底挥之不去的记忆。在这个城市元气大伤、缓慢恢复的时候，因着这样的机缘巧合，我必须要去看一下，哪怕乘风沐雨，哪怕涉险而行。这也是我的老师徐剑先生对我的训诫：书写报告文学的“三到”原则，看到、走到、听到。要想了解武汉，要想感知武汉人，必须要去，用脚丈量那片土地，用心倾听武汉人用辨识度极高的武汉话讲述武汉故事。多年之后，如果回忆起来，妈妈应该会记得2020年与武汉一起肩并肩的日与夜。说实话，妈妈也很害怕，很恐惧，新型冠状病毒看不见摸不着，像个藏匿在草丛里伺机偷袭的隐形怪兽。你是知道的，妈妈胆小如鼠，恐惧、焦虑本就在情理之中，妈妈没有一丁点的英雄情结，一点也没有。向校长请假的时候，校长开玩笑说："要去当最美逆行者吗?"心下愕然，忙摆手否认。妈妈是一名教育工作者，也是一名作家。在校园里做一个踏实的教育人，面对一个写作题材，更会做一个踏实的写作者。将来你踏入职场慢慢就会懂得，职业是需要精神的，职业精神。

从正午阳光到夜色深沉，一路向南，入荆楚。夏雨滴答，钟表一样地嘀嗒。嘀嗒，嘀嗒，武汉封城；嘀嗒，嘀嗒，武汉重启；嘀嗒，嘀嗒，我来了，手表从山东时间进入武汉时间。国网湖北电力工会的毛佳与湖北长阳县供电公司的李萍已在雨中候我许久。武汉站东出口，我在夜色中寻找他们，他们也在人群中搜索我的影子。"李老师!"一个娇俏的声音，素昧平生、第一次见我的李萍借由女性的直觉，在人群中准确地锁定了我。

武汉的夜色撩人心弦，有灯，有光。毛佳说，从疫情发生到现在，武汉的灯光一直是这样的，绚烂，温暖，给人希望。尤其是长江两岸的灯光秀，璀璨夺目，像交响乐的高潮部分，慷慨激昂，大气恢宏。毛佳说，一天晚上，他值完班回家，穿行在阒寂的街道上，除他之外再无别人，无端的悲凉自心底油然而生，一米八的壮汉脆弱如洪山菜薹，眼泪扑簌簌地掉下来。抬眼望去，一盏盏路灯接着力，为他铺就了一条明亮的甬道，通向光明的对岸。就在那一瞬间，毛佳说他想到了自己的同事，那灯光背后无数个保障这座城市电力的国网人。我想在车上摘下口罩，被李萍出言制止了。李萍说：“还是戴着吧！”俄而又补充了一句，“我们都习惯了。”

入住东湖丽景酒店。摄像头身份认证时，被口罩扭曲了的脸，第一次居然认证失败。我仅仅是佩戴了八个小时而已，那些与口罩为伴半年之久的武汉人呢？我问毛佳，这会不会是一次全程佩戴口罩的采访？毛佳说，有可能。

人困马乏，热水澡万岁。今夜妈妈与武汉一起安睡。

晚安！武汉。

晚安，刘一江。

李玉梅于东湖丽景酒店

2020. 5. 25

第二乐章

行板：英雄

武汉不愧为英雄的城市，湖北人民和武汉人民不愧为英雄的人民。

一声部：距离音符

▼

1 _ 零距离

5 月的骄阳下，我站在武汉国际博览中心外面，仰望却不能近身。虽然已经休舱一段时日了，仍有零星的工作人员扯着长长的胶皮水管在冲洗地面。两个月前，就在这座方舱的里面和外面，各有一位“不服周”的周姓国网人，他们内外夹攻，同仇敌忾抗击着新冠肺炎疫情，保障着疫情期间国博方舱医院的供电安全。

在国博方舱医院内的叫周磊，地道的武汉人。周磊是国网武汉市沌口经济开发区供电公司先进制造园区供电所所长，客户用电服务工作专家。第七届世界军人运动会期间，周磊和他的团队圆满完成了包括开闭幕式的武汉体育中心、军运会全球赛事转播主媒体中心在内的 7 个比赛场馆和 13 家接待酒店的供电保障工作。周磊原本以为，能够参与世界军人运动会这样高规格的活动的保电任务会是他职业生涯中最深刻的记忆，没想到，几个月之后，在猝不及防间，又一次保电经历刷新了他对“深刻”的认知，果然是没有最深刻，只有更深刻啊。

进入国博方舱医院，周磊不是以他的职业身份进来工作的，而是作为一个感染了新冠肺炎的轻症病人进来接受治疗的。

1 月 28 日，大年初四。雨过天晴，太阳被连日的冰雨冲洗过的脸，冷冷地照着武汉，大街上，周磊戴着双层防护口罩，急匆匆地赶往医院的发热门诊排队，等待检查。

这一次排队，他并没能顺利检查。

等到30日中午，太阳的脸渐渐回暖，照在等待拍胸片、做CT的周磊身上，却照不进他的心里。当医生的母亲告诉他，有低烧、乏力症状就必须去医院做检查，科学防护。拍完CT、做完核酸检测等一系列检查，他回家自行隔离。

2月2日，隔离中的周磊先是低烧，然后咳嗽、浑身无力，但并没有其他明显症状和不适。

2月3日，核酸检测结果出来了，阴性。

“磊子，你有多发性感染现象，而且持续不见好转！”母亲很确定地说，“妈妈觉得你需要继续隔离，然后再做一次检查。”

2月6日，周磊通过社区申请复测。

2月9日，周磊拿到了核酸检测结果，阳性。母亲的判断没有错。

无声的夜悄然蔓延。周磊回到家里，静静地躺在床上，在心里把这些日子前前后后像看电影一样回放了个遍，自己到底是什么时间、在什么地点、因为什么中招的呢？想啊想啊，思绪纷乱如麻，毫无头绪可言。想着想着，周磊想到了自己年迈的父母，贤惠的妻子，可爱的女儿周伊伊，还有那些与他一起奔跑在供电服务路上的同事们。你，你们都还好吗？

第二天，周磊若无其事地和女儿视频通话，佯装自己正在忙工作，不能陪她去玩。周磊做了最坏的打算，他希望他的小伊伊能健健康康、无忧无虑地成长。关键时刻，给周磊以强大心理支撑的是他的妈妈。周妈妈以医生的职业素养指导着儿子如何自我隔离，如何增加营养，如何充分地休息，以达到激活自身免疫系统扶正祛邪对抗疾病的目的。在母亲的指导下，周磊的病情没有持续恶化，一直到2月14日，根据居住地所在社区安排，周磊作为轻症患者入住国博方舱医院进行隔离治疗。

国博方舱医院由武汉国际博览中心改建而成。武汉国际博览中心承接过各种国际、国内的大型展览，为了方便展台用电，当初的施工方将电缆敷设在了展区内部。2 月 6 日，武汉国际博览中心改造为武汉的首批方舱医院，围绕着电缆沟，摆放了 1000 张床位。

“您别把水倒进电缆沟里啊！”住进方舱医院的第二天，周磊看见一位患者大妈沿着电缆沟的缝隙往里面倾倒洗脚水，出于职业习惯，他连忙跑过去出言制止。

“我就是倒了点水，至于这么大惊小怪嘛！啥电缆沟？听不懂你在说啥！”一听大妈就是个暴脾气。

“下面是电缆沟，咱们的病床都是金属的，要是所有人都往里倒水，水就会渗透到床脚，这是用电安全隐患！”大妈瞪了周磊一眼，不理会他。周磊自讨没趣，就去跟住在自己隔壁的大爷讲解用电安全隐患。大爷也是将信将疑。逐一解释效率太低，而且也起不了多大作用，周磊当即就联系了国网武汉供电公司客户服务中心汉阳分中心营销部。汉阳分中心，是周磊以前工作过的地方。周磊向昔日的同事详细地描述了方舱内存在的安全隐患，并拍了大量照片发给了他们。

周磊发现的情况引起了汉阳分中心的警觉与重视，他们第一时间汇报给了武汉市防疫指挥部。国博方舱医院内部的线路和用电设备不是由汉阳分中心架设安装的，他们对内部的情况不是特别了解，疫情严峻，进舱排除隐患十分困难。

这个时候，方舱内病人的情绪都不稳定，如果发生意外停电，极有可能导致更严重的问题！要如何引导大家重视安全用电，既不增加他们的心理压力，还要让大家都能愉快地接受？

“我们为方舱医院专门定制一个提示卡吧！设计得温馨一点，内容写得清晰一点：停电莫慌张，时间不会长，用电要注意，触电需谨防，若用电热毯，火灾重点防。”周磊提议。

提示卡很快做好了。接下来就是将一张张温馨提示卡贴到患者的床头！

进入方舱内部，就意味着与新型冠状病毒零距离接触，势必存在被感染的风险。就在大家讨论如何做好严密的防护进入国博方舱医院内部的时候，周磊的电话又打来了。

“这有什么可讨论的，我就在方舱里面，内部的工作我来干！”

“你也是病人啊！你需要休息，需要接受治疗！”老同事们不忍心周磊拖着病体工作。

原本，周磊还觉得非常遗憾，自己因为被感染无法和同事们共同抗击疫情，谁承想，老天爷把机会再次摆在了他的面前。能为抗疫保电做些事，周磊的内心还有些小兴奋。他安慰同事：“我没事，我会量力而行的！”

揭开电缆沟的盖板，周磊大吃一惊。武汉国际博览中心有些单元的空气开关是直接安装在电缆沟内的，一旦空气开关进水，那麻烦就大了。他立刻现场指导方舱内的维护人员将电缆沟内的空气开关一一做了防水处理。他把汉阳分中心制作的温馨提示卡贴在方舱内的每个用电插座边、患者的床头，还在电缆沟等醒目位置和其他有隐患处贴上安全用电警示标识。此后，周磊担任起国博方舱医院的安全用电义务宣传员、用电检查巡视员和用电隐患排查员。

2 月 15 日，武汉大雪纷飞，气温骤降，寒风刺骨。国博方舱医院部分区域停电。周磊和方舱内部维护人员沿着线路排查，发现主要是女宾区没有电。

周磊马上在女宾区排查。

一位头发湿漉漉的患者大姐认出了周磊。“电工师傅，我们这里怎么停电了啊？我刚刚拿吹风机吹了一分钟，头发还没吹干呢，好冷啊！”

这位大姐对面的一个女患者也说：“我的电热毯刚才还很热乎呢，这一停电，就不暖和了？”

“您这个吹风机功率是一千瓦的，加上她的电热毯，你们这就属于同时使用大功率电器！”周磊一下就找到了停电的原因所在，同时使用大功率电器引发的空气开关跳闸。这次停电事故让周磊意外地发现了一个问题，方舱内的实际负荷和空气开关承载负荷的额定值并不匹配，他当即要求方舱内维护人员更换了空气开关。

周磊每天都在方舱医院内部巡查，细致、耐心，处处留心，生怕哪一点忽视了，引发用电安全事故。周磊注意到有的病人使用微波炉和电水壶时，断电不是先关掉电器开关，而是直接拔掉电源插头，拔下的插头往有水渍的操作台上随便一放，插头上就沾了水。因为有了之前劝阻大妈被拒的先例，周磊这次学乖了。他联系了方舱医院的管理人员，让他们通过广播系统循环播放安全用电注意事项，自己则暗暗加大了巡查频次，一发现插头有水，就立刻拿纸擦干净。渐渐地，病友们也意识到了用电安全，问题就这样消散于无形了。

3 月 4 日，周磊又一次做了核酸检测，两天后将拿到复查结果。如果复查结果正常，他就可以出舱了。这个时候的周磊，反而不盼着出去了。舱内舱外，对周磊而言都是抗击疫情的战场。作为英勇的铁军战士，他庆幸自己没有缺席这场不见硝烟的抗疫保电阻击战。

国博方舱医院外面“不服周”的周姓国网人叫周健辉，是国网武汉供电公司客户服务中心汉阳分中心营业二班副班长。他是周磊调离汉阳分中心前的同事。

自武汉“封城”，周健辉已经和同事在抗疫保电现场坚守两个多月了。因为人手紧张，周健辉与有限的能到岗的同事不停地轮换着上班，但他们一直保持着一个班有三人同时在场。这两个月，周健辉先后参与了“国博、体校、汉汽”等方舱医院的送电工作。

早上，晨雾，风裹挟着寒向步行的周健辉袭来。路边枯黄的草在风中相互搀扶着左右摇曳，他想，疾风知劲草，突如其来的疫情没有压垮武汉，武汉人，虽然艰难，但大家硬生生地扛下来了，是啊，扛下来了。曙光渐露端倪，正所谓，病树前头万木春。路过那些往日“过早”的店铺，他想吃一碗筋道可口、拌着香葱和芝麻酱的热干面，也想吃那色泽金黄、香气四溢的三鲜豆皮，还想喝一碗热热的糊汤粉……

每天早上，周健辉会准时到达单位，与同事们会合，然后一起出发去需要送电和保电的方舱医院。勘查现场、开挖电缆沟、展放电缆、制作电缆头、安装负荷监控装置……如果遇到施工方不慎损坏供电设施导致的意外停电，周健辉还要跟同事负责抢修，尽可能地迅速恢复供电。

周健辉是班组的副班长，还兼着班组的通讯员。周健辉文笔不错，也喜欢拍摄、剪辑小视频。只要一有空，他就会拿出手机拍摄记录班组的工作点滴，剪辑发布在自己的抖音号上。拍摄与记录成为周健辉工作、生活中不可或缺的一部分，所以当周健辉的自拍短视频《我的一天》点击量10万+时，熟悉了解他的人一点都不意外。

1月22日，周健辉刷朋友圈的时候，看到自己的一个车友在做志愿者。这位车友是一名私营业主，也是共产党员，他开着自己的车天天早出晚归，义务接送医护人员上下班。车友告诉周健辉，有一个女医生下班坐他的车，从上车那一刻开始，就在车后座上放声大哭，直到下车才含泪与车友挥手告别。

作为一个武汉伢，也应该为武汉做点什么，要成为像那个车友一样的共产党员！周健辉听到了自己内心的声音。这种愿望越来越强，并时刻撞击着他的心扉。以前，周健辉觉得自己在班组的业务能力不错，同事关系也融洽，家庭幸福，业余时间拍拍小视频，和车友们聚一聚，日子过得有滋有味，挺充实的。但从武汉“封城”的那天开始，他的心就变得空荡荡的。白天如果在家，在家人面前，他故作轻松。夜晚一个人的时候，虚弱与无力不请自来，听着车友的讲述，周健辉泪流满面。自己堂堂七尺男儿，一定要在武汉最困难的时候出一把力！

方舱医院供电建设的通知来了。憋着一股劲儿的周健辉整个人来了精神，像个练兵已有千日的战士，终于等来了宝剑出鞘的机会。上战场之前，43岁的周健辉郑重向党组织递交了入党申请书，这是他人生的第一份入党申请书。

我周健辉，43 岁，第一次写了入党申请书，说出来不怕人笑话，我是真羡慕做一名党员！

——摘录自周健辉的入党申请书

在方舱医院供电建设中，周健辉闲不住，总想自己应该多干点。在汉汽方舱医院建设工地午餐的时候，他记挂着在武汉卷烟厂方舱医院施工的同事有没有饭吃，顾不上自己吃饭，开上车给同事送去了方便面和牛奶。等他回来吃饭的时候，盒饭已经凉透了。

2 月 19 日晚上 7：00，因为当天要准备挑灯夜战，所以难得的一次早收工吃晚饭。周健辉领到了一份热乎乎的饭菜，酸辣土豆丝、笋片炒肉、黄瓜炒鸡蛋、清炒菜心。对着摄像头，他满足地感叹道，今天的菜真不错！

夜深人静，周健辉悄然回到家中。

现在大概是 12：50，今天工作有些晚，跑了两个方舱。回家大概花了 20 分钟。全身消毒，洗头洗澡，更换全套衣物。明天早上 7 点还要再去现场。其实，这么频繁地出入现场，我也有顾虑，我也会害怕，可没有国哪有家？没有为众人拾薪者，哪有能够温暖自己的火焰？为了我的家人平安幸福，我愿意努力去战斗！请大家祝我们平安归来，谢谢大家，晚安！

此刻，方舱内“不服周”的周磊，与病毒零距离贴身博弈的周磊，应该睡着了。方舱外“不服周”的周健辉也已经记录完毕自己与同事们抗击疫情保障电力的工作日常，也要休息了。

晚安，武汉！

晚安，“不服周”的武汉人！

2 _ 雪夜奔袭

“麒哥，在不在呀？你怎么这么晚没有打电话回来，可好？”

“等疫情退去，俺就滚回来了。上次出门查故障到了中营，强忍着去看看你们的冲动，只朝鹤峰方向多望了几眼。”

“你们每天要接触不同的人，可一定要注意啊！”

“放心！放心！每次出去都戴好了口罩，跟人接触也尽量隔着几步远。所里的车辆、楼道天天都消毒。”

“村里不让到处窜，这几天爸妈在园子里修剪果树。我跟妹妹两个学着纳鞋垫儿，哈哈！半天纳一针，居然还经常错针！屋里人都很好，你就安心在上面搞事。”

“嗯，你也安心在家里养膘。等我回来厨艺也该进步了，到时候助你更上一层楼。”

“好，你别忘了回来要去放风筝的！”

正沿着线路回撤的国网宣恩县供电公司椿木营供电所抢修小分队的脚步悄悄地慢下来，吸引他们注意力的是他们身后不远处，副所长向麒正拿着手机跟自己新婚不久的妻子宁媛一来一去地发语音。静寂的夜色放大了一对小夫妻的甜蜜情话。向麒猛一抬头，看到同事们戏谑的表情，瞬间涨红了脸，连忙掐断了语音。

“嘿！麒哥，别不好意思啊，我们都是过来人，别遮遮掩掩的，我们还没听够呢，我—们—要—继—续—听！”

“快往回走吧！看看都几点了，早点回去，我们早收工！”

众人哈哈大笑着加快了步伐，继续赶路。

2 月 23 日晚饭时分，椿木营供电所里弥散着浓浓的红焖羊肉的香气，驻站值守的人们一边大快朵颐，一边对所长黄兆峰的厨艺赞不绝口。

忽然，所里的报修电话响了。

打来电话的是椿木营乡黄家坪村七组的周海权，他在电话里说他家还有他家周围的好几户人家忽然停电了。白天刚下了一场大雨，夜里气温很低。停电之后电器都不能用，电炉子用不了，电视也看不了，手机也玩不了，乌漆墨黑的一大家子人这可待不住啊！家里太冷了，大人勉强能坚持一下，可是小孩子冻得直哭，要是冻感冒了万一发烧怎么办？

“你们什么时候能来修？”电话那头的周海权反复问了好几遍，他想要一个准确的信息。

新冠肺炎疫情肆虐，黄家坪村已经封村有些时日了，村民无处可去，没有电，电视看不了，电脑用不了，手机充不了电。万一再有人感冒发烧，村民情绪一定会出现波动，后果不堪设想。所长黄兆峰与副所长向麒一合计，还是连夜组织抢修吧！于是，大家放下碗筷，饭也不吃了，只留下一个人在所里值班，其他人收拾齐整，带足了维修的设备和材料，风驰电掣般赶往黄家坪村。半个小时之后，抢修小分队赶到了七组，发现除了周海权和他的左邻右舍，七组另一个方向其他人家里都有灯光。初步判断，应该是台区分支开关跳闸，问题就在这一回线路。在深槽台区试送了几次电，均不成功。于是抢修小分队沿着线路开始巡视，村里的低压线路穿越田地和树林，白天刚下过一场大雨，田地到处都是泥水，一踩就成了稀泥，深一脚浅一脚，很快每个人的工鞋里就进了泥水。竹翠林茂，竹叶、树叶上缀满了水珠，穿行其中犹如暴露在雨中，不一会儿就从头湿到脚后跟。巡线行进速度比预计的要慢得多，绕了一大圈，午夜时分，才发现是一株又粗又壮的竹子倒伏在线路上造成短路，进而导致台区跳闸。大家喊着号子把障碍物清除，重新送电，一举成功。黄家坪村七组重现光明！

从台区到抢修小分队的电力工程车还有一段距离，向麒走着走着就落在了队伍的最后面。新婚宴尔的他每天睡前都要跟妻子宁媛说会儿话，今天这个点了，都快半夜了，也不知道她睡了没有。相爱的人虽然天各一方，却也能同频共振，向麒刚想起妻子，宁媛的语音就发过来了。

“麒哥，在不在呀？你怎么这么晚没有打电话回来，可好？”

……

刚说了没几句，陶醉在甜蜜中的向麒一不小心在同事们面前直播了一次小夫妻的浪漫。好在夜色深沉，掩盖了向麒的窘迫，为面红耳赤的他涂了一层密实的保护色。

刚刚过去的庚子新春，是向麒新婚后的第一个春节。向麒今年 29 岁，担任椿木营供电所副所长还不到一年，只有短短的 10 个月。放假前，善解人意的椿木营供电所所长黄兆峰腊月二十九就给向麒放了假，让他下班后直接回鹤峰与家人团聚。这一天是 1 月 23 日，武汉封城的那天。

1 月 25 日，正月初一晚上，湖北在全省范围内实行交通管制。其实从回到鹤峰老家的那天起，向麒就一直在关注着疫情的动向，手机里、电视里，各种各样的消息纷繁复杂。吃晚饭前，向麒没跟家人商量，暗自做了一个决定。饭桌上，向麒跟父母和妻子说了自己的决定，他想连夜启程返回供电所。

妈妈第一个跳出来反对：“单位又没喊你，自己凑过去干吗！我跟你爸都在外面打工，咱们一家人过年才能聚到一起，你这才待了两天又要走！我不同意。”

向麒看着宁媛，宁媛默不作声。

“宁媛！”向麒喊了妻子一声。

宁媛白了一眼向麒，转头柔声细语对婆婆说：“妈，武汉封城了，咱们这边估计也快交通管制了。我也不愿意他回去，多危险啊！我俩从处对象到现在都是异地，这大过年的，才回来两天又要走。我也烦死他了！可您儿子他干的就是这么个工作，再说了，他是所长啊！”

“什么所长，副的！人家黄兆峰才是所长呢！”

“人家黄所长就在所里值班呢，哪年都是他三十值班，让我们回家过年！”向麒小声嘟囔着。

“妈，你不用担心，我陪向麒一起去。路上好有个照应！”宁媛不放心向麒一个人开车，说出了自己的想法。

“小媛，这可不行，你这刚……”婆婆一听媳妇的提议，头摇得像拨浪鼓一样。

宁媛羞赧地低下了头，抚摸着尚未隆起的小腹。

宁媛刚刚怀孕不长时间，公公婆婆觉得开车走夜路不安全，一个劲地劝阻向麒能不能第二天一早再回。执拗的向麒根本听不进父母的规劝，又不忍心与妻子分开，只好带着宁媛，在父母的无奈与不舍中从家里出发了。

途经走马镇，这是宁媛的老家。向麒从妻子的眼中看到了热切的期盼，他知道妻子想家，手里的方向盘一打，陪着宁媛去了一趟娘家。一杯热茶没喝完，乖巧的宁媛就主动催促丈夫继续赶路。临出门的时候，岳父母给小两口准备了一大堆吃食，加上向麒父母给他们准备的那些，堆在汽车后座上像一座小山包。没走多远，坐在副驾驶座上的宁媛惊呼一声：“麒哥，下雪了！”

果然，雪花纷纷扬扬地下了起来。起初只是零星的小雪，下着下着就成了雨夹雪，道路开始变得湿滑起来。向麒的车开始有点打滑。他把车停在路旁，找出后备厢里的防滑链装上，宁媛本想下车帮助，向麒哪能同意！他让宁媛安心坐在驾驶室里等着他。雪越下越大，路面开始积雪，虽然装上了防滑链，但是上坡、下坡时，依然会溜车或者打滑。宁媛把嘴巴抿得紧紧的，就怕自己的惊呼声会影响到丈夫。向麒与宁媛是初中同学，大学的时候，向麒在宜昌三峡大学就读，宁媛则去了武汉。地域没有阻隔情感，反而成为距离产生美的催化剂，把两个人径直催化进了婚姻的殿堂。

晚上九点半，椿木营供电所的工作群里，所长黄兆峰通知大家说，初二宣恩县也将实行交通管制，希望能返岗的尽快返回。

看到信息之后，向麒不由得踩下了一脚油门。车猛一提速，打了一个滑。

“开慢点！麒哥，我有点儿害怕。”

“知道，不用担心，你睡会儿吧，到了姑姑家我叫你！”

晚上七点半从鹤峰县铁炉乡出发，在岳父母家耽搁了20分钟，100多公里的路程，向麒足足开了4个多小时，将近十二点的时候，他们才赶到鹤峰县的姑姑家。本来只是想歇一歇后继续赶路，姑姑坚决不同意，加上坐车时间太长，宁媛身体有点不舒服，两个人只好在姑姑家借宿一晚。

谁知道，第二天一大早，交通管制已经开始实施了。一没有通行证、二没有证明信的向麒被交警拦截在关卡处，不得不暂时滞留在了鹤峰县城。宁媛刚刚怀孕，胎像不稳，向麒不敢贸然涉险，在姑姑的好言规劝下，宁媛最终同意留在鹤峰县城。

正月初三，向麒打听到可以去鹤峰县防疫指挥部办理通行证。他兴冲冲地去排队，到了指挥部一看，嚯！已经排起了长长的队伍。整整排了一天，好不容易才轮到了向麒，一问才知道，办理通行证必须提供两个证明信，一个是单位出具的充分的返岗工作证明信，一个是户籍所在地的健康证明。向麒连夜准备好了两份证明，终于在正月初四下午拿到了鹤峰县防疫指挥部的通行证。从鹤峰县城到宣恩县椿木营乡，途经多个交通管制点，一路走走停停，停停走走，终于在正月初五凌晨两点回到了椿木营供电所。

抗疫保电战斗已经打响了！椿木营乡发生了一起聚集性新冠肺炎感染疫情，乡政府紧急设置了四个留观点。这四处留观点与乡卫生院就成了椿木营乡供电所的重点保电对象。

疫情发生以来，椿木营供电所所有人没有过一天清闲，每天的工作都排得满满当当。疫情期间，辖区居民大都被隔离在家，家家户户的用电设备全部启用，用电负荷基本满载或偶尔超载，开关、刀闸等低压设备烧坏、跳闸事故层出不穷。经常是东家的问题未处理完，西家又打来了报修电话。

2月7日晚上8点多，黄兆峰和向麒刚处理完一个用户家的闸刀故障。两个人疲惫不堪地走在回供电所的路上，黄兆峰的电话响了，是椿木营乡卫生院打来的求助电话。

“黄所长，我们医院二楼停电了。今天接诊了一例隔离病人，你们快来看看吧！”

“好嘞，莫急！我们一会儿就到。”黄兆峰掉转车头赶往椿木营乡卫生院。

穿上严严实实的防护服，戴好口罩、护目镜，背起工具包，向麒和黄兆峰跟在医生身后，进入二楼隔离区。线路没事！设备没事！问题出在哪里呢？向麒让医生再仔细回忆一遍停电前发生的事情。医生说，今天收治的隔离病人退烧之后，觉得冷，加了一床棉被还觉得冷，后来就把别的楼层的一台电暖炉搬到了隔离病房给病人取暖，没过多久就停电了。黄兆峰、向麒又对室内的用电线路和电器逐个排查了一遍，正是这台大功率的电暖炉引起的跳闸停电。故障找到了，供电也很快得到了恢复。

三天后，椿木营乡元盛民宿留观点，也是晚上气温下降，再次发生了留观人员使用大功率取暖设备导致的跳闸停电。元盛民宿留观点当时有20多名留观人员，晚上特别冷，留观人员有的咳嗽、有的发烧，没有取暖设备，他们的症状一定会加重。恢复供电刻不容缓！勘察完现场后，椿木营供电所抢修小分队连夜为元盛民宿安装了一条临时线路，两个小时之后，留观点的所有房间都用上了电暖气。返程路上，向麒向黄兆峰建议调整一下之前为卫生院和留观点制定的一户一案措施，重新做一遍负荷实测，把冬季取暖、夏季度夏等因素考虑进去，该增容的增容，该扩容的扩容。

马上就要回到供电所了，坐在副驾驶座上的向麒忽然对黄兆峰说：“所长，我准备再写一份入党申请书，你说我行吗？”

黄兆峰说：“好啊！我觉得你肯定能行，就凭你这段时间的表现，就已经符合一名共产党员的标准了!”

早在2017年，也就是向麒入职两年的时候，他曾经向党组织递交过一次入党申请书，表达了自己积极工作、向党组织靠拢的愿望。这次，向麒因为义无反顾地返岗，坚守在疫情重灾区抗疫保电，政治素质过硬，工作表现突出，被国网湖北电力党委批准“火线入党”。

3月5日，国网宣恩县供电公司党员活动室里，一场特殊的“火线入党”宣誓仪式正在举行。面对鲜艳的党旗，椿木营供电所副所长向麒高举右拳，庄严宣誓：

> 我志愿加入中国共产党，拥护党的纲领，遵守党的章程，履行党员义务，执行党的决定，严守党的纪律，保守党的秘密，对党忠诚，积极工作，为共产主义奋斗终身，随时准备为党和人民牺牲一切，永不叛党。
>
> 宣誓人：向麒

3 _ 高空舞者

这一节的主人公吴金安，是这本《生命交响》中为数不多的我没有面对面交谈的采访对象。原因是吴机长太忙了！他忙着在空中飞行，忙着翱翔高翥，在他脚踩大地的时间里，也不舍得分一点时间给我。在武汉久候未果之后，我便打道回山东了。黄河入海，俺要回家!

吴金安是3月20日离开武汉的。那一天，国网湖北检修公司输电检修中心生产第一党支部书记李明与来鄂支援的国网通用航空有限公司的机长吴金安相互致敬，依依不舍地话别。不善言辞的吴金安被热爱表达的李明带上了轨道，竟然破天荒地相约明年此时一起去武汉大学赏樱花。

李明与吴金安的合作是从2月19日开始的。彼时，正值国网湖北电力抗疫保电的至暗时刻，国家电网公司毛伟明董事长、辛保安总经理亲自指挥，张智刚副总经理多次部署，调动一切可以调动的资源驰援湖北。国网通用航空有限公司和国网安徽、湖南、河南、江西电力公司克服自身抗疫保电压力，跨省支援湖北 5 架直升机、16 辆发电车和 97 名专业技术人员，对鄂州、荆州、孝感、黄冈、宜昌、襄阳、荆门等 7 个地市及 13 个县区供电公司开展定点支援，同舟共济，共克时艰，共同奏响抗疫保电的生命交响乐章。

国网通用航空有限公司支援的国网湖北检修公司，保障着湖北 500 千伏及以上主网的安全稳定运行。湖北实行交通道路管制之后，部分区域通行困难，导致巡视保电效率大打折扣，为了确保跨区电网和湖北主网安全稳定运行，国家电网公司紧急调配直升机从空中进行协作保电特巡。

国网通航公司 SG1123 机组机长吴金安驾驶着他的“战机”从天而降。这架红色外壳的直升机，从外形看与普通的直升机没有两样，不同的是后排座位的中间放置了航检吊舱操作台，尾部悬挂了俗称陀螺仪的圆形可见光镜头。当直升机靠近巡检线路时，航检员在机舱内遥控操作杆，就能清晰地看到输电线路和电力铁塔的画面。李明惊讶地发现，直升机上配备的是 30 倍的可见光镜头，可以清晰地看见电力塔上的销子有无缺失、损坏，还可以看到导线上有无细小的散股，甚至可以看见绝缘子上细小的破损。这些都是在地面巡检中，用肉眼发现不到的位置。虽然检修公司的运维人员也采用无人机巡检，但仍然比不上直升机的实际巡检效果。

在李明的眼中，吴金安为人朴实，做事踏实。李明清楚地记得自己第一次去国网通航基地，协同吴金安一起完成巡检任务时的感受。吴金安对自己的工作任务非常清晰，条理清楚，逻辑分明。他把任务解析到每一步，落实起来不打一丝折扣。在非常短的时间内，要完成的巡检任务量大得惊人。每次从直升机上走下来，疲、倦、累，清晰地写在吴金安的脸上。疫情期间，空中飞行的舞者吴金安给在空中行走的舞者李明风驰电掣般的助力。吴金安一天巡视的工作量就远超李明之前所在班组一个多星期的巡视量。每天，吴金安机组会把巡视作业影像资料进行整理，汇总作业信息，按时报送航检日报，由航检中心进行甄别分类，分出轻重缓急，需要立即处理的会在第一时间通知检修中心。李明看到过别的机长发牢骚，唯独没有从吴金安口中听到过一句怨言。李明也是一个骨子里不服输、深藏傲气的人，他熟悉了解自己所从事的特高压带电作业，禁区里的勇士，行走在高空刀尖上的舞者。他一度自诩他们是电力铁军里的铁军，但随着跟吴金安的接触，李明对老吴越来越钦佩有加。

李明是特高压直升机带电作业的世界纪录创造者和保持者。“直升机带电作业”这个话题也让他与吴金安有了更多的交集。

李明在超高压线路检修工到特高压直升机带电作业人员这条路，从 A 点到 B 点，走了 20 年。1997 年 8 月，火炉武汉，酷热正酣，李明第一次站在 30 米高的铁塔上，恐惧！恐惧！恐惧！除了恐惧还是恐惧，无法言说的恐惧。带他的师傅如履平地，不厌其烦地给李明做着示范鼓励他，告诉李明，只要打好安全带，抓稳踩牢，胆大心细，克服了恐高的心理障碍之后，就会爱上高空作业。师傅说，只有登高才能望远，站得越高看得越远，字典里的“高”“远”两个字就是专门为高空带电作业的他们准备的！风把师傅的玩笑话吹出去很远。李明很快适应了高空作业并爱上高空行走的感觉，也真的爱上了登山与攀岩。

2009 年，李明以超高压直升机带电作业人员四名候选人之一的身份，远赴澳大利亚培训。他强迫自己填鸭式地学习英语，甚至连晚上说梦话都在讲英文。澳方训练员要求很高，训练十分艰苦。李明与其他几位同事高强度地练习如何在作业平台上保持身体平衡，如何快速完成作业。每天训练八小时，满负荷地持续训练一个月。培训小组的四位候选人，无一例外做到了零失误操作。这让澳大利亚的教官大跌眼镜，因为在他的职业培训生涯中，高空作业训练一个月，连一颗螺丝钉都没有掉过，简直就是高空作业的奇迹。从来没有一个受训团队能达到像中国国家电网超特高压带电作业这样的高度。四位中国小伙子刷新了他的认知，他从没有见过一个零失误的团队。于是，澳大利亚教官给李明和他的同事们写了最好的培训结语。

2010 年 4 月，李明因为更稳定的心理素质、更恒定的高空作业表现从四位候选人中脱颖而出，成为 500 千伏直升机平台带电作业挑战的实践者。不负众望，圆满完成既定任务目标，填补了中国直升机带电作业领域的空白，标志着中国在带电作业领域同发达国家站在了同一水平线上。

然而，超高压线路直升机带电作业“全国第一”的纪录不是终点，李明有更大的目标，他要当的是特高压直升机带电作业“世界第一”！这是世界范围都未曾涉足的领域，全世界没有任何一个国家尝试过，既没有成功的案例可供借鉴，也没有失败的先例以便参考。直升机带电作业技术肇始于美国，经验丰富，技术成熟，但美国的特高压直升机带电作业实验，准备了数年却一再搁浅，始终没有完成。从一个侧面证明了这个人类还未涉足的领域内危机四伏，风险重重。原本签署了合作意向的澳大利亚飞行员，在严峻的极限挑战面前望而生畏，在评估完各种不可控的风险之后，单方面宣布终止协作回国了。无奈之下，湖北检修公司开始在全球范围内广发英雄帖，寻找合适的飞行员和飞行团队。就在一筹莫展之时，艺高人胆大的新西兰直升机飞行员安迪和他的团队接受了挑战。其实，安迪是一位经验丰富的直升机带电水洗作业机长。一段时间的磨合之后，李明与安迪有了很好的默契。就在实战即将开始之际，安迪的耳麦坏了，维修所需配件必须要从美国原厂家订购，但时间不允许。1000 千伏特高压线路直升机带电检修作业试验的时间已然确定，不可能再更改。安迪急得抓耳挠腮，看着安迪夸张的动作和表情，李明灵机一动。人们常说微笑是全世界通用的语言，但微笑不是唯一的呀，还有表情、手势以及其他。手势！手语！安迪与李明共同设计了几十种手语手势顺利解决了飞行员与操作员之间的沟通问题。

2014 年 12 月 9 日，武汉，湖北。气温零摄氏度以下。寒风中，身穿屏蔽服、头戴安全帽的李明，走上直升机机舱外的带电作业平台。直升机的螺旋桨搅动起巨大的气流快速地升空，安迪小心翼翼地靠近特高压带电导线，悬停在 70 米的高空，用手势示意李明“一切 OK，可以开始了”！

李明伸出手中的引流棒，“滋滋滋……”引流棒与导线拉出一道 40 厘米的耀眼电弧。接触导线成功，李明顺利进入等电位，最艰难最危险的关卡安全通关！特高压线路导线地线预绞丝补强、地线防振锤安装等作业项目本就是李明的日常工作，他娴熟甚至可以说是完美地完成了一系列的操作。世界首次 1000 千伏特高压线路直升机带电检修作业成功！李明创造了世界纪录，成为世界第一人。从这一天开始，在直升机带电作业领域里，中国领先了世界。

李明对吴金安大发感慨：“老吴，你说什么时候咱们国内才能有像安迪那样的直升机机长啊！”也许是问题过分犀利，吴金安选择静默无言。

3 月初的一天。正在值班的李明接到了吴金安的紧急呼叫。吴金安机组在航巡时发现 500 千伏玉军二回 78 号塔中相小号侧引流线第 1 个间隔棒掉爪。间隔棒掉爪是严重缺陷，如果不及时进行处理，将会引起导线断股、断线跳闸故障，甚至威胁到电网安全。李明马上意识到事态严重，一边向上级进行汇报，一边组织人手前往现场消缺。

国网湖北检修公司输电检修中心在国网通航公司直升机高空巡检的支援下，精准定位缺陷精细运维电网，采用带电作业的方式快速处理，双方协同高效处置多处威胁湖北电网安全运行的缺陷隐患，保障了湖北主网“生命线”安全。

3 月下旬，湖北的疫情趋于和缓。随着疫情形势逐步好转，国家电网公司派往湖北支援保电的各地国网精兵强将陆续凯旋。最让人欣慰的是，来鄂支援的抗疫保电队伍实现了现场安全“零事故”、用户保电“零闪动”、疫情防护“零感染”的“三零”目标。返程前夕，国网湖北电力董事长、党委书记肖黎春，总经理、党委副书记胡卫东专门与值守在各保电现场的支援队伍进行视频连线，衷心感谢他们对湖北抗疫保电工作的鼎力支持。

两个因直升机结缘的朋友要分别了。

“下次来武汉，请你去吉庆街吃最正宗的武汉味道！四季美的汤包、老通城豆皮……”

“明年我们一起去武大看樱花吧！”也许习惯了直升机视角的吴金安想从地面视角近距离看一眼樱花，体会一下十里樱花十里尘的人间胜景吧。

每写完一篇文章，我都会发给采访过的当事人校对一下，如果有表述不当或者是谬误之处，就请他们自己纠正过来。这篇文章李明看过了，他让我一定发给吴金安看一眼。李明特意叮嘱我，像吴金安机长这样从事专业性特别强的工作的技术人员，都会有自己的个人生活习惯，生活规律得像在身体内安装了闹钟，因为他们要确保充分的休息，只有休息好了，精力充沛才是安全工作的前提。李明现身说法了一番，说他刚结婚的时候，每天都要进行高空作业，晚上十点准时上床睡觉。妻子不理解，还跟他吵过几次架呢。大武汉夜生活多姿多彩，但如果第二天有任务，八头牛的力量也不能扭转李明到点休息的坚决。这一点，李明跟吴金安也交流过，吴金安比他有过之而无不及，更加自律更加严格地管理着自己的生活。

果然，微信上联系了几次吴金安，都没有回复我。只好打电话给他，不是关机，就是没有信号。后来终于联系上了，三言两句说清楚了我的目的。我看了一下表，21：55，还差 5 分钟 22：00。吴金安比我更言简意赅，他说他正在宁夏执行飞行任务，等他没有飞行计划的时候再联系我，现在是他的休息时间……

然后……然后就没有然后了呢。

二声部：速度音符

▼

1 _ 禁区勇士

当人们躺在地上，一动不动
天显得更高远，更晴朗壮丽
人们喜欢，忘却微弱的呼吸
看轻云逃逸在辉煌的空中

——［法］苏利·普吕多姆《天空》

庚子新春的钟声还未敲响，新冠肺炎阴云笼罩下的武汉却按下了暂停键。

经历过最初短暂的紧张、恐惧之后，国网湖北检修公司输电检修中心带电作业班二班班长胡洪炜很快就强迫自己从封城的焦虑与无助中走了出来。他居住的小区距离工作的单位很近，第一次出门时他把自己防护得严严实实。胡洪炜跟妻子蒋敏商量，家里有老人也有孩子，工作结束后干脆住在办公室里吧。蒋敏红了眼圈，一口气说了三个“不行”，斩钉截铁地让他每天不论早晚，必须回家，大不了从头到尾、从外到里仔仔细细地消毒杀菌。

胡洪炜其实也不想留在外面，他比以往任何时候都眷恋这个家，没有什么是比一家人健康、安全地聚拢在一起更美好的事情了。

时过境迁，再回头想想，在新冠肺炎确诊人数呈上升趋势的那段日子里，胡洪炜还是有几分后怕与自责，自己每天都回家是不是对家人太不负责任了呢？但有一点他觉得自己做得还行，对得起跟自己一起吃苦流汗的兄弟们。疫情肆虐的日子里，他能自己完成的就自己去做，绝不会多带一个工友出行，少一个人就能减少一分被感染的风险，应急值班能给自己多排一天就多排一天。虽然他的工作是攀爬铁塔，然而人毕竟不是铁铸的，他可以有钢铁般的意志，心却是柔软、温热的，劳累一天，一身疲倦与困顿，他只想回家，回到有女儿欢笑、有妻子忙碌、有老人唠叨的家里去。家里灯光明亮，饭菜飘香，他为这座城市保障着电力，唯一所求就是回家为自己充充电。他需要家人，家人也需要他，他们比任何时候都强烈地彼此需要着，虽然他的每一次外出与归来都有可能给他们带来感染的风险。

500 千伏江兴一回 88 号至 89 号杆塔间左侧地线发现断股 4 根！

“叮”的一声，国网湖北检修公司输电检修中心生产群里发来一条即时消息，正在应急值班的胡洪炜第一时间看到了。他看着前方特巡同事发来的缺陷照片，下意识地做着评估：地线下垂接近导线，线路很有可能会跳闸。500 千伏江兴一回承担着三峡电力外送的重任，是湖北主网的电力“主动脉”，一旦发生故障，将直接影响湖北乃至送往华东地区的电力供应。

武汉封城已经第 26 天了。武汉周边零零碎碎的电力故障不断，这边刚按下葫芦，那边就浮起了瓢，胡洪炜左支右绌，带着留守武汉的同事全力应对。这一次不一样，故障地点位于荆门，若在畅通无阻的情况下，只需两个小时的车程，但眼下武汉封城，物理阻隔疫情传播蔓延的同时也为电力检修造成了种种不便。出行难，就餐难，住宿难，但再难电力消缺也不能停，只能迎难而上。再难难不过那些与新冠病毒正面交锋的医护人员，比起他们来，电力人的战场已经算是大后方。

武汉去荆门的路上，有一小段景致总会让胡洪炜产生瞬间的错觉。按说荆楚与南粤相隔千里，风光大不相同，但不知为何，那一片风景却总能让胡洪炜跨越时空，回到曾经闪耀着青春之光的橄榄绿中。叛逆的少年被严厉的父亲送上新兵专列，一路向南，去接受军营血与火的淬炼。男儿郎的成熟是在一夜之间完成的，更何况是一千多个守卫大瑶山隧道的日与夜。三年后，从广东韶关退伍回到家的胡洪炜，明明还是那个少年，却也不再是那个少年。知子莫若父，作为老电力人的父亲最能感觉到儿子的变化。老胡是国网湖北检修公司的一名驾驶员，在没有 GPS 导航的年代里，识途老马般精准地定位着工作范围内的每一根杆塔。做事有条理有章法，讲求效率与逻辑，先做什么后做什么，大事不慌小事不乱，基因密码就是这样神奇，缔造显性的肉身骨血时一并将隐性的品格埋藏其间，静待时光伺机开启转捩点。

作为父亲的老胡一眼就看出儿子已经发生了从水到酒的质变，当初硬着心肠把他送去当兵，在参军入伍与读书考学的单选题中替儿子做了选择。彼时，国家电网的选人机制中对系统内部子女就业多有照拂，小胡借助父亲获得了退伍安置进入国家电网的工作机会。与昔日的叔叔伯伯们成了同事后，初生牛犊引起了一个人的注意，此人就是闫旭东。闫旭东是看着胡洪炜长大的，又黑又瘦的一个熊孩子，上墙爬树调皮捣蛋，哪里高就往哪里钻。退伍后的胡洪炜变得沉静内敛，少年郎褪去顽劣，刚毅渐现。

国网湖北检修公司输电检修中心带电作业班组是新中国 70 年最具影响力十佳班组之一。这里有片繁盛的“成才林”，葳蕤丰茂，传承有序，谱系分明。成才林中专家林立、技师纵横，有人才济济、薪火相传的“汤正汉劳模创新工作室”，更有层出不穷的“第一人”。

闫旭东身上的标签便是中国 500 千伏带电作业第一人。

1981 年，年仅 21 岁的闫旭东从老家罗田来到国网湖北电力，做起了电网检修工。当时中国第一个 500 千伏交流超高压输电工程——平武工程建成投产。湖北超高压输变电路公司带电检修队，在 500 千伏平武线的导线上首次进行实地等电位带电作业，开中国500千伏等电位带电作业技术先河。那是一个值得铭记的时代，那是一次英雄的壮举。闫旭东的徒弟收了一波又一波，但胡洪炜对他来说是不同寻常的那一个。就个人条件而言，胡洪炜一米八的身高其实并不适合带电作业，但三年军营练就的结实精壮以及先天的敏捷机灵完美地弥补了身高的短板。

多年之后，闫旭东依然清晰地记得徒弟曾经带给他的震撼。带电作业两大危险，一是高空，二是带电。也许胡洪炜天生就具有鸟的属性，第一次攀爬就对高空产生了永久免疫，这让作为师傅的闫旭东惊叹不已。软梯是电力人得以骞翮远翥的依傍，而攀爬软梯一度打湿了胡洪炜振翅欲飞的翅膀。新员工入职培训的训练场上，别人用一个月已经熟练掌握了技巧，笨鸟胡洪炜却刚刚及格。气喘吁吁地爬到杆塔的顶端，将自己蛰伏在离地面几十米高的电线上，想象自己是一只俯瞰大地的鸟雀，一只暂时休整的雨燕，抑或是被印刷在音乐课本上的音符。音符在胡洪炜耳边轻声吟唱：我要飞得更高，更高！

在闫旭东所有的徒弟当中，胡洪炜不是最聪明的，但他是最努力的；胡洪炜不是最智慧的，但他是最刻苦的；胡洪炜也不是最有成就的，但他是工作最认真的；胡洪炜更不是最会创新的，但他是最踏实的。他努力、刻苦、认真、踏实地练习着爬软梯的技能，半年之后，软梯攀爬有了教科书一样的样板，有了标准，胡洪炜标准。徒弟的成长，师傅看在眼里喜在心上，这是一对相似度极高的师徒，同样不抽烟、不喝酒，没有狂言、没有妄语，师徒二人最温情的时刻便是聊工作，探讨如何改进高空带电作业的工具，让它们重量更轻、体积更小、功能更全。师徒二人各有一个百宝箱，里面装满了各自研发、制作的各种工具。原本师傅的箱子是沉甸甸的神秘宝藏，没过几年，徒弟的箱子里变得丰盈饱满，各种宝物一应俱全。时代阔步向前，一代更比一代强。

2009年6月10日，胡洪炜迎来了从业生涯中最大的挑战：世界上首次±800千伏特高压输电线路带电作业试验！上午9：30，在北京特高压直流试验基地内，胡洪炜身穿宇航服般的金属屏蔽服，一步一步登上高耸的特高压铁塔。他目光坚定，迈着坚定的步伐去实现那个坚定的信念。十年前，他从部队退伍成为一名电力人，十年磨一剑，却霜刃未曾试。一年前，他被确定为唯一的种子选手；半年前，他跟团队开始了艰难的合练，所有的准备与努力，都是为了这一刻：±800 千伏特高压直流带电作业试验。

铁塔高耸凌云，高压线倔强地在天空划下存在的痕迹。微风拂面，像师傅的殷殷叮嘱，也像新婚妻子温热的柔荑……他暂停了一秒钟，深呼一口气，把烦乱收纳起来放置一旁。男儿不展风云志，空负天生八尺躯。这座塔，已经攀爬练习过多少次。白天高空线路模拟，夜晚复盘总结。他快速在心里计算着，洪水一样的数据在脑海里翻腾、叠加、累计，他不是学霸，却也称得上心算高手，然而也没能得出一个准确的运算结果。他只知道，自己早已能够将每一次攀爬速度控制在正负十秒的差距之内，从一张电力白纸到十项全能的唯一人选，他走过了艰难困苦玉汝于成的十年。

特高压输电线路具有超强电磁场，产生的强大感应电流，稍一碰触便会瞬间化为灰烬。这是从来没有人敢闯的禁区。导线发出刺耳的“滋滋滋”放电声，胡洪炜毫无惧色，凭借标准的技术动作瞬间进入了特高压直流强电场。进入电位的瞬间，他的脸上犹如无数根小针在扎，头发像被人在用力撕扯。一个小时之后，在队友的默契配合下，在从未有人类进入的强电场中，胡洪炜行云流水般地精准完成了±800 千伏特高压直流等电位作业人员安全防护参数测试、等电位导线修补、等电位间隔棒更换等一系列操作。那一刻，新的带电作业世界纪录产生了！他由此成为±800 千伏特高压直流带电作业世界第一人。

胡洪炜成为新一代特高压直流带电作业世界纪录保持者！作为师傅的闫旭东甚至比自己当年试验成功还要高兴。更让师傅高兴的是，徒弟也已经当上了师傅，收了一个研究生徒弟，茂盛的“成才林”更加枝繁叶茂，蓊蓊郁郁。往常，一个中心三代师徒，一个话题能扯上半天。庚子新春，老师傅、小徒弟都被疫情阻隔在家，行走在路上的只有承上启下的胡洪炜。

从武汉前往荆门的高速公路被封锁，只能选取其他的路线，一道道防疫关卡，一次次停车检查，时间一分一秒地被耽搁在路上，一段两个小时的车程被延长至五个小时。轻柔的暮霭在天际云端缓缓流淌，胡洪炜一口气爬上了40米的高塔，这是输电检修中心疫情后的第一次带电作业。病灶就在那里，地线断了4股，与无人机巡视拍摄的照片一模一样。胡洪炜把断股松脱的部分恢复原位，装上补强条，又娴熟地将四根2.3米长的消缺材料一一补位，40分钟解决战斗。浅粉的暮霭颜色趋于绯紫，习惯了行走云端的日子，突然不得不收紧羽翼成为屋内的困兽，胡洪炜忽然很想在高空多停留一秒。高压线是翱翔天际的电力高速公路，与现代文明须臾不可离。这条公路的神经末梢会降临人间，点亮武汉的万家灯火。将高空熟悉的清冽的空气装满肺，胡洪炜脚踩大地，与他的队友们踏上回家的路。

工作群里一片欢腾，为这一次消缺成功欢欣鼓舞，其实这不过是他们再平常再普通不过的一次任务，却因为2020年庚子新春而变得不那么平常不那么普通。

每次返程，胡洪炜都会给妻子打一个电话，预估一下回家的时间。但这一次他无法给出准确的时间。蒋敏不多问，也不介意，安全回来就好。回来得早就给他开门，若晚了，就给他留一盏灯。

胡洪炜已经不记得从什么时候开始，在填写表格“所获得的荣誉”一栏时，即便是用五号字，也需要另附页。那横平竖直的一个矩形框里是2008年以来他用实打实的心血与汗水换来的一行又一行，那是被加精置顶的精华帖，是他高倍浓缩的人生原液。任何一行单挑出来解读、讲述，都是一个励志故事，都可以被选编入国家电网新人入职培训教材。的确，近十年来国网湖北电力新入职员工大多在培训课上已经观看过胡洪炜的事迹纪录片，其中那些有幸与他成为同事的，在真真切切与他共同工作、生活一段时间之后才发现，原来纪录片只拍出了胡洪炜优秀品格的二分之一，然后他们会心悦诚服地喊一声“炜炜哥”。

堆积如山的荣誉证书中，有一本是胡洪炜倍加珍视的：2008 年 9 月在国家电网公司 500 千伏输电线路带电作业技能竞赛中获团体三等奖。那是胡洪炜初露峥嵘的一次比赛。当年同场竞技的来自荆门输电检修中心的尹洪，2018 年调任至武汉输电检修中心，十年之后尹洪才意识到为什么当初来自武汉输电检修中心的胡洪炜、李明那么厉害。

胡洪炜与李明同岁，是同一年入职来到带电作业班的。两个人曾多次一起参加技术比武，打遍湖北无敌手。李明脑筋灵活，接受新鲜事物速度快，刚刚起步学技术那会儿，苦练一个月攀爬技术就达到优秀的人就是他。也就是在那个时候，李明开始觉察到自己与胡洪炜的不同，他的职业观念是把工作做好，而胡洪炜是力求完美、追求极致。间隔棒损坏是常见的缺陷故障，胡洪炜第一次参加线路检修就是更换 500 千伏葛南线的间隔棒。第一天，师傅闫旭东一口气换了 8 个，胡洪炜却只换了 3 个，闫旭东完成自己的任务后帮着徒弟换了 1 档线的间隔棒。晚上，胡洪炜睡不着，他躺在床上翻来覆去琢磨师傅的动作要领，甚至做了一晚上更换间隔棒的梦。第二天，他先是认真观察师傅的操作，又把昨天晚上自己大半夜想到的窍门和点子跟师傅说了一下。磨刀不误砍柴工，师徒二人研究了半天，决定在传统的更换方法上做一番改进。这天收工时，师傅闫旭东仅以微弱的优势领先了徒弟胡洪炜一个工位。大逆转发生在第三天，胡洪炜不仅完成了自己的既定任务，还返回来帮着师傅闫旭东换了 1 档线。“名师出高徒”用在闫旭东、胡洪炜这对师徒身上再贴切不过，胡洪炜也用实力证明了“青出于蓝而胜于蓝”真实不虚。

除了工作，胡洪炜几乎没什么业余爱好，李明则不同，他喜欢摩托车，热衷于越野，酷爱攀岩。那个时候，他们都是单身，白天外出工作，下午下班后就相约打篮球，累了就骑着自行车江南江北找好吃的。有一次两个人骑行了很远，找到一家超级好吃的饺子馆，两个像小火炉一样年轻的胃囊里，分别装进去一斤半饺子，还各自用一瓶啤酒灌了灌缝，苕七哈胀的感觉好极了。那个时候，胡洪炜已经把攀爬软梯练到了极致，成了示范与样板，李明的职业追求依然是“好”。这个“好”也将他送至了 1000 千伏直升机带电作业第一人的云端。两个人差不多同时结婚，又不约而同都生了一个女儿。有着太多相同经历却更有诸多不同的两个人，是生活中的好兄弟，能彼此倾倒一下内心不可言说的苦水，也是工作上的好搭档。他们的工作性质决定了与工友在一起的时间比家人要多得多，时间将工作中的他与他合二为一，默契到无须言语，只需一个眼神，彼此就能知道想什么、要什么，甚至到后来，连眼神都不再需要了，仅凭感觉就知道对方的工作进展与所思所盼。有一次，正在进行消缺的胡洪炜，赫然发现少带了一个至关重要的工具，心念一起，李明已经把他想要的东西递到了眼前。

倘若胡洪炜与李明的默契只是国网湖北检修公司输电检修中心带电作业班组的一个特例，是不会让十年之后走进这个集体的尹洪啧啧称奇的。神奇的是这个集体当中的任意一对工作组合，就有可能是专家与技术能手的比肩而立，是国网工匠与最美青工的手挽手肩并肩，抑或是两个劳模之间的高端对话，朝夕相处培养出的心意相通，造就了一种现象级的存在。十年之后，已经担任输电检修中心党委书记的尹洪终于发现了自己当年无法在比武场上战胜胡洪炜的终极原因：胡洪炜不是一个人在战斗，他的背后有一个强大的团队在支撑着他，他不是孤立无援的个体他，而是众志成城、聚薪成炬的他们。

3 月 3 日，胡洪炜又一次站在了这个城市的上空，在 500 千伏玉军二回 78 号塔上俯瞰大地。这座被迫放缓脚步的城市，在阳春三月的明媚繁花中寂静冷清。

2 月份的严峻情势，并没有在 3 月的期待中好转。国家电网援助湖北的通航公司用载人直升机替代了以前的人工输电线路巡检，一般的故障可以适时排除，但超特高压线路上出现的疑难杂症，依然非带电作业班莫属。

500千伏玉军线是蔡甸连接军山500千伏超高压的“主动脉”，是此刻胡洪炜目力不能及的火神山医院、同济医院中法新城院区的上级电源线路，同时还承担着汉阳区域的电力供应。间隔棒掉爪是严重缺陷，如果不及时进行处理，将会引起导线断股甚至断线跳闸，直接威胁到电网安全。

地面从胡洪炜的视角看过去，是线条与区块的交错与拼接，地面姹紫嫣红形态各异的春花被整齐划为一个个色块，这个视角被称为鸟瞰。胡洪炜调整好姿势，快速出手稳稳抓住均压环，熟悉的“滋滋”放电声，美轮美奂的蓝色电弧，他顺利进入等电位。带电作业的等电位原理最初是书本上的知识，后来是师傅手把手教授的经验，如今成为自己实现人生梦想的工作日常。电，是大自然赐予人类最精妙的魔法之一，它改变着时代的形态，左右着时代的进程。一阵风自地面飞快地袭来，裹挟着缤纷色块的芬芳馥郁。此刻的武汉，这样自由呼吸的能有几人？这座英雄的城市里的人们，正在为中华大地上其他人的生命安全做着巨大的牺牲。有人将电力人所从事的事业比作彩虹工程，彩虹的物理样貌像一座桥，本质是一种能量的抵达。胡洪炜心随意动，把对这个城市的祝福全部聚焦在十个指尖，他拆除下掉爪的旧间隔棒，将一个安全无虞的新间隔棒安装在最适当的位置上。你不需要知道我是谁，我知道自己是为了谁，这不是自我陶醉，更不是自我感动，这是胡洪炜对这座哺育自己的城市的深情表达。

落地的瞬间，一阵抑制不住的干呕。胡洪炜的胃又在无端愠怒，它不再是以前那个可以容得下一斤半饺子和一整瓶啤酒的好脾气的容器。胃的基本功能是接受，它接受一切外来的东西，接受一切需要消化的东西。除接受之外，胃也制造和分泌胃酸，只有腐蚀、分解才能达到消化的目的。然而，现实生活中接受与消化的不仅仅是能够支撑生命的五谷杂粮，还有压力与情绪。胡洪炜的胃去年就开始闹情绪，换了几家医院都没有降服它。二十年的饮食不规律、高空带电作业的巨大压力以及尘世间的种种纷乱与是非让它不堪重负，胃不高兴的后果很严重，胡洪炜暴瘦了三十斤。他不得不开始照顾它，照顾它的情绪，让自己慢下来、静下来，从一心利他中分出一点时间安抚它、照料它。无数个被反流性食管炎折磨得无法安睡的夜晚，在一旁假寐的妻子闭着眼睛静静流泪，身旁的男人是不是工匠、是不是劳模一点都不重要，她只愿他平安、健康。黑暗中，蒋敏的声音清晰而清冷，胡洪炜，你不是你自己，你还有我们！

凌云御风的感觉很好，但就人类而言，终究还是眷恋大地的平实。抬头仰望高空，高压线肩负着使命蜿蜒向前。每个人都有自己的使命，此时的胡洪炜比任何时候都更能理解自己的使命，当他作为一名士兵守卫大瑶山隧道，当他冲破人类生命禁区进入800千伏特高压电磁场，当他手捧沉甸甸的劳动模范奖章，当他在鲜红的旗帜下高高举起右手，背诵出那段百年誓言，那誓言就成了他必须要践行一生的使命。

胡洪炜的采访是隔着手机屏幕完成的，就在他成为全国劳模候选人的时候。见到胡洪炜则是在几个月后。在密集的采访安排中，被一群心里有火、眼中有光的国网电力人感动着、激励着，每一个都是一颗闪亮的星辰，聚在一起便成为一团炫目的火焰，如豆，如炬，如虹，光耀江城。作为本文主角的胡洪炜，他的采访被安排在最后一个，在他的领导、师傅、同事、朋友和家人多角度的讲述中，一个立体的血肉丰满的胡洪炜被语言勾勒、描摹、重构。5月中旬我接受邀约为国网湖北电力书写长篇报告文学《生命交响》，跟随闫旭东、胡洪炜、汤正汉、李明一起去鄂光三回的20号塔、22号塔现场消缺，再一次被这个优秀群体的职业精神、敬业奉献打动、感动。

整理采访笔记，回放电话录音时，我发现自己下意识地问了所有被采访对象同样一个问题：如果对胡洪炜说句话，你会说什么？

国网湖北检修公司输电检修中心党委书记、副主任尹洪：你要学会调节自己，不要给自己太多压力；要学会享受生活，让生活更有情趣。身体是革命的本钱，多休息！

国网湖北检修公司输电检修中心纪委书记、工会主席王永浩：兄弟，加油！我知道你所有的难处，只希望你越来越好！

国网湖北检修公司输电检修中心副主任刘继承：突然一下子不知道该说什么，想说的挺多。我跟洪炜私交非常好，以前无话不说，后来工作角色发生变化之后，交流工作多了，交心的机会少了。太多的荣誉给你带来了压力，希望你放下包袱，带好队伍，搞好管理，不要凡事都亲力亲为。

国网湖北检修公司输电检修中心带电作业一班班长汤正汉：希望你再上一层楼，但是一定要爱惜身体！

国网湖北检修公司输电检修中心带电作业班一班副班长李明：兄弟，希望你成为更加杰出的人，但是我内心也很矛盾，因为我知道其实鲜花和掌声并不是你真正想要的，你是个非常容易满足的人，只想把工作做好，把家庭照顾好。

国网湖北检修公司输电检修中心运输二班副班长付子峰：炜炜哥，你从150斤暴瘦到120斤，原先穿衣服很饱满，现在衣服像挂在竹竿上一样，保重身体！

国网湖北检修公司输电检修中心带电作业班二班吴嘉琪：炜炜哥生病之后很憔悴，保重身体是最重要的，只有把身体保护好才能把事情做好。

师傅闫旭东：希望你在人生的道路上走得更好，取得更大的成绩，把年轻人带好，把技术传承下去。

徒弟张迪：师傅，我无法成为你，但我会努力向你学习，不给师傅丢人。

妻子蒋敏：不知道该说什么，可以不说吗？

胡洪炜对自己说：活着真好！带电作业是我的本职工作，不存在疫情不疫情。胡洪炜，加油！

2 _ 我是联络人

“那让谁当这个联络人呢?”

“王志杰吧!”

1 月 20 日，武汉市成立新型肺炎防控指挥部，统一领导、指挥全市疫情防控工作。国网武汉供电公司作为防疫指挥部城市运行组成员单位，需要填报一个电力应急保障联络人。国网武汉供电公司总经理一锤定音，营销部副主任王志杰走马上任，成为上传下达、沟通协调、牵一发而动全身的联络人。

这一天，61 家定点医院、9 个发热门诊被确定为重点电力保障单位。

如果没有这场突如其来的疫情，王志杰不会顿悟“国网速度”就是生死时速，也不会对“国网一张网”的内涵与精髓有了超越职业的深刻理解。

武汉封城，按下了暂停键。但王志杰仍旧保持着动态的游走，他一直开着自己的车往返在家、公司与保电场所的路上。刚开始的时候，王志杰的车经常会被在路上执勤的警察拦截下来。1 月 25 号下午，武汉市新型肺炎防控指挥部发布了第 9 号通告。根据通告，为防止人员流动带来的交叉感染风险，更好地防控疫情，自 26 日 0 时起，武汉中心城区将禁止机动车通行。从那一天开始，武汉街道上的私家车一夜之间不见了踪迹，只剩下一部分执行任务的特种车辆，120 救护车、警车、通信工程车、消防车以及电力工程车。如果王志杰的前方有一辆执行任务的特种车辆，他会压着车速，不让自己超过对方；如果他是在后视镜里看到它们，他会赶紧减速避让，不让自己成为它们的障碍。其实，马路宽阔平坦，又几乎没有车，压根就不存在交通阻塞与拥堵，王志杰只是想用这样的一种方式向所有“逆行者”致敬，全然忘却自己也是“逆行者”中的一员。

更多的时候，王志杰是坐在办公室的电脑前，一部座机，一部手机，微信登录在电脑上，打电话，接电话，过滤、筛选海量的信息中与自己工作相关的部分。左手的保电对象千条线，右手需要调配的电力保障建设也是千条线，王志杰就像一根超大号的针，穿针引线，准确地将左手、右手中头绪纷乱的线打结连接、联通起来。不过，王志杰的联系人工作最初是紧张的、无序的甚至是效率低下的。浩瀚无垠的信息海洋，一道道波浪汹涌而来。

刚刚一所医院被新增为新冠肺炎定点医院，消息确实吗？消息的来源与渠道可靠吗？是道听途说来的还是其他？防疫指挥部的通知还没有正式下达呢……什么？又增加了一百个隔离点？好的，请提供一下详细的地址和联络人……新一批方舱医院的名单到了，好的，我们马上分派任务。确定保电队伍之后立刻回复你！什么，只给我半个小时的时间？哦，好的，没有问题，我马上落实。这个片区属于蔡甸，这个片区属于江夏，这个是汉口客服中心，这是归汉阳客服中心……援鄂医疗队居住酒店的详细保电方案？稍等，给您发微信还是邮箱……

海浪口吐白沫，鼓噪着、呐喊着，不给王志杰一点喘息的机会，它们想干吗呢，想彻底压垮这位铁汉吗？没那么容易。王志杰越战越勇，又一波浪潮袭来，千头万绪，千军万马，这次的潮头有数丈之高，呼啸着再次滚滚而来。而王志杰也已经挺直了腰板，摆好了继续迎战的姿势。

王志杰有个非常异于常人的减压方式，他喜欢整个人趴在床上，感受自己一点点陷落进柔软的那个瞬间。全身的肌肉会慢慢地松弛下来，紧绷的神经也会舒展开来，这是他快速恢复战斗力的秘诀与窍门。趴在床上，放空自己，这个简单的动作一次又一次将他从信息的潮汐中拯救上岸。当然，岸上有他的好兄弟、好搭档、同事、营销部专责徐振。

此时，徐振在仙桃。

1 月 22 日，钻石王老五徐振搭乘亲戚的顺风车回到仙桃老家。徐振家住二楼，刚回到家，凳子还没有坐热乎，一辆 120 救护车驶进了小区，停在了他家的楼下。原来是七楼的邻居被确诊为新冠肺炎病人，一家人都被收治了。救护车刚走没多久，小区里、楼道里就来了一队全副武装的消杀人员，把整个楼道用消毒液粉刷了一遍。

武汉封城了！公司回不去。

小区被封了！家门出不了。

但徐振的工作一天也没停下来。虽说是放假，其实一天也没有休息。以前还能有个上班、下班的时间，现在一天24小时居家，只要不闭上眼睛睡觉，分分钟都是工作时间。以前徐振是喜欢熬夜，现在不是他有意熬夜，而是真的睡不着，即便是躺在床上也是翻来覆去，一两点钟也毫无睡意；以前早上喜欢赖个床，现在无须闹钟提醒，比太阳起得还要早。保电对象从几十个激增到几百个，后来还破了千。要给所有的电力保障对象定标准，从特级、一级、二级到三级，根据等级不同确定不同的电力配置，一户一案，上千个方案。好在“国网一张网”，市公司、县区公司、各个客服中心，有分工有协作，一个联络人的背后是无数个联络人。聚是一团火，散是满天星。

疫情期间，王志杰是与徐振说话最多的人。每天，他不是跟王志杰通话，就是跟王志杰通话。母亲打趣道：“我养你30年，咱娘俩说的话加起来，不如你跟你这个同事这两个月说得多！”

3月15日，徐振终于申请到仙桃市防疫指挥部发放的通行证，所在的居委会也给他开具了健康证明。两证齐全，徐振可以回武汉了！

虽然疫情暂趋平缓，路上的关卡却一个没撤，依旧保持着严阵以待的态势。从家到仙桃回武汉的高速路口，徐振像西天取经的师徒一样绕了九九八十一个围挡。原本只需要半个小时的路程，生生被迂回成了两个小时，难度不亚于徐振手机上的迷宫闯关游戏。傍晚时分，大武汉遥遥在望！我回来了！

心有灵犀，王志杰的电话就在徐振踏进家门的一刻可丁可卯地打进来，让徐振心生疑窦，难不成老王在我手机里植入了定位病毒？

复工复产已经提上日程，抗疫保电的侧重点也发生着轻微的倾斜。徐振依然延续着人在仙桃时的居家办公模式，说来也怪，回到武汉，回到在大多数国人谈起色变的武汉，徐振反而安心了许多，能睡着觉了，还睡得挺好挺踏实。

疫情改变了很多人对工作的态度，对生活的态度。王志杰变得更加珍视他的家庭，疫情刚开始的时候，他原本打算去岳母的房子独自居住，以便能更好地保护家人。妻子坚决不同意，于是王志杰就每天出门做好防护，回家做彻底的消毒。妻子把岳母接过来一起住，岳母、妻子和两个孩子成了王志杰疫情期间最坚强的后盾，最温暖的港湾。每天工作结束可以回家，可以吃到岳母做的可口的饭菜，可以听到妻子的温言软语，可以跟两个孩子嬉闹一番，成了王志杰最珍视的幸福。徐振觉得自己的变化也很大，他成功地减掉了10斤体重。每一个胖子都是潜力股，因为每一个胖子的身体里要么住着一个帅哥，要么藏着一个美女。要想蜕变可能仅仅取决于能否挣脱胖子皮囊束缚的力量。徐振身体里的帅哥已然苏醒了，初见成效，初露端倪。现在他花在浴室镜子前的时间明显多于从前，他不想错过见证奇迹的时刻，他要在第一时间亲眼看到徐振帅哥从胖子身体里挣脱出来。至于婚姻与爱情，还是要讲缘分的，缘分来了谁也挡不住。缘分不到，迎面而来不相识。

终于等来了4月8日的好消息！从1月23日10时受疫情的影响武汉“封城”，时隔76天之后，经中央应对新型冠状病毒感染肺炎疫情工作领导小组批准，4月8日零时起解除交通管制。武汉要重启了！江城大门要打开，武汉欢迎您！王志杰喜极而泣。

两周之后，开车上班的王志杰惊喜地意识到，武汉堵车了！他家距离公司十几公里，疫情期间开车只需15分钟。拥堵的长龙回来了，王志杰被堵在上班路上，这一天他整整1个小时才到办公室。在车上等待的时候，他看着车窗外与他并行等待的车辆，那个司机也看着他。他们都是一个人在车厢内，都没有戴口罩。王志杰没有从那个人脸上看到堵车的烦躁与焦虑，他想自己的脸上应该也没有吧。

那天，徐振也被堵在路上了。他们还通了一个电话，互相传递着堵车的喜悦。“老王，听你口气好像堵车堵得挺高兴啊！”徐振揶揄道。

“难道不应该高兴吗！”王志杰把汽车音量旋钮扭到了最大。今儿个真高兴，真呀真高兴！

3 _ 善战者

晨曦中，忙碌了一夜的人们在结束战斗之后开始打扫战场。紧绷了一夜的神经，忽然之间放松，有的瘫倒在绿化带里，仅躺下一秒钟，就已经打着震耳欲聋的鼾声，酣睡如泥；有的泡了一桶红烧牛肉方便面，实在是饿急了，等不及面被泡软就吸溜吸溜地开吃，风卷残云般吃光了；有的背靠着货车轮胎坐在地上，半天说不出话来……

国网宜昌供电公司物资中心仓储配送班班长廖莉莉捂着腮帮子，一脸痛苦地走着。她拿着扩音器喊了整整一夜，嗓子已经发不出一丝声音，更要命的是，做完手术尚未完全恢复的下颌骨不如原装的灵光，说话多了，牙齿不是咬着舌头就是咬着腮帮子。2019 年，廖莉莉脸部右下颌长了个造釉细胞瘤，十月份去北京做了手术，医生叮嘱她最好休养半年。这一夜，她已经咬了一遍又一遍，舌头与腮帮子交互着受伤，旧伤之处复添新伤。刚才廖莉莉去了一个隐秘的角落，拿纸巾抿去了一口血水。疼得她冷汗直冒！真疼啊，疼得廖莉莉捂着腮帮子轻轻按揉了好一阵子。

这里是国网宜昌供电公司物资中心，他们都是这里的工作人员，都是副主任连晓麾下骁勇善战的得力干将。连晓看着精疲力竭的同事们，心疼得直掉眼泪。连晓也很累，他从 2 月 7 日开始就没有睡过一个囫囵觉，没有吃过一口安稳饭。

我是在武汉完成第一阶段的采访之后，踩着午饭的饭点踏进了宜昌物资中心的大门。盒饭在等人，疫情形势虽然趋于和缓，这里的分餐制却依然故我。

连晓对我说这番话的时候，察觉了我脸上的疑惑。他说："李作家，你是北方人，你们平时说的'吃饭'与我们说的'吃饭'不一样。你们的'饭'可能是米饭、面条、馒头、花卷和各种饼，鸡蛋饼、发面饼、葱油饼。我以前在北方参加学习培训的时候，被你们的'饭'搞得眼花缭乱。我们说的'饭'就是米饭，而且我们只会讲'吃饭'，绝对不会说'吃米饭'。"转念一想，深觉连晓说得有理有据。

连晓说他差不多吃了一个月的方便面。刚开始还能换着口味吃，在红烧牛肉、香辣牛肉、麻辣牛肉、泡椒牛肉、爆椒牛肉、爆椒羊肉、鲜虾鱼板、麻辣排骨、葱烧排骨、香菇炖鸡中挑三拣四，犹豫不决，迟疑难断。后来超市物资供应紧张，货架上只剩下红烧牛肉一个口味，爱吃不吃，没得选了，只能硬着头皮强吃。一天三顿，顿顿红烧牛肉味方便面，连晓觉得自己浑身上下处处透着一股挥之不去的红烧牛肉面料包味。他发誓这辈子再也不碰这个口味的方便面了。那天，同事要给自己泡面的时候，问过连晓要不要给他也来一桶，连晓摆摆手拒绝了，他估算了一下时间，饭快送到了。连晓让同事也再坚持一会儿，一会儿盒饭就送到了。同事同样摆摆手拒绝，兀自吃面去了。

连晓相信廖莉莉的能力，她说早餐准点送到就一定会准点送到。就像她无论是疫情暴发以来，还是之前工作中表现出来的职业素养一样，从来没让连晓失望过。

1 月 25 日，大年三十。国网湖北电力物资战线抗击新冠肺炎疫情大战的发令枪响了。其实每个月物资中心都会有例行的物资盘点，对于宜昌库中的物资底数，作为仓储配送班长的廖莉莉一向成竹在胸。这次的实物盘点是自上而下同时展开的，火神山医院、雷神山医院相继开工，国网湖北电力物资部要对全省范围内抗疫保电可能会使用到的变压器和电缆等库存物资再摸一遍底。中午 12 点钟接到通知，廖莉莉饭也不顾不上吃，一口气打了 12 通电话，挨个通知宜昌辖区的物资分中心主任。4 个小时之后，16：28，宜昌供电公司所有仓储点的变压器和电缆等库存物资实物盘点全部完成。

新冠肺炎疫情发展迅速，每天的确诊人数直线上升，宜昌调度中心开始了封闭值守。运检部提出，要为宜昌的各级调度系统场所配置空气消毒机，最大限度地保证电网调度指挥中枢的卫生环境绝对安全。后勤部将需求报至物资中心，再三声明他们的要求：到货越快越好！

空气消毒机？

这次要采购的物品属于非电力物品类，远远超出了廖莉莉的业务范围，在她以往工作中，从来没有采购过类似的物资，毫无经验可言。不懂就咨询专家，不了解行情就货比三家，虽然采购的是非电力物资，但依然要遵循采购电力物资的流程和精准度。廖莉莉和她的小伙伴们做足了功课，从咨询医院设备管理部门、医药公司的专业人员入手，再根据资料详细研究空气消毒机与空气净化器的区别：原来紫外线空气消毒机和臭氧空气消毒机都属于专业空气消毒机，均有杀灭病毒功能；而商场里出售的众多品牌的空气消毒机，其实属于家用消毒机，只有杀灭细菌功能。借助网络，廖莉莉查询到了几个医用品牌空气消毒机生产商的背景资料，把空气消毒机的供货渠道和价格悉数掌握，成了半个专家。仅用了 5 天时间，就给调度中心配上了专业级别的空气消毒机。

刚完成空气消毒机，又采购发电机，经常是打上百个电话只为落实一件事情，反复商榷，反复确认。电话被打得滚烫，就插上耳机；电话打没电了，就插上充电器，一边充电一边继续通话，保持通话。疫情期间，各地都在实行交通管制，道路封闭，物流暂停，很多供应商都表示不能保证按时供应。摸清货源，确定到货时间之后，廖莉莉还要配合供应商办理通行手续。物流车辆一上路，她就一路电话追踪，直到发电机运抵物资中心。

3 月 2 日，廖莉莉接到国网湖北电力物资部的通知，两天后的 3 月 4 日将有一批国网青海电力、国网黑龙江电力的捐助物资运抵宜昌。这批物资包括米、食用油、冷冻肉和奶制品，是国家电网兄弟单位驰援湖北的爱心物资，用来缓解供应紧张、改善生活水平的食品物资。宜昌物资中心除了要接收本公司的物资，荆州、恩施、神农架、省直流运检公司的物资也一并入在宜昌，完成接收后再转运。

接到通知后，廖莉莉深觉任务之重，分别跟青海电力和黑龙江电力对接完成之后，她做了一个详备的方案发给了连晓。根据青海、黑龙江两地提供的200多吨物资、8辆货车的物资清单，廖莉莉逐项核实车辆信息、行车安排、货物装车方式，尤其对8位司机师傅的民族、宗教信仰、用餐禁忌以及他们的个人防疫物资配备情况进行了详细的了解，一一标注清楚。

对宜昌供电公司物资中心来说，这将是一场不小的考验，必须严阵以待。从疫情开始到3月初，廖莉莉一直都是居家工作。而连晓则是从2月7日就离开了长江瑞景小区的家，临行前，他给妻子和儿子采买了足够多的米、面、肉、蛋、奶，使劲抱了抱他们，转身出门。他离开的时候，他家所在的小区已经有4例确诊、3例疑似。他不知道自己出门会遇到什么，也不敢去想他身后的妻子和儿子在家会是一种什么样的境况。连晓是流着泪离开家的，无语泪流。伏尔泰说眼泪是一种无声的、悲伤的语言。

物资中心的库工除了值班的4个人，其他人都被阻隔在外无法返回。作为副主任，连晓既是现场的指挥员，也成了库工的一员。2月9日，宜昌物资中心接收了第一批物资，5吨酒精。这是连晓工作以来第一次接收非电力物资。在他以往的经验里，电力物资都是有包装箱的，统一的规格，叉车转运即可。上午9点，运送酒精的货车徐徐开进了物资中心，打开货车的厢板，连晓傻眼了！

每瓶500毫升，一箱30瓶，整整5吨。一箱挨着一箱，一箱摞着一箱。不是大型包装箱，无法用叉车卸货！怎么办？只能一箱一箱卸货再转运入库。连晓跟4个库工一起来回搬运了1个小时才卸完货。第二天，更严峻的考验接踵而来，36吨、1000多桶的84消毒原液到货了。84消毒液是一种以它的研制成功年份命名的含氯消毒剂，主要成分是氯酸钠，有腐蚀性，可致人体灼伤，具有刺激性气味，刺激人的上呼吸道，让人产生强烈的不适感。

50 斤装的蓝色塑料桶，满满当当一货车。当货车开进货场，一股强烈的刺激性气味扑面而来。原来在运输过程中，蓝色塑料桶由于受力挤压，最下面的几个桶产生了裂纹，导致了泄漏。

那一天，是个阳光灿烂的日子，天气好得出奇。阳光的炙烤使得泄漏的 84 原液在空气中更快地挥发，虽然连晓跟同事们戴着口罩，但依然能闻到刺鼻的味道，更糟糕的是，越来越浓烈的挥发释放出来的游离氯让人几乎睁不开眼睛。从早上 8 点到下午 1 点，5 个人片刻不敢停，争分夺秒地卸完了一整车。卸完车赶紧扯来水管线，将车场彻底冲洗了 1 个小时。干完所有的活，连晓与同事们互相打量，总觉得有哪里不对劲，后来还是一个库工“哈哈”大笑着说出了答案。5 个人的工衣被 84 原液褪色了，所有沾染了消毒液的地方都被漂白了。好好的“国网绿”工衣成了绿白相间的迷彩服，有些地方甚至被腐蚀出了破洞。

最麻烦的要数接收口罩，接收完要立刻清点数目。一般来的口罩都是大箱，要分装成小箱之后再分别配置给所需的部门和单位。2 月底，江苏的一个单位捐赠了 5 万只口罩，分别装在了 23 个箱子当中，每个箱子的数量不一。连晓和同事整整清点了一天才处理完。

廖莉莉反复确认过了，黑龙江的货车中午到，青海的货车抵达时间是晚上 9 点。已经成了熟练库工的连晓比廖莉莉更清楚 3 月 4 日将会面临一场恶战，单凭库工和他是万万不能完成任务的。必须要发动物资中心所有的力量，另外还要招募一批志愿者，最起码得组建一支百人队伍，才能确保迅速完成货物的卸车以及接收之后的分发和转运。宜昌物资中心是专业的电力物资库房，接收的货物当中有冻肉，电力物资存储与食品的低温仓储截然不同，必须要迅速接收、迅速转运，否则冻肉融化极易腐败变质，会造成巨大的损失和浪费。

3 月 4 日，好巧不巧的是，这一天一大早，6 台变压器的电力物资和 2

吨酒精、1 吨消毒液的防疫物资不期而至，连晓组织库工火速卸货，不到一个小时结束战斗。原定中午到的黑龙江货车因为过防疫关卡耽误了时间，下午两点才到。国网黑龙江电力公司援助的是 30 吨大米，50 斤一袋。众人拾柴火焰高，10 个装卸工、3 辆叉车，两个小时全部颗粒归仓。

夜幕降临，8 盏应急照明灯把货场映照得亮如白昼。物资中心 20 个工作人员，能到的全到了。这也是疫情发生之后，廖莉莉第一次走出家门，走出小区门。让连晓特别暖心的是，呼啦啦一下子来了七八十个志愿者。

廖莉莉接了一个电话后，按下手中的对讲机：各单位请注意，车辆已下伍家岗高速，预计 10 分钟内抵达仓库，请做好接收准备！所有人瞪大了眼睛，目不转睛地迎候着国网青海电力车队缓缓驶入库区，停到了转运方案的预定点。荆州、恩施、神农架、省直流运检公司的转运车辆也早已停在了各自的转运车位。

按照预定方案，大家根据货物清单一边卸货一边分发，速度快、效率高，然而分着分着，连晓发现有点不对劲，赶紧叫停。细究之下，货物清单与物资实物之间的偏差让一向严谨细致的连晓倒吸一口凉气。清单上的食用油分一级油和三级油，完全清点结束之后，发现食用油的总量够，但是一级油多、三级油少。哎！多么好的兄弟单位啊，尽可能地把高品质的物资发过来。最大的偏差出现在冷冻肉上，清单上明明写着有牛肉、羊肉、牛排和羊排，但所有的外包装是一模一样的，连晓翻找了半天也没有发现上面有任何类别的标注，只有一个重量：25 公斤，但是清单上明明写的是每箱 20 公斤。冷冻肉全部清点完成之后，发现总重量是正确的，连晓恍然大悟，原来对方是按重量配送而不是常规意义上的按多少箱。连晓安排廖莉莉迅速调整了货品清单，然后再根据新的货品清单制定新的分发清单。虽然重新调整又耗费了一些时间，但无论是连晓还是廖莉莉都没有表现出一丝一毫的不耐烦。同样都是国家电网的物资人，连晓特别能够理解青海公司，在这么短的时间内筹集到上百吨的冻肉，从组织货源到包装再到运送，他们只想快一点、再快一点让湖北的兄弟姐妹们吃上富有营养的肉和排骨。后来反馈的信息是转运到荆州公司的全部是牛羊肉，宜昌公司则都是排骨。宜昌公司跟荆州公司说：看，你们吃肉，我们吃骨头！荆州公司则笑着反击：排骨可比肉贵多了！

6：37，天亮了。一夜的鏖战接近尾声，宜昌物资中心打了一场漂亮的战役。

餐车裹挟着饭香由远而近，连晓禁不住咽了一口口水。从2月7日靠方便面度日以来，这是他第一次吃到香喷喷的饭。疫情让一碗普通得不能再普通的饭成为一种奢望。

看着晨曦中累得各式各样的同事，连晓忽然想到了他最喜欢的《曹操集》中的一句话：善战者无赫赫之功，善医者无煌煌之名。掏出手机，把“善战者无赫赫之功”作为自己的微信签名，端端正正地写了上去。

4 _ 速度接力

“我们物资人中的善战者比比皆是，这句话我毫不夸张！真的。”

陈治道喝了一口茶，语气笃定。

这里是国网湖北电力物资部主任陈治道的办公室。来湖北采访月余，偶遇一个与我同饮一款普洱熟茶的茶友，甚是惊喜。我们共同热爱的“烟霞”是一款特别小众的茶品，它产自云南西双版纳大渡岗自在园，纯属凭机缘才能邂逅的茶品。茶林同道，不经意间南北聚首，定要切磋琢磨一番。陈治道让我试饮长江水冲泡出来的茶感，且让我向他描述一下此茶遇见黄河水时的滋味。

低头细细品咂时，惊觉话题偏离了采访的预设轨道，赶紧掉转话头。

早在2020年1月6日，陈治道在英国曼彻斯特大学读书的大女儿从武汉返回东营途中，经停香港。女儿在飞机上被要求戴口罩、测体温，小棉袄抵达伦敦之后反复叮嘱武汉的老爸老妈注意安全。女儿的经历在陈治道心里划下了一道痕迹。随着不明肺炎的传言愈演愈烈，陈治道果断在1月

19 日取消了部门聚餐。随着 1 月 23 日武汉封城的消息传来，陈治道暗自庆幸自己当初做了一个正确的决定。

兵马尚未动，粮草须先行。早在春节前，2019 年 12 月份的年度物资盘点时，陈治道就对整个湖北范围内电力物资库存底数掌握得一清二楚，但考虑到疫情期间，全省 12 个地级市、1 个自治州、3 个省直管市、1 个林区，疫情程度不同，抗疫保电的难点和侧重点不同，是新建、扩建、改建还是增容？每一个需要保电的单位对电力物资的需求也不尽相同，是新建医院还是定点医院改造？是方舱医院还是酒店隔离点，抑或是援鄂医疗队的下榻酒店？陈治道让物资部自上而下，从省公司的中心库、市公司的周转库再到县区公司的仓储点，对库存电力物资又摸排了一遍，结果还算是理想，大约有两亿多元的库存物资。即便是疫情期间湖北与全国的物流全部停滞，这些物资也能确保全省的电力物资供应，唯一的工作难点就集中在各地市之间的调配与运输。

在陈治道的指引下，几个小时之后我去了国网武汉供电公司物资部，去拜会那里的一群善战者。就在不久前，他们并肩联手，环环相扣，上演了一场速度接力。

很少会同时采访三个人，这甚至是我涉猎报告文学写作以来第一次选择这样的采访方式。之所以会这样做，完全是为情景再现陈治道说的国网武汉供电公司物资部彻夜不眠的速度接力故事。

2 月 19 日，是武汉密集建设方舱医院的时间节点。国网武汉供电公司的库存电力物资消耗过半，严格的交通管控使得无法将消耗物资及时进行补充。这天下午的 4 点钟，国网武汉供电公司接到了武汉防疫指挥部的通知，2 月 20 日要为汉阳汉汽方舱医院通电。

汉汽方舱医院位于武汉市汉阳区汉阳造文化创意产业园内，利用约 4 万平方米旧厂房改造而成，这家方舱医院的标准堪比雷神山医院。按照厂区现有布局，通过物理隔离、空间隔离、借助自然通风和挥散，划分为污染区、缓冲区、绿化隔离区和洁净区等 4 个单元，所以急需 4 台 500 千伏安的箱式变压器。

接通知的人是国网武汉供电公司物资部应急物资负责人张虹萍。她放下电话，立刻查看了武汉市县两级的电力物资库存，都没有找到汉阳汉汽方舱医院所需的那种型号的500千伏安箱式变压器。情急之下，张虹萍立刻致电国网湖北电力物资部供应处副处长卢力，因为卢力掌握湖北全省各地的箱式变压器的型号与数量。

很快，卢力回复了一个令人振奋的消息：汉阳汉汽方舱医院需要的箱式变压器孝感公司有货。

物资有了，运输就成了关键。下午5:10，张虹萍联系上了孝感公司物资部配送班班长吴辉。张虹萍听到吴辉电话里的声音很嘈杂，人仰马翻。吴辉说他已经接到了省公司的通知，正在装车，需要武汉公司这边开一个函，否则运输车辆上不了高速。

张虹萍赶紧向自己的部门主管国网武汉供电公司物资部主任郑志遥汇报，由郑主任出面去开具公函。然而，还没等武汉公司开具的函件上的红章印泥干透呢，孝感公司那边就又打来了电话。吴辉在电话里急得语无伦次，4台500千伏箱式变压器已经装在车上了，但原定的司机出了一点问题，一时半会儿找不到其他的司机顶班。

张虹萍赶紧把变压器的运输变数告诉了郑志遥，郑志遥二话不说，当即表态，送不来，我们就去接！

任务随即落在了国网武汉供电公司物资部仓储配送班班长朱亚静的肩上。朱亚静，一个听上去就容易让人产生遐想的名字，应该会是一个娴雅美好的女子吧？恰恰相反，朱亚静是一位孔武有力的男儿郎，地道的武汉男将。

出门前，朱亚静其实有过一丝的犹豫，但很快，责任感与使命感就催促着他启程上路了。这个时候已经是晚上9点钟了。车开了没多大一会儿，在武汉去孝感的高速路口，朱亚静的车队被执勤的交警拦下了。司机赶紧给朱亚静打电话，让他跟交警交涉。

“武汉封城，禁止出行！”交警的语气不容置喙。

“我们要去孝感拉电力设备，建设汉阳汉汽方舱医院用的箱式变压器，明天就得通电。您就让车出城吧！”

“不是我不让你们出城，我职责在身，设这个关卡为的什么，就是不能让人随便进出！”

“我们这是去拉抗疫物资，这你也要拦，胆子也太大了吧，你有职责，我们也有任务啊！你个板板，你到底让不让我们的车走？”朱亚静唾沫星子横飞，好话歹话一起说。

“你别急嘛！我就是有心让你过去，你也得有个证明吧，或者是你跟我的上级打个电话，不然，我把你们的车放出城就是我的失职啊！兄弟，我能理解你，你也得为我的工作着想一下吧！”交警听到朱亚静急了，缓和了一下语气给他提了一个极具建设性的意见。

交警的一番话点醒了朱亚静。他赶紧给郑志遥打电话，让武汉防疫指挥部出面协调，最好能开一个证明信，不然纵使武汉的交警放他出城，到了孝感，也会因为没有通行证而无法进入市区。挂断电话，朱亚静又给拦截他的警察的上级打电话说明情况，对方一听是抗疫保电物资，让他稍等片刻，核实完情况就会给他回电话。几分钟之后，交警接到了放行的指令，朱亚静的手机上也收到了武汉防疫指挥部签发的电子通行证。重新上路的司机猛踩油门，他们要把刚才耽误的半个小时补回来，尽管导航系统不停地提醒“您已超速！您已超速！”他们也是置若罔闻，浑然不觉。高速路上没有车，只有他们的车队像一支支光之利剑，刺穿黑暗，奔向光明和希望的前方。

国网孝感供电公司的吴辉一直眼巴巴地等着，不仅亲手把电力设备从原先的车上挪装到武汉公司的车上，还亲自驾车把他们一直送上高速才作罢。

凌晨1:42，4台500千伏安箱式变压器平安到达汉阳汉汽方舱医院。

张虹萍说：“这就是我们物资人的工作标准，可以让物资等工程，决不能让工程等物资。”

张虹萍说她在整个疫情期间一直在坚持写日记，《虹萍日记》。她说她只是想把自己的心路历程记录下来，从未想过有一天会公之于众。在我的再三请求下，她答应整理一下发给我一部分。我问她是否愿意被收录进《生命交响》这本书。张虹萍低头想了一会儿，说，可以的。

《虹萍日记》选摘

时间：2020 年 1 月 23 日，腊月二十九

天气：小雨

今天是武汉宣布“封城”的第一天。由于疫情，武汉供电公司宣布我们今日不用到岗，但我在家中一直关注着疫情情况。晚上 8 点多，我接到了郑主任（武汉供电公司物资部主任郑志遥）打来的电话，他说武汉要建“小汤山”医院，公司的任务是 3 天内送电，必须立刻做好物资应急准备。放下电话，我心中突然有一种气血在上升。随即我们立刻成立了“防疫电力应急物资小组”，由我来负责此次应急物资的统筹，朱亚静（武汉供电公司物资部仓储配送班班长）负责公司仓库内物资的调拨，乐军花（武汉供电公司物资部合同管理专责）负责供应商寻源，杜方超（武汉供电公司物资部仓储管理专责）负责落实公司仓库物资情况，建了微信群方便联络。

晚上 9 点 43 分，我们收到了蔡甸公司发来的武汉小汤山医院建设的需求计划清单，大家没有丝毫犹豫，立刻开始行动起来。大家心里都明白，武汉小汤山医院电力建设工程是与新冠肺炎病毒的赛跑，电力应急物资迅速到位是此次电力工程建设的基础，我们必须要争分夺秒地落实物资来源，为在建设前线的同事们备好这次“战役”的“粮草”，才能保证入场后 3 天内送电，取得这次建设“战役”的胜利。

到了凌晨 1 点 58 分，在大家的共同努力下，我们摸清了应急物资的库存和供应商存货情况，还收到通知明天要去武汉小汤山医院开会，匆匆洗漱完，我却睡不着了……

时间：2020 年 1 月 24 日，除夕夜

天气：阴，雨

一大早，我戴好了口罩，带上了资料，就赶紧开车出门，街上人很少，有些冷清。但是越往蔡甸走，车越多，到达火神山项目现场，映入眼帘的是一番从没见过的景象，这才知道什么叫热火朝天。

我找到了武汉供电公司搭建的临时指挥部，会议持续了将近 4 个小时。会后，我理了理会议笔记，坐下来开始跟乐军花、杜方超、朱亚静打电话，由于现场情况条件限制，有些物资的需求计划发生了变化，得赶紧联系上他们才行。这时已是傍晚 5 点多，天色有些暗了下来，现场开始灯火通明。

回去的路上，道路两旁万家灯火闪烁，我想起了远在襄阳的父母。将车停到了路边，给父母打了个视频电话。电话接通了，屏幕里映出爸爸妈妈和姐姐的脸庞，“虹萍，还在忙呢？要注意身体。”妈妈说道。

我的鼻头一酸，妈妈长年被无缘由的神经性疼痛折磨，平日里我工作忙，无暇照顾，在本该一家团聚的时刻，自己却不能守在母亲的身边。

“知道了，爸妈，您二老照顾好自己，待在家里，别出门，今年我没法回家过年了，今天是三十，我给您拜个早年。”我对爸妈说。

“虹萍，你放心忙你的吧，我会照顾好爸妈的，你记得要戴好口罩，做好防护，火神山建设需要你，我们会一直在背后支持你。”姐姐微笑着说道。

没时间说太久，我不舍地挂断了视频电话，但心中一酸，眼泪还是不争气地流了出来。

到了家里，我赶紧看了看微信群里的信息：第一批物资的来源，基本上落实了！我心里一阵激动，接下来，就是按时到货了，我赶紧嘱咐朱亚静做好物资配送安排。“湖北紫电已装车完毕，马上出发，预计3点到现场。”“汉南周转库8台箱变、4台环网箱和架空绝缘线已全部送到。”大家在微信群里直播着出入库情况和物资到货情况。我一直瞪大了眼睛，生怕错过一条消息。直到快凌晨3点，物资都到得差不多了，我才躺上床。但眼前浮现的还是火神山现场的场面：一面面鲜艳的党旗高高飘扬，一个个党员服务队队员忘我工作。自己作为公司物资战线的一名老党员，只要战疫需要我，任何时候我都会冲上去。

时间：1月25日，正月初一

天气：雨

上午，我接到了蔡甸区供电公司小江（蔡甸区供电公司运检部专责）的通知，他说火神山医院现场需要增补一批物资，我赶紧给大家打了电话，自己也赶紧在台账里查找了起来，为了物资能够早点到位，大伙饭都顾不上吃。

终于寻源完成，这一天电话打下来，我是胳膊发酸、脑袋发麻，忙完歇下来，再抬头，发现已是深夜1点多，我跟乐军花互道了晚安，洗漱完刚准备休息，听见手机震动，点开一看，发现是江夏公司人员发来了雷神山的物资需求计划。我赶紧披起了外衣，爬了起来，又坐到电脑跟前忙碌起来，直到这一批物资来源基本确定了，发到了微信群里，才敢躺下。

时间：1月26日，大年初二

天气：雨

“铃铃铃……”我睁开了眼，看了眼手机，已经七点了。尽管从3

点多到7点，只睡了不到4小时，我也赶紧爬了起来，物资还有一部分需要寻找货源。

前期火神山已使用了一部分武汉供电公司库存物资，雷神山的一些物资需要从外地的供应商处配送到武汉来。由于武汉地区“封城”交通管制的缘故，物流运输成了一个大问题。眼下只有宜昌东明有合适的箱变货源，而宜昌的物流车辆和司机都已放假，我只有赶紧联系朱亚静，让他从武汉派车到宜昌，又给江夏公司负责人汇报具体情况，这才拿到了出城和进城的通行说明。

回想这几天，自己就像上了一次真正的战场，只要看到新闻上不断更新疫情，不管有多累，内心都不断催促自己坚持、坚持、再坚持。接到任务时，我最担心的是因为物资而耽误了前线的施工进度，所以时刻自我要求现场需要几点钟到货就必须几点钟到。到了晚上8点，雷神山的所需物资基本到位，看着微信群里的消息，我才慢慢地舒了口气，今晚，总算可以略微放松地睡一觉了。

楚地迓韵：鄂光三回

▼

◎收件人：刘一江

◎主　题：鄂光三回

接到你的电话时，正如你所说，妈妈刚刚大哭了一场，是浓重的鼻音出卖了我的情绪吗？还是你给爸爸打电话了，听他说了妈妈的状况，放心不下？你一问，不争气的妈妈再次泪盈于睫。对不起，终究还是让你一个高中生担心我这个成年人了！也许妈妈是一个伪成年人吧。但这几天实在是孤单寂寞冷，淋雨发烧，生理周期疼痛，采访现场差点晕厥，一连串的连锁反应如流星追月，让妈妈只有招架之功，全无回手之力。请理解妈妈的软弱吧！

淋雨是在恩施采访的最后一天。那天，自雨中从宣恩县回到恩施州，因为第二天一早就要返回武汉，于是在雨中前往陈连升广场，瞻仰陈连升雕像。

2018 年底，爸爸陪我开始了人民英雄纪念碑的寻访之旅，八块浮雕故事的发生地依次走过。首站是《虎门销烟》的虎门。从广州南站乘坐广深港高铁前往虎门，身边的乘客在用粤语打电话，17 分钟后便是目的地——虎门。站台上有人上车，有人下车，在熙攘的人流中站定，目送列车高速开往它的终点站香港。无论翻阅哪一个版本的中国近代史，无一不将鸦片战争列为开端。虎门，则是鸦片战争绕不过去的一个地标。

鸦片战争博物馆内有一座玉墟古庙，是座北帝庙，供奉的是北方真武玄天上帝。如今与北帝同时享受人间香火的还有虎门销烟当年的钦帅林则徐、总督邓廷桢、提督关天培和副将陈连升。虎门销烟四人组，最早出局的是总督邓廷桢，他被调往福建。林则徐是最大的背锅侠，革职查办，被发配新疆伊犁。被贬途中，林则徐还不忘安慰家人：“力微任重久神疲，再竭衰庸定不支。苟利国家生死以，岂因祸福避趋之。谪居正是君恩厚，养拙刚于戍卒宜。戏与山妻谈故事，试吟断送老头皮。”虽然离场的方式有几分黯然，但林则徐、邓廷桢至少活着离开了虎门，真正长眠此地的是提督关天培与副将陈连升。道光二十一年（1841 年）二月初六，英军对虎门要塞发动总攻，守军人数低于对方数倍，关天培死守阵地顽强抵抗，被枪弹击中殉国。副将陈连升冲入敌阵与敌军肉搏，壮烈牺牲。他的坐骑被掳，悲愤嘶鸣，绝食而亡，谓之“节马”。今日之沙角炮台遮天蔽日的大榕树下，一尊节马青铜塑像，鬃毛迎风飞扬，它向着珠江口外辱入侵的方向，永远地昂首长啸。

烟销了，云却并未散去。

虎门销烟，如同给晚期癌症患者局部切除了其中一个病灶，却匆忙缝合了创面，之后再也无心无力采取更进一步的治疗措施，结果不但没有达到预期的效果，反而刺激了肌体内外的各种围攻与反噬，内里愈加腐朽，外敌越发残暴。第一次鸦片战争使中国开始经受更加深重的苦难，紧接着又是第二次鸦片战争，这一次，“武汉三镇”的汉口作为通商口岸被迫开放。

陈连升是恩施州鹤峰邬阳人，土家族，幼年习武，青年从军。在撩拨不动的雨帘中，逐字逐句地读完了陈连升铜像碑文。历史从未远去，对一个报告文学作家来说，采访与实地探访两条腿走路，缺一不可。抵达某地做扎实的采访，健在者力求见到本人，往生者，采访曾经与他熟识的人，如果已经是湮没在历史中的人物，名人，去参观他的纪念馆；普通人，有名有姓也罢，无名无姓也罢，前往他的出生之地、成长之地、寂灭之地，隔着时空对话，千里东风一梦遥，纵然肉体消亡，灵魂依然能够彼此感知。就像作家大解在他的《傻子寓言》昭示的历史与时间一样，历史就在生活的现场，只是时间把它推向了远方。在“远方”和“此在”之间，是无数个“当下”在排列和延伸，与我们身处的现场接壤，构成一个不可分割的整体。引入时间这个向量以后，历史就变成了一出活剧，人们依次出场，然后隐退。因此，生活永不凝固。在生活的全部流程里，只有先后，没有背后。每个人在自己所处的时代里都是活的。按此推理，历史中不存在死者，只是出场的时间和顺序不同而已。

陈连升铜像的战马奔腾，向着虎门的方向。那一刻，妈妈恍然大悟为何会在众多的武汉之外的采访线路中选定了“武汉—宜昌—恩施”，冥冥之中自有天意，带我重温节马的嘶鸣。

在恩施供电公司工作人员的催促中上了车，车里的空调温度有点低，打了一个寒战，心中骇然，暗自祈祷千万不要感冒，千万不要发烧。然而事与愿违，妈妈还是发烧了，低烧，37.3度。

应该说宜昌、恩施之行收获多多，采访到了许多鲜活、感人的瞬间。相较而言，这两地的疫情比武汉轻得多，但是他们一样地紧张，一样地严阵以待。时至今天，出恩施依然需要报备，到过武汉的人员返回恩施仍然需要隔离十四天。恩施与武汉两地接力，在高速路的宜昌休息站像传递接力棒一样，恩施供电公司的人把我移交到武汉工作人员的车上。为安全起见，整个路途中，我没有摘下过口罩，7个小时水米未进一滴、一粒，下午3点回到武汉，重新入住东湖丽景酒店。巧合到离奇，房间号恰好是我的生日数码。因为是周末，国网湖北电力公司工会干事毛佳没有再安排采访任务，只嘱我好好休息。武汉第二轮采访将从下个周一开始。

夜雨敲窗，屋内的我继续发烧，依旧是低烧37.3，不见一丝好转，还增加了腹泻的状况。腹痛难忍，夜半时分，生理周期如约而至。吃了两粒999感冒胶囊后开始发汗，床单变得潮乎乎的，这一夜睡得极不踏实，噩梦连连，一个接着一个，像看电视连续剧一样。睡觉比醒着的时候还要累上几分。

雨洗晴空，天特别好，看来恩施的雨把我送回武汉，只陪我一夜就匆匆回去了。晨曦中醒来，退烧了，有些神疲气倦。一身汗渍浑身发黏，淋浴的时候有胸闷气短的短暂瞬间。今天的采访行程是跟随国网湖北检修公司输电检修中心去消缺现场。早在来武汉采访之前，我已经与输电检修中心的十几位劳模、国网工匠、技术能手、青工做过视频连线，当时是为了采写全国劳模候选人胡洪炜的短篇报告文学。彼时武汉尚未解封，他们白天忙于工作，晚上接受我的远程访问。尹洪、王永浩、刘继承、闫旭东、汤正汉、李明、付子峰、张楚谦、张迪、吴嘉琪、蒋敏，主角胡洪炜被安排在最后一个上场。虽然远隔千里，依然被胡洪炜感动得不要不要的，采访完成，饱满浓墨，直抒胸臆，完成了近万字的短篇报告文学《禁区勇士》。也许是因为被胡洪炜感动在先，才会接受书写长篇报告文学《生命交响》的邀约，才有勇气奔赴武汉。我想亲眼实证一下这座英雄的城市里的这群英勇的人们。

来接我的人是检修中心纪委书记兼工会主席王永浩，一个眼神明亮、眼中有光芒的年轻人。王永浩说我们的目的地是鄂州，鄂光三回有两座相距不远的 20 号、22 号杆塔同时发现缺陷。他特意强调今天安排了闫旭东、汤正汉、胡洪炜、李明 4 位劳模同时出山，这样的全明星阵容已经好多年不见了。汤正汉、李明的任务是鄂光三回 20 号塔消缺，闫旭东、胡洪炜则去 22 号塔消缺。王永浩让我选择一组，没有片刻的犹豫，我追随着闫、胡师徒的背影而去。

让我万万没想到的是，22 号杆塔傲然挺立在一片公墓的一侧。要想进入工作场，必须穿过那片整齐划一的魂灵安息之所。胡洪炜走得飞快，闫旭东紧随其后，他们大步流星，我一路小跑着跟随。闫师傅负责安全保障，胡洪炜长臂猿一样飘来荡去，眨眼之间就已经登顶了。

站在杆塔下仰望胡洪炜，觉得他作为一位卓越的高空舞者，衣袂翩翩如抃风舞润，羽衣蹁跹似翥凤翔鸾。也许是神游天外时间过久，也许是仰视的姿势太累，忽然，一股巨大的眩晕感向我袭来，周围的一切在我身边快速地旋转，犹如置身于一个偌大的气旋中心。王永浩就站在我身边，刚刚他在用他的专业知识向我科普如何快速分辨高压线的功率等级，什么样的是 10 千伏，100 千伏的杆塔有什么特征，500 千伏又是何种样貌。但此刻，王永浩虽然与我近在咫尺，声音却似乎远在千里之外。

我知道自己马上就要晕厥了，这是我的人生第一次。道听途说以及阅读经验都曾经告诉我，人昏倒之前是眼前发黑，但此时此刻，我却觉得世界在一点点变亮，就像摄像机用错了光圈，曝光过度。天不再是蓝的，草不再是绿的，一簇簇金黄花蕊的洋甘菊只剩下一片光晕，王永浩成了一个模糊的剪影。远处的墓地里，骤然响起了大悲咒的唱诵声。我清醒地知道自己马上就要晕厥了，却一点也不惊慌，内心深处是一片平静和安详。我清晰地记得来的时候，接我的那辆车上有一箱百事可乐。上车的时候，胡洪炜还曾问过我要不要喝。

“王永浩，我快晕倒了，麻烦你去帮我拿瓶可乐！”我摇摇晃晃地把手伸向那个模糊的身影，我以为我的声音是冷静的响亮的，但后来王永浩告诉我，那个时候我的声音是虚弱的无力的。王永浩牵着我的手将我带到一个树荫下，喝了几口可乐之后，世界恢复如初。天是蓝色的，草是绿色的，洋甘菊有纯白的花瓣和鹅黄的花蕊。

“王永浩你刚才听到了吗？”

“听到什么？”王永浩不解地问，旋即明白我的意思。他说：“李老师，你不用害怕，这片墓地里有很多太阳能电子念佛机，像今天这么好的阳光，电子念佛机充足了电之后响起来不奇怪的。”

“那你刚才听到电子念佛机响了吗？”

王永浩定定地看着我，摇了摇头，非常肯定地说：“没有。”

刘一江，直到给你写信的这一刻，妈妈也坚信自己没有出现幻听，妈妈是真的听到了大悲咒的唱诵。

写到这里，忽然想起来前段时间去参观火神山医院的那个下午。绕场一周，看火神山医院的箱式变压器和环网柜。在接近出口的地方，忽然感觉到周遭有一丝不一样的气息，转头问蔡甸区供电公司的工作人员：“是那个地方吗？”

工作人员诧异地看着我，顺着我的手指看过去，在我的正前方，一个贴着“重污染区”的小房子。

“是那里吗？”我加重了语气追问。

“你是怎么知道的呢？”工作人员用反问证实了我的疑问。

我默不作声，没有回答。我知道就是那里。在那里面是一排排的箱式冰柜，殡仪馆的车会从这里把被新冠肺炎吞噬了生命的他们接走。

2020 年 4 月 13 日，火神山医院关闭。除蔡甸区供电公司的工作人员偶尔过来查看一下电力设备的运行情况之外，只有保安、物业在此地值守。一进必有一退，人声鼎沸之时，草木没有多少生长生发的空间。而今，人迹退却，大自然便顺势向前一步走，于是火神山遍地绿意，芳草萋萋与风语。屏息凝气立于风中，楚语悲迓，如泣如诉。

是啊，我是怎么知道的呢？

耳边响起熟悉的旋律，鲍勃·迪伦的《答案在风中飘荡》：

一个人要走多少路才能真正称作是一个人？

一只白鸽要翱翔多少海洋才能安息在沙滩上？

炮弹要飞行多少次才能永远被禁止？

我的朋友，答案在随风飘荡。

答案在随风飘荡。

一座山要生存多少年才能被冲进海洋？

一个民族要生存多久才能获得自由？

一个人要扭多少次头还是假装看不见？

我的朋友，答案在随风飘荡。

答案在随风飘荡。

一个人要抬多少次头才能看清天空？

一个人要长多少耳朵才能听见人们哭泣？

要死多少人才会知道太多的人已死去？

我的朋友，答案在随风飘荡。

答案在随风飘荡。

也许，是火神山的风告诉我的，因为那里的风从来就没有停止过。

713房间的窗户正对着东方，妈妈能从这里看到武汉的第一缕阳光。此刻，夜已深，窗外霓虹闪烁，武汉夜色日臻妖娆起来。

晚安，武汉！

晚安，刘一江！

李玉梅于东湖丽景酒店
2020.6.8

第三乐章

小步舞曲：苍生

全国全世界看到了武汉人民的坚韧不拔、高风亮节。

一声部：铿锵玫瑰圆舞曲

▼

1 _ 明月几时有

一声比一声急促的报警声响彻了国网武汉供电公司电力调控中心，她心中的警铃也随之响起来。对于今天的状况频发，其实她早有思想准备，从武汉封城的那天开始，她就给自己打了预防针。武汉电网体量这么大，小小的波动肯定会有，小小的告警也肯定会有，但其实在电网运行中任何一个小小的电力告警信号如果处理不及时都有可能演变为严重的停电事故，对调度中心的调控员来说，就要保持十二分的警惕与关注，因为整个电网容不得他们出半点的错。越急越容易出错，所以一不能急二不能躁，纵然她心中的警铃已经响得穿云裂石，她依然一脸的从容与淡定，既没有蹙起两弯似蹙非蹙的罥烟眉，那双似喜非喜的含情目中也不见一丝慌乱。在调度员的岗位已经工作十年了，兵来将挡水来土掩，有故障就处理，负荷高了就调整运行方式。害怕没有用，焦虑更没有用，害怕与焦虑解决不了任何问题。

她看了一下，报警的是仁 56 同济线。负荷这会儿怎么那么高？电流值越事故上限 350 安。

“查一下是哪个医院！”

“好，查到了，是华中科技大学医学院附属同济医院。”

彼时，武汉66家定点医院和医疗机构、23家疫情防控用品生产企业、47家城市运行保障单位是国网武汉供电公司电力调控中心重点监控的保电单位，同济医院正是66家新冠肺炎疫情防控医疗点之一。疫情防控定点救治医疗机构的电力供应绝对不能出现任何的闪失，确保电网安全稳定运行，防控疫情才能有序推进。患者治愈需要电力，生命保障需要电力，电力是最基础的支撑，是“救命电”也是“保命电”。如果没有了电力这个支撑，其余的社会运转甚至都无从谈起。防疫是团队作战，保电也要团队作战，故障抢修人员已经在赶往同济医院的路上了。

她拿起电话，开始下达指令：“现在听令！合上10千伏同济线军印环网环03开关，断开军印环网环01开关，操作之前核对相位，注意安全！操作之后向我汇报。发令时间15：15，发令人：卞明月。”

1月29日，大年初五，湖北武汉“封城”的第7天，全国聚焦武汉。这天晚上，我从中央电视台《焦点访谈》播出的《武汉：众志成“城”》的报道里，第一次看到了卞明月。她那双灿若星辰、波光潋滟的眼睛，和她说话时不拖泥带水的毅然决然语气，都给我留下了深刻的印象。彼时，我只是由衷地心生钦佩，深觉看似柔弱的江南婉约女子骨头里实则是当机立断、敢作敢为的果敢一派。直到几个月之后，在国网武汉供电公司的会议室里，卞明月保持着标准的淑女坐姿，与我面对面交谈时，证明当日我的隔空预判与真实是多么高度契合。

卞明月是扬州人。一说起“扬州”，她的眼睛瞬间变得更加流光溢彩。出生在扬州，大学就读于南京，毕业之后，跟同学抱着试试看的心态一起投了简历，而后就幸运地被录用了。后来，卞明月的生命中遇到了一个武汉人，于是，扬州人卞明月就蜕变成了武汉人卞明月。屈指算来，从2008年入职到今年，卞明月已经在武汉生活了12个年头。扬州越来越远，自觉不自觉的，卞明月的口音中扬州味道越来越淡，武汉腔调却日渐浓郁。她已经整整一年没有回扬州了，原本打算庚子新春要回去，票一早就买好了，给扬州亲人们的礼物单子也是列了长长的一大串。调控中心的工作节奏是每天三班倒，每班八小时的运行模式。只要是休班，卞明月就去采购礼物，一样一样地采买，蚂蚁搬家似的把行李箱一点点装满，就等着假期一到，立刻启程。普洱茶是给爸爸的，这是他最喜欢的，给妈妈准备了丝巾，也不知道会不会合她的心意，还有羽绒服、运动手表、芭比娃娃、遥控汽车……也各有各的归属。每逢佳节倍思亲，这话果然说得一点也不错哦。礼物有归属，心呢，也有归属之地吧。扬州是家，有自己的生身父母，但武汉更是家，有自己的爱人和儿子，武汉早已融入卞明月的骨血。当家园发出安全告警，作为一个爱家的人，该如何自处？

“倘若有第二次选择的机会，你还会选择留下来吗？”

卞明月不假思索地说出了她的答案：“武汉是值得我为之拼命的城市。这里是我的家，保护它就是保护我的家人。”

1月23日，腊月廿九。已经一年没回扬州的卞明月接到单位的通知，要启动封闭值班制度，不与家人接触，不和外界接触，最大限度地减少被传染的概率。调度员工作的专业性极强，决定了这一工种的不可或缺与不可替代，只有调度员安全，武汉电网才能安全。是走是留？向左走还是向右走？任务紧迫，没有留给她太多的考虑时间。卞明月在携程网的行程里找出来自己一个多月前订的票，申请退票，确定吗？确定。按下确认键的时候，心“咯噔”了一下，她想到了爸爸慈祥的笑脸，闻到了妈妈做的红烧狮子头的香气，那是她心心念念的家乡的味道。

退完票，卞明月才跟爱人说了自己的决定。爱人展颜一笑，说：“这才是你嘛！”

5岁的儿子宸宸有点流鼻涕，时不时地咳嗽两声。“宸宸……”卞明月想嘱咐丈夫几句，奈何说不出口。

“家里有我，宸宸有我照顾，你不用担心，快收拾东西去吧！”丈夫爱卞明月的方式，除了成全，还是成全。爱一个人就给她自由，给她飞翔的空间，不能以爱的名义去禁锢去拘囿。明月本就应该辉耀星空，那里才是她的舞台，不能被深埋进土壤，就如同游鱼天生深海潜行、飞鸟注定翱翔天际一样。

卞明月马不停蹄地赶到单位的时候，没有鲜花，没有掌声，只有顺理成章的自然与平静。不返岗才会炮制出一万个因为与所以，而返岗则只有一个理由。调控中心齐刷刷回来50个调度员，每个人的肩上都有各自的家庭担当，每个人都有各自需要克服的困难与隐痛。谁也不用问，谁也无须言说，成年人的世界里早已没有单纯的轻松和容易。

像往常一样，卞明月问清电网运行方式，缺陷，注意事项，与同事顺利交接班。而此刻在卞明月的家里，儿子宸宸的咳嗽突然加重了。武汉重启之后，卞明月偶然读到了一篇从心理学角度分析心因性疾病的文章，对咳嗽的解读是被忽略后渴望被关注。原来那是宸宸在用咳嗽表达与妈妈分离后的焦虑。好在，只要一下班，回到自己的住处，卞明月第一件事就是与家人视频，虽然不能近身陪伴，但是远程的温言软语同样蕴含着治愈的力量。

“今天怎么样呀？宝贝？还咳嗽吗？”

“咳——咳——咳——”儿子故意咳嗽几声，好引起妈妈的注意，然后“咯咯”笑着跑开去玩玩具车。

“报告领导，宸宸今天体温正常，咳嗽明显减轻。请您老人家放心！”丈夫总有各种花样逗卞明月开心。返岗封闭运行之后，卞明月和同事们的工作节奏便由原来的每天三班倒、每班8小时的运行模式改为两班倒、每班12小时。陡然激增的工作量，让每个人都身心俱疲，交接班的时候每个人都恨不得立刻倒头就睡。调度中心封闭运行期间，每一个调度员都是单人单间居住。工作时是封闭运行的工作场，休息时是密闭狭窄的宿舍，把一个人独自置于一间屋子里，汉字写作“囚”。每天无论身体多么疲惫不堪，卞明月都会坚持与家人视频通话。也许，每天的视频聊天，被治愈的那头是儿子，被安抚的这端是自己。

出门时走得太急，卞明月忘记带洗面奶，除了简单的洗漱用品，只有一瓶面霜。想当初，她可是不化妆不出门的精致女人啊，哪怕是下楼去扔个垃圾，也是要涂一个口红的，不然自己就觉得跟不穿衣服出门没什么两样。这次倒好，不但没有带任何的化妆品，洗面奶也忘掉了，只能每天刷刷牙，清水洗面。好在丽质天成还能扛得住。事实证明，口罩是一等一的美颜神器，比任何一个品牌的粉底液、遮瑕霜、BB 霜都要好用。上班的 12 个小时，调度员全程佩戴口罩，只有当回到自己的宿舍独处时才能摘下，两个耳朵被勒得生疼，大家集思广益攒出许多改善口罩挂耳的小妙招，但是脸上的勒痕却让所有人束手无策。每次视频的时候，卞明月一边跟爱人聊天一边把手机当镜子，左顾右盼，恨不得用手把脸上被口罩压出的印子一一铺平。

“难看死了！是不是很难看？”

丈夫看着卞明月，故意不接她的话茬，转而一本正经地背诵起杜拉斯小说《情人》的开头：那时候，你还很年轻，人人都说你美。现在我特意来告诉你，对我来说，我觉得现在的你比年轻时更美。与你年轻时的面貌相比，我更爱你现在倍受摧残的容颜。

有人说，幽默是一个人顶级的情商。也有人说，最高级的情商，就是以幽默的方式度过一生。被爱人不经意间的幽默宠溺着的卞明月，有时也会暗生欢喜，有夫如此，夫复何求？

随着新冠肺炎确诊人数增加，随之增加的是医院、政府机关、媒体、生产厂家等保电单位，最高峰的时候，需要重点监控的保电线路占到了武汉全市整体线路的三分之一。只要坐在了调度台前，卞明月就会立刻进入“我将无我”的状态，时刻紧盯着电网调度指挥屏幕，及时处理每一个告警信号，最多的时候一天能处理上百条。“这些告警信息不仅来自抗击疫情的重点保电单位，也有普通居民用电险情。重点保电单位是重中之重，市民可靠用电也不是小事一桩。特殊时期，如果家里的灯灭了，那就真的会让人陷入彻底的恐惧与绝望，那真的是把大家带入了更加恐惧的状态，所以现在我们要做的就是为大家带来光明。家里有亮，人心才会安，毕竟有光明就意味着有希望。”

电力调控中心在6楼，封闭值守期间，卞明月住在24楼。每晚睡前，她都习惯性地看一眼楼下路灯璀璨的灯带，抬头寻找一下时盈时缺的月轮。月盈是圆满，月缺是人生，不如意事常八九才是真正的人生百态。看月盈月缺，悟的却是人间悲欢离合。尤其是在2020年的庚子新春，举头望明月，细细思量张若虚的千古设问，自问自答得甚是精妙绝伦。江畔何人初见月？江月何年初照人？人生代代无穷已，江月年年只相似。

公元1076年，宋神宗熙宁九年，伟大的苏轼在今天的山东诸城任太守。他大笔一挥写下了“明月几时有？把酒问青天”。楚地的屈原同样喜欢问天，直接书一篇《天问》，对自然、对社会、对历史、对人生、对自我向天发出一个又一个诘问。时至今日，面对这样的卞明月，我也想知道为什么卞明月会自我锤炼为一轮皎洁清朗的明月。

卞明月笑语嫣然，洒下一片清辉。“李老师，其实我觉得您应该多宣传集体和同事们，我真的很平凡，没什么可值得写的呢!”

我对卞明月的回答报之一笑，不再追问。

《生命交响》写到这里，恰好是本书的一半篇幅，我想对卞明月说，也想对所有因为各种机缘巧合阅读这本书的人说，任何伟大都要穿越平凡，新冠肺炎兵临城下，大疫当前，一座城市、一个国家，如果不管什么行业都能做到职业、专业、敬业，那就一定能不战而屈人之兵。冲在防治疫情前线的白衣战士，千千万万的劳动者，包括待在家中减少出行的人们，不出门就是为国家做贡献，所有人都在用自己的方式为防控疫情做出担当。每个人的一小步，就是整个社会的一大步，有坚守，有付出，武汉虽然被按下了暂停键，但城市仍然在运转，太阳东升西落，市民油盐酱醋茶，吃喝拉撒，生老病死，社会的免疫系统从无序到有序，不断强壮，这才是武汉、湖北乃至整个中国打赢新冠肺炎疫情防控阻击战的根本所在。

2 _ 樱为有你

与林闽第一次见面，约的时间是上午9点钟，她要带我去武汉协和医院做核酸检测。结果她迟到了半小时，九点半才到。

林闽祖籍福建闽侯，“闽”是福建的简称也是她对故乡的遥望。见林闽本尊之前先加了微信，头像是她的一张照片。樱花怒放的季节，明黄的九分袖短衫，绛红长裙，长发与丝巾一起轻舞飞扬。置身花海，不逊花容。林闽的眼神明亮清澈，透着勇敢与坚定。这样的眼神，是一个热爱生活、内心充盈着真诚、善良与美好的人才会拥有的眼神。林闽说她从注册微信以来一直在用这个头像。

站在东湖丽景酒店一楼大堂等我的林闽，短发，白T恤，牛仔短裤，球鞋。与我期待中长发长裙、摇曳生姿的样子相距甚远。她甩了甩头，说：“剪了，那段时间每天回家要从头洗到脚，头发又长又多，吹干需要半个小时，不洗头不行，不吹干也不行，干脆‘咔嚓’剪了。”

发动着车，林闽侧脸看着我，说：“我是故意迟到的，想让你多睡一会儿，听王永浩说你这段时间有点累。”来武汉已经半个多月了，每天高强度、高密度地采访，不停地提问，不停地询问，不停地追问，白天采访，晚上整理采访录音和笔记。一日三餐吃盒饭，每天出门都要戴帽子和口罩，回到房间首要任务就是把自己从头到脚清洗干净，连鼻孔和耳朵都要清理一番。我是真的有点累了。林闽身上有一种说不清道不明的气息，无端地让人觉得可亲、可靠、可以信赖。可人儿的一句话戳中了我的泪点。这段时间，有太多位坐在我对面的访对象被我的提问、询问和追问问得泪水涟涟，而我就像一个贪心的收集者，一粒粒地把他们的泪水收录、贮藏。但此刻坐在汽车副驾驶座上的我却在肆意挥霍着自己的收藏，泪水模糊了眼帘，挡住了视线，再快的刮雨器也刮不净我汹涌而来的泪水。

林闽安静地开着车，静待我的情绪洪峰通过。在我慢慢平复下来后，她说：“都过去了，我觉得这个春天把我一辈子的泪水都消耗完了。接电话被感动会哭，被人家恶毒地骂会哭，一个人开车行驶在空荡荡的马路上会哭，接下夜班的援鄂医生或护士会哭，送他们到休息的酒店看着他们的背影会哭，晚上睡不着觉会哭，从梦中醒来会哭，去医院送物资看到疲惫的医护人员会哭，去给援鄂医护人士拍照片时看他们摘下口罩的瞬间会哭，为他们开欢送会的时候会哭，有时候一个人开着车听广播会突然被一句话、一句歌词感动到哭……我经常对自己说，以后的每一天都要笑着过。我们都要笑!”林闽对我晃了晃她左臂上的胶布，笑弯了眼睛，原来晚到的原因是她觉得时间来得及，便去武汉市血液中心献了个成分血。献成分血的间隔周期是半个月，从二月中旬林闽第一次去血站献血到现在，每隔半个月去一次，除非有特殊情况，几乎没有间断过。

> 我的城市在一点一点康复，我的胃口也变好了。
>
> 早上群里发出血库告急通知，我们都吵着报名，热闹极了。看着他们还在刷屏，我已经一车飙到了武汉血液中心。其实昨天我已经来过了，不巧血液中心关门了，此时再来，真正是轻车熟路了。
>
> 抽成分血要一个多小时，小护士们在我旁边脚不点地地忙碌着。躺在床上看着他们，看着窗外争相冒尖的绿意，觉得虽然樱花尚未烂漫，应是否极泰来了。
>
> ——《林闽日记》

对林闽的采访是在行进的车上完成的。在我采访她之前，作为武汉红十字会志愿者、免费顺风车司机、捐赠物资搬运工，林闽已经接受过无数次的访问，电话采访、视频连线、面对面访谈，国家级、省级、市级、区级媒体，电话、广播、报刊、自媒体，很多话她重复说过，很多故事她重复讲过。这一次当她接到被采访的通知后，依照惯例也做了准备，列了提纲条目一二三四五六。她天马行空跳跃着说，我跟着她的节奏信马由缰地听。

> 过节如同过关，失眠又逢黑眼圈，这几天整宿睡不着就在刷屏，脑子里还乱哄哄响个不停。昨晚刷到红十字会支援号召令，我没跟家

里人商量，就把自己的名字给敲上去了，虽然有点歉意，但瞬间心就落到了实处。

——《林闽日记》

“有很多人问我疫情以来我干过些什么工作，我告诉他们我曾经当过接线员、爱心司机、物资采购员、配送员，还从事过搬运工、仓库保管等工作，在这场武汉史无前例的抗击新冠肺炎疫情战斗中，我无法一一清晰地回忆起自己曾经做过的所有事情，面对所有的采访，我一遍又一遍申明，我就是一名普普通通的志愿者。

“1 月 23 日，武汉封城。第二天就是大年三十。过年了，都放假了，每个家庭、每个人都早已规划好了各自休假的日程，没有人会想到 2020 年的除夕竟然是在清冷中度过。各家各户，所有人只能待在家里，大年初一也不能互相串门拜年。2020 年从开始的第一天就注定了它的不一样。

“武汉市新型肺炎防控指挥部第 3 号通告发布之后，武汉市红十字会 11 名工作人员全部取消年假，24 小时在岗，还网络招聘志愿者，分成武汉红十字会接听电话组、接收物资组、物资储备组、物资发放组、后勤保障及志愿服务组 5 个小组，24 小时轮流加班。武汉红十字会对外公布了 6 部电话，包括 5 部座机和 1 部手机，每天 24 小时不间断地接收来自全国各地、海外同胞的捐赠电话。捐赠者除了告知工作人员捐赠信息外，还会询问捐款如何分配、武汉疫情情况、物资具体调配到哪里等问题，工作人员都要一一解答。

“我负责对外公布的唯一一个手机号码的接听，由于大多人都觉得座机电话容易占线，无人接听，所以很多爱心人士首选拨打手机号码。我每天大概需要接听 300 到 400 多个电话，我说话快，记录得也快，但即便如此，每天还是会留下几百个未接来电。后来，武汉红十字会把座机数量增加到 15 部，手机号码分流到 5 部手机上，再加上 5 条海外线，同时接听。所有志愿者每天都戴着口罩来上班，进门前先要测量体温，每人一个房间，单独接听电话，避免交叉感染。

“在红会接听，有感动也有委屈。有一个云南的老伯打电话来，说希望能到武汉帮帮忙。我告诉他，您把自己照顾好，武汉有我们在守护。那个老伯对我说，孩子别怕，我们都是一家人，武汉加油！挂完电话，我就开始哭，又担心把口罩弄湿了，就抓了一把纸巾捂住眼睛不让眼泪流出来。那个时候医疗物资太缺了，尤其是口罩和防护服。那时候就是我现在戴的这种一次性医用外科口罩，也不是每天换的。每天回到家，就把口罩喷上酒精消毒，放在阳台上用电吹风吹干，第二天再继续戴，就算是那么省着用，后来还是到了口罩青黄不接的一天。那几天是真的绝望！

“除了绝望，还有愤怒。那段时间，网上关于武汉红十字会的各种质疑和谣言不绝于耳。诸如武汉红十字会收取捐赠物资6%—8%手续费、山东寿光援助武汉350吨蔬菜被武汉红十字会通过超市低价售卖等消息，一时之间，武汉红十字会处于负面舆论的旋涡之中。我接到了很多谩骂、指责的电话，尤其是关于寿光蔬菜，事实上，从疫情发生到有人爆料捐赠的蔬菜在超市出售，我们从未接收过任何单位、个人捐赠的寿光蔬菜，一般食物类捐赠，我们的处理方式都是拒绝，建议他们对接武汉慈善总会或者是接洽其他的接收渠道。‘寿光蔬菜’事件之后，武汉红十字会对外发布一则声明，根据武汉市新型肺炎疫情防控指挥部的第3、4号公告，武汉红十字会只接收与疫情防控相关的急需医疗物资。

“其实作为武汉红十字会的志愿者，我也反思过那段时间红十字会为什么会处于负面新闻的风口浪尖上，其实是因为红十字会没有物流管理经验，疫情期间，一天接收的物资捐赠量甚至超过了以往他们一年的工作量。我们那么忙、那么累，接听电话，接收物资，几乎是连轴转的状态，质疑与谣言却几乎抹杀了我们的付出。后来随着九州医药集团30人的专业物流管理团队的介入，捐赠物资的接收、调拨与发放很快就无序变有序了。对于质疑为什么一定要通过红十字会来统一接收捐赠，我跟许多人解释过这个问题，像同济、协和这种全国知名的大医院，能接收到来自全国的抗疫物资，但是武汉还有许多像武汉石化医院的地方性、不太知名的医院也是收治新冠肺炎病人的定点医院，很多武汉人自己都不知道，更何况是外人，不可能会有外地人主动地定向地向他们捐赠物资。除了定点医院，还有发热门诊、方舱医院、隔离点等，这些地方都需要医疗物资，红十字会就是一个维护起点公平的平台。我们的工作有失误，有需要改进和提升的地方，但是绝对不像网上谣传的那样。红十字会不该被丑化，被污名化，被妖魔化。

“刚开始的时候，恐怕大部分武汉人和我一样，心存侥幸，认为疫情很快就会过去，武汉很快就会恢复正常。没有人设想过疫情会如此旷日持久，也没有人去认真想过要如何应对那么长时间的非常态生活。很快，全国宣布进入战时状态，形势骤然紧张，全国各地援鄂医疗队也开始奔赴武汉，火神山、雷神山医院火速建起来了，许多方舱医院也迅速建起来了。我通过微信，加入了十个志愿者服务队的行列，接线员联络群、物资搬运群、医护人员接送群、各大医院医生联络群，还有收集真假捐赠消息的群。要服务好他人，必须先保护好自己。每天出门，我带着酒精喷壶，戴好口罩、手套，把雨衣作为防护服把自己严严实实包裹起来。志愿者的工作极为繁杂，每天的计划都安排得满满当当。疫情期间的事情紧张忙乱，千头万绪，每晚入睡前，我都要把第二天的工作仔细捋一捋，在各个群里都全部核实一下，才能进入梦乡，却睡不踏实，经常冷汗淋淋地从梦魇中惊醒，仔细回忆时，却又记不起做了什么梦。”

早上觉没睡踏实，半梦半醒中接到一通来自雷神山医院指挥部的告急电话：“我们现场一千余人，体温枪不够用，口罩告急。”

正值冬季低温，工地上千百号人不休不眠熬夜赶工，免疫力本来就低，防护物资缺了，那是要命的事儿。一身冷汗，赶紧点开朋友圈：万能的圈呀，哪里有卖体温枪？

没有想到，很快就有朋友回应，让我一定要赶在开门前去药物批发市场抢货。感谢武汉速度，最后的10支体温枪成功被揣到了我兜里。踏实了！安心了！

去雷神山的路上心情真是好到爆。一路绿灯，一个小时就开进了雷神山医院的大本营。谁说这不是个好兆头呢！

——《林闽日记》

“武汉红十字会接线员排班以外的时间，我注册了爱心顺风车，开着车义务接送武汉市区各大医院医护人员上下班。实行交通管制之后，公共交通资源有限，很多医护人员没有车，住的地方也没有公共交通，每天要步行上班、下班。

“一天晚上，我在晴川假日酒店接上一个护士，送她去上班，走了不大一会儿，又遇到一个打车的护士。爱心车队有严格的规定，一辆车只能接送一名医护人员，主要是害怕交叉感染。每次接送完一单，我们都需要用酒精、消毒水擦拭座椅靠背和门把手，找个空旷的地方开窗通风半个小时后才能再次接单，保护自己，也保护下一位搭乘人。每个上车的人都紧张，几乎每个人都会流泪、哽咽、哭泣，不论男女。其实每一位接送医生护士的顺风车司机都害怕被感染，我也不例外。医护人员长时间在病毒集聚区工作，谁也说不准哪一个会携带着病毒。即便如此，每次看到医护人员联络群里的求车信息，爱心车主依然会争相抢单，有时候是人找车，有时候是车找人。我顺路经过医院的时候，会习惯性地在群里问一下：我在协和医院门口，有没有人下班呀？我在门口等！

“那天我刚问完，就有一个医生在群里@我，说让我等他一会儿。他上车第一句话说的是：你别害怕，我昨天刚做的核酸检测，阴性。你别害怕！那个医生对我重复说着‘你别害怕’，说第二遍的时候，他就哽咽得说不出话来了，我不敢回头看他，也不知道该说什么安慰他。我只能静静地陪着他流泪，他们千里迢迢来到武汉，每天在医院里直面新型冠状病毒，以命相搏帮助武汉渡过生死劫难，没有委屈，没有抱怨，上车首先想到的却是我的安全，他让我别害怕，让我安心。那他们的安全呢？他们害怕的时候谁来安慰他们呢？我想这应该就是传说中的崇高吧！

“后来，我的车专门负责运送抗疫物资，每天行驶在空空荡荡的街道上，想象着不久之前武汉街头的车水马龙、人潮汹涌，百感交集。其实不想哭，但就是忍不住掉眼泪。路上除了警车、环卫垃圾车、救护车、殡仪馆的车辆，几乎没有私家车。我以前没有意识到，快递、环卫工人、小区保洁员、超市收银员、出租车司机等这些基层的服务工作者这么被需要，甚至可以说，一天都离不开他们。只要一上车，我就调到调频 103.8 兆赫湖北交通广播，让音乐陪着我，有时候我会突然被一句话、一句歌词触动神经，情绪失控，一个人哇哇大哭……”

武汉的街道有多少我数不清楚，每一天开着车，和其他志愿者奔走在最需要的地方，几乎都是从陌生变为熟悉，又从熟悉变为陌生。路很长，桥很多，街道漫漫，巷行深深，武汉的树木花草有多少，我数不清楚。

每一天窗外的风景在变，我是个摄影爱好者，在镜头中，找不到曾经拥挤的城市，拍不到以往叠加的身影。我悄悄地看着，瘦梅落尽，落英缤纷，桃李争春。春风越来越暖，武汉的痛苦还有多少？夜晚依旧宁静，市场仍然萧条，我闻不到烧烤的烟火气，吃不到最爱的小吃，找不到生活的规律，连户外也要小心翼翼。跨越两江，静看龟蛇，我的车行驶在逐渐康复的武汉街道上，如果能帮助一下无法自理的老人，如果能输送一些医疗必需的物资，如果能传递一些必要的讯息，我愿意继续行走。

——《林闽日记》

“樱花盛开的季节，新冠肺炎疫情逐渐缓和。援鄂医疗队陆续开始折返。我跟摄影家协会的几个朋友拟订了一个计划，要给所有为武汉拼过命的援鄂医护人员拍照留念。在雷神山医院，医护人员为了保护我，给我做了万全的防护，三层手套、两层眼罩、三层防护服隔离服、三层脚套，拍摄完毕，我的照相机被他们反反复复地消毒灭菌了足足三遍。每一遍都像是第一遍那么认真仔细，他们像呵护一个瓷娃娃一样保护我，唯恐我有任何的闪失，全然忘却他们自己每天都身处危险之中，而我仅仅是短暂停留几个小时。在医疗队下榻的武汉晴川假日酒店，我对他们说，千万不要哭，我要留下每个人的笑容。被口罩遮住的脸庞，一双双大大的眼睛里闪耀着单纯的善良的美丽。当他们摘下口罩，深深的勒印、发炎的皮疹、红红的斑痕，看着镜头里被口罩荼毒的面庞，我哭了。他们看我哭，也流泪，然后我们就又哭又笑，大声地安慰彼此不要哭不要哭，嘴上说着不哭不哭，眼泪却不听话。开欢送会的时候，我又和他们抱头大哭了一场。现在回忆起来，之所以没有崩溃的原因应该就是那段时间的哭泣，放肆恣意的泪水缓解了我的压抑与焦虑，让我得以迎着每天的朝阳满血复活。首批援鄂医疗队启程回家的那一天，原本冷清的街道上突然冒出来许多人，他们都是自发走出家门为这群英勇的白衣天使送行，从死寂一片到笑中带泪，真是恍若隔世一般。

“我跟很多援鄂医护人员成了朋友。我们彼此说着感谢，我们感谢他们逆行而来，为武汉拼了命；他们谢谢我们对他们的守护。他们说，等疫情过去一定要我去他们那里旅游。我们给每个援鄂医护人员准备了一朵樱花标本，让他们把这片象征美好与希望的庚子春花带回家。我一遍遍地对所有人说着车轱辘话，待到明年春天，我们共赏樱花！

“我应该是这本《生命交响》中唯一一个不在自己的本职工作岗位上抗击疫情的国网人。我知道，志愿者仅仅是我的一段人生经历，很快，我就会回到国网湖北检修公司变电检修中心电气试验工的工作岗位上，重新投入以往的生活。今年发生了这么多，经历了这么多，一切都变了，但一切又都仿佛从未改变。多年之后，回溯武汉的这场劫难，这场战役的点点滴滴。我会非常骄傲地说，我曾经用我的方式守护武汉，就像我的先祖一样，为这座城市抛头颅、洒热血，舍命相守。‘樱为有你，樱为有我。’”

我常常陷入对过去东方芝加哥的沉思，面对挫折和创伤，是一个人，是一场梦，是一座城，也是一道门。行走的时候，我总会流泪和悲伤，苦难是每个生命必然会遭遇的礼物，它会让生者懂得存在的意义，懂得珍惜当下和希望，懂得团结是什么，懂得人间的辉煌。

我合上日记，看着明天的行程，路还漫长，凭一口气，点一盏灯，终不会辜负一生所爱，这是你我终须跨越的海洋。

——《林闽日记》

3 _ 绿太阳

自始至终，林闽没有在我面前流过一滴泪，也许真如她所言，她把所有的眼泪留在了刚刚过去的春天，化作春雨去护花，所以庚子新春的樱花才会绽放得比以往任何一年都要绚烂、缤纷，十里樱花十里尘，似锦嫣红盈媚眼，幽香淡淡逗蜂癫。反倒是我，被林闽平静的讲述感动得稀里哗啦，我的泪滴点缀了季节，武汉入梅了！

李欣不同，她的泪水与窗外的梅雨相得益彰，互相映照，此起彼伏。第一波是雨丝，是说到女儿的时候开始飘落的。

《她忙碌了》

她，我的母亲，我深爱着的母亲，在我迷失自我不知道该怎么办时，就像一盏明灯，为我照亮了前方的道路的她。在我孤独无助时就像秋夜里的明月陪伴我、支持我，让我充满信心的她。她，变了。

她变的（得）忙碌了。以前，妈妈会接我上学、下学，会把我接回家急切地问我：“哎呀！宝宝你今天上课一天了累不累呀？今天积极举手发言了吗？今天多喝水了吗？”一句句暖心的问语，让我心都快融化了呢！我心想，妈妈对我最好啦！我一定要好好学习报答妈妈！我心里美滋滋的，殊不知妈妈已经把早已做好的饭菜端了出来。“宝宝，快吃饭呀！饭冷了就不好吃了！”“哇！是红烧排骨，还有番茄鸡蛋呢！都是我的最爱了！妈妈做得真好吃！”可是，这奇（其）乐融融的好日子又能维持几天呢？一天天过去，妈妈成了公司的主任，开始早出晚归，根本就顾不上接我上下学了，更顾不上为我做饭菜了……清晨起来，听到的不是妈妈的早安问候，而是妈妈在扫地的声音。看到的不是妈妈微笑快乐的面孔，而是妈妈劳累皮（疲）倦的面孔。我心里想：妈妈怎么这么忙啊！要忙公务还要做家务，妈妈身体本来就不好，我应该劝劝妈妈，让她不要太辛苦了！“妈妈……”话还没说完，耳边遍（便）传过来了妈妈的声音：“宝宝，妈妈要去上班了！早饭已经做了！你自己去上学吧！”说完便关上门，走了。我心里一阵失落，却又无可奈何。算了，妈妈不在，我（要）独力（立）一点。

到了晚上九点，妈妈回来了。我迫不及待的（地）和妈妈拥抱，却不知妈妈还要做报表，我有一点小情绪，但是看到妈妈这么忙，便去写作业了。连续好几天妈妈都早出晚归，即使回来了却还要忙于公务之中。终于，我忍不住了，大声的（地）说：“妈妈，你为什么不陪我？我好害怕妈妈一直忙，不要我了！”说着说着便不争气的（地）流出了眼泪。妈妈先是一愣，随后小声地说：“妈妈不是不要你了，妈妈要努力赚钱，给宝宝买好东西呀！”我看见妈妈的眼眶中闪烁着泪水，便和妈妈抱在了一起。以后妈妈忙她的，我学习我的，我也变的（得）越来越独力（立）了！

妈妈虽然变忙碌了，但她不变的，是那颗爱我的心。

这是李欣11岁正在读小学五年级的女儿写的一篇作文，虽然语法句式略显粗糙，错字别字层出不穷，但是语文老师依然打了一个“优”，并且当作范文在课堂上点评了一番，理由是“情感真挚，写出了真情实感”。面对女儿作文本上鲜红的大大的“优”字，李欣心里着实不是滋味。现实生活中的女儿也的确做到了她在作文中写的“越来越独立”。从武汉封城到武汉重启，整个疫情期间，李欣只有 6 天没去办公室，而女儿自己上网课，自己照顾自己，没给李欣添一丁点麻烦，懂事乖巧得让人心疼。

没有家庭的负累，李欣得以全身心地投入工作。作为国网武汉供电公司客服汉口分中心综合办主任的她，工作内容也十分“综合”，堪称单位的“大管家”。“有事找李欣！”“这事得问问欣姐！”“李欣，这个事情你处理一下吧！”三只手的是贼，八条腿的是章鱼，一千根胳膊的是千手观音，一万丈光芒的是太阳，滚雪球一样的工作量逼迫着李欣不断地生长出一根又一根手臂，终于凑成了千手观音，并且迸发出了温暖人心的万丈光芒。

1 月 17 日，中午跟朋友聚餐吃饭的时候，饭桌上无意间聊到了海鲜市场因不明原因肺炎导致发热的 9 个病人。李欣心中暗暗一惊，她对肺炎非常警觉，咳嗽、打喷嚏产生的呼吸道飞沫都会造成传染。海鲜市场距离汉口营业所只有 300 米的距离，如果真是传染病，可不能小觑。回到办公室，李欣立刻联系供应商，预订了一万个口罩、三百瓶消毒酒精、八百瓶 84 消毒液、八千副手套、两千个一次性餐盒。供应商在电话里说：“李欣你意识挺超前嘛，刚才我们联系了其他几个单位，问他们要不要预订你刚才要的物资，他们说不着急，要再等等看呢。”

侥幸心理没有等来好消息，1 月 20 日，钟南山院士非常肯定地说“人传人”。武汉封城的消息虽然还没有正式公布，却已经不胫而走。空穴来风未必无因，宁可信其有不可信其无，李欣又追加了两万个口罩。她等不及供应商送货上门，叫上同事开着自己的私家车，一趟一趟地把物资运了回来。家有余粮心不慌，李欣盘算着自己入手的物资，再加上省公司、市公司两级工会配发的，科学合理利用一个月完全没问题，到时候再想办法补充货源，撑两个月也不在话下。就在大多数人还在想办法抢购口罩、消毒液的时候，国网武汉供电公司客服汉口分中心16个班组已经陆续领到了相对充足的抗疫物资，给了所有人一个贴心的保护。即便是机警如李欣，也仅仅是做了两个月的筹谋，彼时，谁能预料到新冠肺炎疫情会是全人类面对的共同挑战，甚至可能会长期共存？

智者固有千虑，但总有思虑不到之处。1月19日，综合办负责退休人员管理工作的熊艺君开始发烧，李欣赶忙让她回家休息。随即，熊艺君在武汉协和医院检查确诊为新冠肺炎，但是医院没有病床，无法被收治入院，只好拿了口服药在家隔离治疗。一周之后，熊艺君不但没有退烧，而且病情加重出现了胸闷气短的症状，说一句话要喘好几口气才能说完整。整整一周，李欣在办公室打电话找门路，熊艺君的家人也是一刻不停地托人再托人，得到的回复都是：没有！没有！没有！无论是李欣还是熊艺君的家人都徒劳无果，医院一床难求。熊艺君的丈夫哭着给李欣打电话："欣姐，熊艺君在家把后事都安排好了，你再想想办法吧，我们实在是没有办法了！"

李欣给自己最最熟稔的一个医生朋友打电话，还没等她开口，朋友就说："别让我给你安排住院，根本没有！是真的没有床位！"

李欣说："不住院，给打针输液就行啊！"

医生朋友沉默了半晌，说："你让她来吧！输液也得等。"

李欣赶紧通知熊艺君的丈夫带她去医院，再三嘱咐他："你就是赖也得赖在医院给熊艺君打上针。"那天晚上熊艺君排队等到晚上11点钟才开始打针，连续打了5天之后高烧改低烧，胸闷气短的状况也减轻了一些。李欣又叮嘱熊艺君再打5天，状况好一些之后再停止输液。李欣担心熊艺君的家人被她传染，专门备好N95口罩、一次性医用口罩、湿纸巾、酒精给她送到家里，让她一边打针一边在家严格做好自我隔离。李欣定好闹钟，每天定时给熊艺君打电话，有时候好言相劝，有时候说重话敲打她。等到武汉的医疗资源充足，足以应收尽收的时候，熊艺君无论是在酒店隔离点还是入住方舱医院，每换一个地方，李欣都会第一时间开车过去探视她，给她送去防疫物品。虽然不能直接接触，只能隔着两米的安全距离看一眼，也必须去、一定去。

樱花盛开的季节，熊艺君核酸检测阴性，转危为安。拿到检测结果的那一瞬间，熊艺君第一个电话就是打给李欣。她要感谢李欣给了她第二次生命，除了父母的生身之恩，她觉得自己欠李欣一个再造之情。

不是每一个感染新冠肺炎的病人都如熊艺君一样幸运。

国网武汉供电公司客服汉口分中心有两百多位退休职工，先是负责退休人员管理工作的熊艺君病倒了。2 月初，综合办又有一个同事的母亲因感染新冠肺炎去世，同事随即被隔离，原本就人手不够的综合办更加兵微将寡。李欣肩上的担子更重了，需要她处理的工作也更多了。退休职工有两个群，李欣一人兼任着两个群的群主，下通知、收集信息，看到一直不回复的就打电话，确保通知到人、联系到人。给退休职工送防疫物资，帮他们买菜、买药再送上门，群里只要有需求，能解决的立刻解决，不能解决的就想办法去解决。退休职工当中相继有 7 人确诊感染新冠肺炎，李欣使出浑身解数，试图将他们一一安置治疗。退休职工韩师傅确诊之后，家人被隔离，李欣冒着极大的风险将韩师傅需要的牛奶、药品和湿巾给他送到家中，雷神山医院启用之后，在省公司的协助下，韩师傅得以转到雷神山治疗。老伴放心不下，恳求李欣帮忙将她送到医院近身照顾韩师傅，奈何努力了好几天，医院也不同意。李欣觉得有负所托，满怀歉意地回复韩师傅的老伴，谁知却被误会是她没尽力，在电话里被失望的老人抢白、指责了一通。挂断电话，歉意化为愤怒，愤怒化为委屈，委屈化为泪水。李欣躲到职工之家楼顶的花园，对着武汉阴云密布的天空号啕大哭，哭得天降泪雨，天地呜咽，江河同悲切。4 月 8 日，武汉重启，韩师傅一度病情好转。5 月初，韩师傅的病情急转直下，在与新冠病毒搏斗了近两个月之后撒手人寰。一个个熟悉的名字，熟悉的音容笑貌陨落在庚子新春。一看到官方通报的新冠肺炎病亡数字中也有自己熟识、熟悉的人，李欣的心就揪心揪胆地疼。

太阳也有照耀不到的地方。1978 年出生的李欣原本有一头乌黑的秀发，武汉疫情三个月，李欣的两鬓白了一片。以往吃减肥药都无法撼动的体重，一下子暴瘦了十几斤。午夜梦回，李欣常常在自责与无能为力的噩梦中醒来，脑海里翻腾着对自己的无尽责问：如果当时我这样做，结果会不会不一样？如果当时我那样做，会不会是另一种结果？

李欣，你尽力了吗？自己问。

李欣，你尽力了。自己答。

“我觉得我真的尽力了，我能做的我都做了。”

李欣的丈夫是国网武汉供电公司办公室的秘书，疫情期间，李欣与丈夫分了一下工，丈夫回公公婆婆那边住，顺便照顾两位老人。李欣的父母则搬到他们家，李欣的父亲不放心自己家种的花花草草，在李欣家住了几天就执意回去了。三个月，妈妈、女儿和李欣，三代人互相鼓励着艰难度日。妈妈煮的饭与女儿画的画成了李欣最有效的安慰剂。女儿遗传了李欣的美术天赋，虽然小小年纪，但却已经能够用线条、色彩成熟地表情达意。

武汉重启的那天，女儿给李欣画了一幅画。怒放的樱花树下，李欣给女儿在梳头，扎辫子。原本需要留白之处，女儿全部涂成了绿色。李欣问她为什么要用绿色。女儿说，因为天上有一轮绿色的太阳，绿色的阳光冬天不冷、夏天不热，绿色还象征着希望。

“妈妈，你就是我的绿太阳！不，你是很多人的绿太阳！”

4 _ 我不是传奇

“没有人生来勇敢，因为被需要才选择逆风前行，因为背负使命才选择坚守岗位。”说这番话的人叫李哲，国网湖北检修公司 500 千伏江夏变电站站长。李哲，一个中性甚至偏男性化的名字，但拥有这个名字的人性别为“女”，百分百的女娇娥，而非男儿郎。在疫情肆虐期间，女娇娥李哲独自坚持驻守500千伏江夏变电站6天。巾帼不让须眉，一朵真材实料的铿锵玫瑰逆风盛放，不是传奇胜似传奇。

《我是传奇》

我叫罗伯特·内维尔，是美国作家理查德·马特森笔下创造的人物。我是人类的最后一名幸存者。我的敌人是它们，它们很奇怪，一到白天就躲着不敢出来，它们怕大蒜，怕十字架，它们会被尖木棍杀死，它们无法抵御吸食人血的渴望。白天，我，罗伯特·内维尔，在死寂的城市中寻找食物、供给和幸存者。天一黑，我就把自己反锁家中。它们聚集在我的屋外咆哮怒骂，穿梭徘徊、窃窃私语。"滚出来吧，内维尔！"

房间里的音响正在播放唱片，喇叭传出阵阵音乐声——那是贝多芬的交响曲，第三号、第七号，还有第九号。我暗自庆幸，还好小时候妈妈就教会我欣赏这种音乐。漫长的时间仿佛巨大骇人的空洞，音乐可以填补这种空洞，舒缓漫长时间的煎熬。我慢慢走过客厅，一边走一边看着后面墙上的壁画。画中的景象是一片碧蓝的大海，海上巍然矗立着一道悬崖，汹涌的海浪冲击着黝黑的岩石，激起漫天的浪花。天空如紫晶般清朗蔚蓝，成群的白色海鸥迎风翱翔，有一棵树孤零零地挂在右边的崖壁上，在蔚蓝天空的衬托下，纠结扭曲的黑色树枝看起来格外突兀。

合上书，李哲对自己说，我不是传奇，我是李哲。

《我是传奇》是李哲最喜欢的一本书，理查德·马特森是她最喜欢的科幻小说家，没有之一。从第一次读这本书时，李哲就喜欢上了这位手握魔法的作家，他笔下的罗伯特·内维尔身上应该也有他的影子吧，身处险境永不言弃，孤独的灵魂中沸腾着一腔热血。她从来没有想过有一天她也会陷入与罗伯特·内维尔相似的困境，他的敌人是夜晚出没的吸血鬼，而李哲的对手则是来无影去无踪的新型冠状病毒。

2020 年 1 月 23 日凌晨，农历腊月二十九。武汉市新型肺炎防控指挥部发布封城的第 1 号通告。消息一出，转瞬之间便在一千多万武汉人的心海上掀起了狂风巨浪，那应该是大多数武汉人的一个不眠夜吧。李哲也不例外。其实早在 1 月 20 日钟南山院士宣布新冠病毒存在“人传人”现象时，李哲就已经意识到这次的疫情远比 2003 年的 SARS 来得凶猛。彼时，一个想法已经隐隐浮现，但她谁也没有说。一大早，李哲像往年一样开车去接班。自从担任 500 千伏江夏变电站站长以来，她已经习惯性地在年三十值班，并非李哲多么高尚，而是她承袭、遵循了湖北电网，哦，不仅仅是湖北电网，而是整个国家电网一直以来的普遍做法，每逢节假日值班、待岗的几乎都是党员领导干部，把休息的机会、阖家欢乐的机会留给一线的普通员工。

上班途中，街上依旧是熙熙攘攘的人群，路上有不少的车，甚至在个别路段还有一点拥堵。火车站附近挤满了拎着大包小包准备出行的人们，满街大红灯笼高高挂，喜庆祥和。不敢想象，再过几个小时，上午 10 点，武汉就要封城了！所有的出城通道关闭，城市交通停运，此刻的热闹将成为武汉的昙花一现，而后就是烟花陨落的阒然。惊慌失措的也大有人在，他们在忙着做各种准备，大小超市、药店的口罩、酒精、84 消毒液早已售罄，米面粮油也几乎抢购一空。好在几天前，李哲已经在江夏区周边的十几家药店成功攒到了一千个医用口罩，员工个人防护物资有了基本保证，李哲的心才稍稍安稳了一些。她的车汇入缓缓的车流，慢慢流向江夏变电站的方向。江夏变电站距离城区比较近，平时是分班值守，只有春节期间才是一人值守，人性化的调整是为让职工尽可能地回家过个团圆年。

与同事交完班，李哲静下心来，来的路上她已经打定了主意。看看墙上的表，时针一点点转动，向着 10 点钟的方向挺进。新冠肺炎疫情凶险难测，要保障变电站安全稳定运行要做些什么。如果交通被完全切断，变电站的物资、人员通勤、事故抢修都将受到影响，以往的生产模式可能无法正常运转。城市交通断链的直接后果就是运维人员出行不便。疫情暴发得过于突然，目前主要是在城区蔓延，运维人员和司机出门就意味着要冒很大的感染风险，政府号召少出门、不出门，减少人与人的接触。那就只剩下一个应对办法了，延长值班时间，降低交接班频率，只有这样才能最大限度地减少人员出行和接触的机会。

李哲沉思了一会儿，打定了主意。她掏出手机在家庭群里留言："我准备过年这几天就在站里不回来了，因为其他人出来不方便，现在城区疫情蔓延，运维人员和司机出行无形中会增加他们的风险，跟你们商量下，行不行?"

妈妈秒回："我们支持你！也为你这种敢于牺牲自己的行为感到骄傲自豪！多多保重！"

妈妈又补充了一句："安安就交给我们了，你放心，我们绝不出门。除非断粮了。"

妈妈说第一句话的时候，配了一个双手合十祈祷的表情包，第二句话用了三个泪流满面的表情包。虽然只是一个哭泣的表情包，但李哲能够想象妈妈此刻的心情，即便妈妈的眼中没有泪水，心已经开始哭了。

平复了一下情绪，李哲拨通了分管领导的电话，说了自己的想法，让站内其他运维人员在家备班待命，她一人留站值守，降低大家感染的风险。

电话那头的分管领导沉吟了一会儿，同意了李哲的请求，再三嘱咐李哲一定要保重身体，照顾好自己，随时保持联系。

这天晚上，李哲睡前继续捧着《我是传奇》夜读。李哲觉得自己比罗伯特·内维尔要幸运得多，他孤独的命运是被动，是一种无可奈何的选择；而她是主动承担，主动选择了一人一站的坚守。

大年初二，李哲再次提出继续值班的申请，到初五再交班。

《我是传奇》

早上5点30分，闹钟响了。在晨曦的微光中，罗伯特·内维尔感觉自己的手臂有点麻麻的。他伸手把闹钟的铃声按掉。

他伸手去拿那包烟，点了一根，然后从床上坐起来。过了一会儿，他下了床，走进昏暗的客厅，打开大门上的监视窗。

一尊尊的黑影站在外面的草坪上，静悄悄的，仿佛正在执勤的卫兵。就在他看着它们的时候，有几个黑影已经开始要走开了。它们低声咕哝着，互相抱怨，仿佛对空手而回感到很不满意。终于又熬过了一个晚上。

穿好衣服之后，内维尔坐在床沿，嘴里咕哝着，手上拿着铅笔写下今天的工作：

到席尔斯百货搬一台车床

饮用水

检查发电机

粗木桩（?）

例行公事早餐吃得很仓促草率：一杯柳橙汁、一片吐司，还有两杯咖啡。他匆匆吃完，心里却希望自己有那种耐性能够慢慢吃。

吃过早餐之后，他把纸盘子纸杯子统统丢进垃圾桶，然后就跑去刷牙。他安慰自己说，至少我还有个好习惯。

罗伯特·内维尔的早餐有柳橙汁、吐司面包和咖啡，他觉得那是仓促而草率的，但在李哲看来已经是丰盛甚至可以算得上是奢侈了。她低头看着自己的一桶泡面，暗自在虚拟与现实中做着比较。

江夏变电站占地面积近七万平方米，偌大的变电站里仅李哲一个人。一人一站，对于李哲来说并不是第一次，可为什么这一次的坚守会有如此非比寻常的感触呢？铺天盖地的新冠肺炎疫情搅得人心惶惶，江夏变电站事关江夏区多家发热门诊医疗机构和定点救治医疗机构的供电，疫情当前，大意不得。1 月 25 日下午三点半，要在江夏区建设雷神山医院的消息传来，李哲顿时觉得自己肩头的担子又重了几分。

变电站运维工作是枯燥的，要面对各类大块头的机器和精细的仪表。每天要先在站内清查前一天晚上的监控信号，再到设备区去进行常规巡视，查看设备状况，记录充油充气设备的数值，看汇控柜有没有凝露，然后到站外巡视一圈，检查有无异常，如果有异常就迅速报告处理，如果没有就可以回到办公电脑前填写网上巡视记录……周而复始的程序化工作内容特别容易让人心生倦怠，对刻板的模式化工作保持清醒的认知，其实是变电站的每一名工作人员对抗单调与乏味的必修课。工作时间长了，谈不上热爱，只有职业的习惯使然。

每天晚上，李哲都睡得很踏实。勇气是人类最重要的一种特质，没有人生来就勇敢，正因为被需要，才选择逆风前行，正因为背负使命，才选择坚守岗位。在这场没有硝烟的战争中，每一份小小的坚持都为疫情防控贡献着一分力量，每一次自我的牺牲都为战争的胜利积蓄了一份成果。作为众多主网守护者中的一员，李哲的踏实与心安来自一天 24 小时每一分每一秒的守护，电网给前线的医护人员和千家万户送去了光明，带去了希望。

《我是传奇》

罗伯特·内维尔跌坐在沙发上，坐在那里缓缓地摇着头。没有用的。他被它们打败了。他打不过那些邪恶的怪物。

他又开始感到烦躁不安了，感觉自己的身体仿佛正逐渐膨胀，而房子却越缩越小。他感觉自己仿佛随时会爆炸，把房子炸得稀烂，碎片四散飞溅，碎木头、灰泥、破砖头……他站起来快步走到门口，手一直发抖。

那种烦躁不安的感觉越来越强烈，他突然明白，他得赶快离开这个鬼地方。他已经顾不了今天是阴天还是晴天，他只想赶快离开这里。

他缓缓穿越墓园的草坪，心里想，野草已经泛滥成灾，占领了整个墓园了，这里已经快变成蛮荒之地了。这是很自然的，没什么大不了。野草已经高到撑不住自己本身的重量，垂弯到地面上，被他那双又厚又重的靴子踩在底下。墓园里万籁俱寂，只听得到他的鞋子踩在野草上的声音，还有阵阵的鸟鸣。他已经多久没有来了？至少一个月了吧。他真希望自己有带花来，不过，他并没有想到自己会来。当他意识到的时候，人已经到了墓园门口了。

无边的寂静仿佛一双手，冰冷而又柔和，环抱着他。

工作之余，李哲密切关注着新冠肺炎疫情的形势，感染人数激增，病亡人数不断攀升。一个个曾经鲜活的生命变成了数字，叠加，累计。李哲能够想象罗伯特·内维尔一个人置身墓园的悲凉与困顿。从小到大，李哲都是一个同理心超强的姑娘。她盼望着出点好消息，或者疫情早点过去，但浩如烟海的疫情动态中无一例外都是坏消息，没有最坏，只有更坏。她的心情糟到了极点。

晚上，李哲特意做了晚餐，晚餐时间是与家人网聚的时间，她不想父母看到自己吃泡面。封城之前，李哲安排炊事员趁路上还能通行的时候采购了一批耐储存的食材，面条、方便面、鸡蛋、饼干等，以备不时之需。李哲给自己煮了一碗鸡蛋面，特意放了两个鸡蛋。上海的张文宏医生说要多补充蛋白，最好能多喝喝鸡汤。然而在变电站里熬鸡汤无异于天方夜谭，那就多吃几个鸡蛋吧，毕竟鸡蛋也能为身体提供优质蛋白啊。李哲一边吃面一边跟家人视频聊天，调皮的儿子“妈妈长妈妈短”地叫着，时不时从外婆手中抢过手机，做一个鬼脸后就欢快地跑开。黄髫小儿不知愁滋味，懵懂无知应该是人生最好的年纪吧！看着儿子无忧无虑地又唱又跳、又笑又闹，李哲觉得此时此刻是她一天当中最放松的时候。

“丹丹，”妈妈叫着李哲的乳名，“咱们小区封闭隔离了，你过几天咋回来啊？”

“妈妈，我回去其实也是有很大风险的，我也可能会带着病毒的呀。”

“我们是一家人，不管咋样都要在一起！”

“知道了，会好起来的！”

寡言的父亲极少在视频里发表意见，顶多是凑过来看一眼，看看女儿在干吗，吃饭吃的什么，而后就闷声不响地走开。李哲也早已习惯了在她的生活中父爱无声地存在。

这天晚上，李哲读了几页《我是传奇》，觉得累了。临睡前刷了一下朋友圈，赫然发现不善言辞的父亲发了舐犊情深的一段话：丹丹，记得你刚参加工作时，连续两年大年三十晚值班，那是排班刚好排到的，而如今你作为站长，主动将自己排到年三十值班，你成长了，你有担当了。这次病毒侵犯，你更是又一次主动要求多值班，一切为大局，为同事，我落泪了，我感动了，但我理解你，支持你！我的好女儿！你还要安排好多事，还要在外奔波，只希望你多保重，照顾好自己！我们盼望你平安回家来！

空旷寥廓的江夏变电站里，李哲哭得肆无忌惮。那一刻，她多么想凭空生出一对翅膀，振翅一挥飞回家中，投进父母宽厚的、温暖的怀抱。“我不是传奇，我只是平凡的李哲。”父亲的脉脉温情让李哲毫无睡意。窗外滴滴答答，下雨了！滴滴答答，一任阶前，点滴到天明。

1月28日，在一人一站坚守了6天之后，李哲踏上了回家的路。路上没有人，没有车，空城一般的死寂。然，李哲满心欢喜，只因心的方向即家的方向。

5 _ 传播的力量

邂逅国网湖北电力党委宣传部政宣处处长邹平，对我这个山东人而言是件颇具戏剧性的事情。邹平，姓邹名平，然，邹平对我来说则是一个熟悉的地名，邹平县。

邹平比我矮一头，短发，浑身上下透着精干与爽利，说话快，走路快，踩着七厘米的高跟鞋依然步履生风。采访刚开始十分钟，前一秒钟还笑声朗朗的邹平，情绪陡然低落下来，晴空落雨。

邹平说她自己也感觉很奇怪，1 月 23 日凌晨突然就醒了，不是被噩梦惊醒，而是毫无征兆地睁开了眼睛，仿佛被什么唤醒了一样。她摸起枕边的手机，然后就看到了几分钟前发布的武汉封城的消息。邹平几乎不相信自己的眼睛，短短的一则通告，她重复读了三遍。每读一遍，心就往黑暗中下沉一点，直到被无边的暗黑整个吞噬，刚刚还清醒澄明的头脑逐渐变得焦躁迷乱。再过几个小时，武汉就要封城了，一个千万人口体量的城市要被按下暂停键。职业敏感告诉邹平，这是一个新闻大事件，由此引发的舆情海啸将会产生怎样的冲击波？壮士断腕的武汉让邹平觉得很豪，心底油然生出豪迈与澎湃，转念又觉得自己的城市很可怜，无以复加的悲悯让她无法呼吸，泪水五味杂陈。她用被子蒙上头，隔绝自己的嘤嘤啜泣。泪水稀释了情绪，缓解了心中的愤懑，邹平不知道自己到底睡着了没有，似睡非睡，半梦半醒，迷糊迷糊间，天亮了。

属牛的邹平心性里天生自带一股子倔强与执拗，认准的事情九头牛也拉不回。1996 年从湖北大学新闻传播学院毕业入职湖北电力报，无论是后来的国网湖北电力对外联络部还是党委宣传部，邹平的职业底色一直是新闻宣传。纵然已经离开课堂、离开校园多年，用事实说话这条新闻传播的唯一本源像板上钉钉一样锚固在她的脑海，陈述事实、及时报道、公开传播。毕竟真实的力量无穷大。一切传播皆为势能。每一个新闻事件都有各自的势能，因势利导，就能取得好的宣传效果。

早上七点钟，邹平像往常一样出门上班，她发了这一天的第一条微信朋友圈：请给武汉勇气！发完之后，邹平戴好口罩走出小区，其实她还有一句话没有说出来：请给我勇气！

这天邹平一到办公室，就在公司的传播群里发了一个通知，向全省两百多位记者和通讯员征稿、组稿。新冠肺炎疫情牵动着所有人的心，疫情就是命令，无数医务人员全力奋战在一线，电网员工也不例外。当下首先要做的就是把湖北国网人面对疫情的应急处置与果敢担当及时宣传出去，主题为“一线：国网湖北电力全力保障医院等重要场所可靠用电”。一直忙到夜里十一点半，邹平才完成公众号的审核，发布之后，《一线：国网湖北电力全力保障医院等重要场所可靠用电》被“电网头条”“人民网”“新华社”“今日头条”等多家媒体转载、转发。这是抗击疫情以来，国网湖北电力策划的第一条“抗疫情、保供电”专栏稿件，阅读量十万加，首战告捷。除了1月24日大年三十那天，专栏停更了一天之外，从武汉封城到武汉重启，“抗疫情、保供电”专栏一直保持着不间断更新。

火神山医院、雷神山医院相继开工建设，全国网友通过“云监工”实时关注着两座山的崛起。邹平向参与电力施工的前方工作人员约稿，拜托他们用手机拍摄新闻素材。邹平和宣传部负责人拿着沉甸甸、热乎乎的一线报道，前往中央广播电视总台武汉疫情前方报道组联系接洽，虽然手机拍摄的像素远远不如电视台的专业摄像机，甚至画面构图、图像的稳定性都有些许的瑕疵，但它胜在真实、鲜活，是来自抗疫保电建设一线的真实影像。邹平重点推介了湖北省、武汉市两级电力调度中心的调度员封闭值守的感人故事。很快，国网武汉供电公司电力调度中心卞明月的故事、国网武汉供电公司华源输变电公司陈世雄的故事先后在中央电视台的《新闻联播》《焦点访谈》《共同关注》等栏目播出，收到了意想不到的宣传效果。电视、广播、网络、报纸、文学杂志、公众号、短视频，国网湖北电力宣传部打了一套融媒体时代的宣传组合拳，360度无死角地把国网人在这场生命交响中的英雄气概完整地呈现在中国乃至世界的面前。

每隔几天，邹平都要去一趟单位，每一次出门都要把自己全副武装起来，裹成一个套子里的人。面对着未知的风险，心底会不由自主地生出深深的恐惧。疫情期间，肖黎春董事长几乎每天都要召集例会，办公室、设备部、营销部、后勤部、建设部、宣传部以及调控中心负责人参加。刚开始是在会议室面对面地召开，随着疫情的持续恶化，改为视频连线。在最初确定抗疫保电宣传工作基调时，邹平列席过一次会议。那天，邹平亲耳听到了第一例疑似同事病亡的消息。当时她拿笔的手猛地一抖，差点握不住，新冠病毒就在身边，与每个人近在咫尺，危险伺机而动，防不胜防。后来系统内部通报的数字每日攀升，陆续有70多名在职职工感染。

2月6日，正月十三。邹平与同事编发了一条新闻：国网孝感供电公司开发区供电中心配电运检班代时雨的母亲因感染新冠肺炎医治无效而离世，代时雨化悲恸为力量，始终奋战在抗疫保电一线。其实，最初收到孝感供电公司发来的新闻稿时，邹平有过一丝的犹豫，代时雨的母亲刚刚去世，五十出头便撒手人寰，代时雨刚参加工作两年，还没有结婚就遭遇这样的人生不幸。常言道母子情深，这样宣传会不会在代时雨原本已经很痛的心上造成二次伤痛？然而，国网人之所以能够冲锋陷阱，勇往直前地拼命守护湖北、守护中国，不正是因为背后有家人默默的付出与支持吗？从这个角度而言，这条稿件的分量何其重啊。

公众号发布没几分钟，邹平就接到了一个朋友的来电。朋友哭着对邹平说，她是流着泪看完这篇报道的，心里既憋闷又难过。谁没有生身父母，谁不是责任在肩，阴阳永别山高水远。这些天，天天关注数字变动，每个数字背后都是一个个家庭的痛与殇。朋友恨自己不是医生，恨自己不能做口罩、防护服，恨自己不能为抗疫一线做点贡献……电话那头的朋友哭得泣不成声，这端的邹平也默默陪着流泪。

挂断朋友的电话，邹平站在窗边，看九省通衢的大武汉如今一片萧萧寂寥。从传播效果的角度回看自己的每一次宣传，感动受众，然后再被受众的反馈所感动，邹平忽然意识到，当自己全身心投入传播时会彻底忘记疫情带来的恐慌。那段时间，邹平微信里活跃指数最高的群就是公司的传播群，每天，遍布全省的记者与通讯员会提供大量的新闻线索、图片、稿件以及现场视频，电力施工现场、保电现场的工作人员个个都是通讯员，自媒体时代的每个人都是记者，每个人都具有传播的能力，自带传播的属性。邹平知道，每一张照片、每一段视频都是同事冒着被感染的风险，以命相搏拍回来的。国网湖北送变电公司一位到火神山医院采访的通讯员被确诊感染新冠肺炎后，邹平每一次出新闻策划题目，都会在群里反复叮嘱：一定要注意防护！我宁可不要那么多新闻，但我只要你们安全！也许，那些全力以赴去采撷新闻的同事，他们同自己一样，责任使然，同时也是在用工作抵御恐惧和焦虑吧。

新冠肺炎疫情防控愈加吃劲，国家电网果断出手，跨省组织支援湖北供电保障。2 月 19 日上午，国网公司在湖北仙桃机场举行支援湖北电网设备运维保障工作出征动员仪式。邹平第一时间联系中央广播电视总台武汉疫情前方报道组，选题确定之后，安排摄像人员奔赴仙桃机场现场拍摄。等摄像回到武汉，又连夜剪辑片子，凌晨一点才将素材剪辑完成。两天后，成片在中央电视台《共同关注》栏目顺利播出。随着火神山医院、雷神山医院和方舱医院建设完成之后，抗疫保电的宣传工作压力明显减少。邹平暗暗松了一口气。

3 月初，湖北新冠肺炎疫情趋于和缓，邹平将宣传重点调整到了复工复产。3 月 12 日，国网湖北电力宣传部报道了湖北首批两家供电营业厅，湖北省咸宁市通城县供电公司隽永供电营业厅和黄冈麻城市供电公司城区营业厅恢复营业，向全社会传递湖北即将回归正常生产生活的好消息！

邹平第一次离开武汉市区是在 3 月底的蒙蒙细雨中，她带着记者前往陕北—湖北±800 千伏特高压直流工程湖北段项目现场采访。这是庚子新春湖北省首个重大能源项目开工。天气很冷，气温很低，司机把车厢内的空调开得有点高。开工现场繁忙有序。所有车辆需消毒后方可进入，工作人员经测量体温并登记后，从“员工实名制”通道刷脸进入。邹平穿着羽绒服，加之车内温度高，在用额温枪测温时，居然“嘀嘀”报警，吓坏了现场的一众人。待冷风带走额外附加的温度后，邹平才得以进入开工现场。当天到现场参加开工仪式的人并不多，大家都戴着口罩，人与人间隔一米的安全距离。没有人山人海的开工盛景，没有锣鼓喧天，也没有鞭炮齐鸣，但是猎猎红旗迎风招展，依然让人心生壮怀激烈之感。

陕北—湖北工程是“特高压输电升级版”的首批示范工程，建成后能够将陕西丰富的风、光、火电打捆直送湖北负荷中心，每年可输送电量400亿千瓦时，相当于替代受端原煤1800万吨、减排二氧化碳2960万吨、二氧化硫9万吨、氮氧化物9.4万吨。工程采用特高压技术，可少建两回跨越上千公里的超高压输电工程，节约输电线路走廊4000公顷，节省投资18亿元，每年可减少输电损耗20亿千瓦时，对于满足湖北用电增长需求、助力中部污染防治攻坚战、促进经济社会可持续发展具有重要意义。建设陕北—湖北工程，打造陕西送电湖北的能源输送大通道，发挥电力基础设施稳定经济增长的“压舱石”“助推器”作用，对于打赢湖北保卫战、武汉保卫战，提振湖北经济社会发展信心，“回血”湖北经济，意义深远。

“湖北省首个重大能源项目开工”的新闻在中央电视台《新闻联播》《共同关注》《新闻直播间》等栏目轮番播出。文字报道、图片新闻被各大媒体转载、转发。每看一遍，邹平的眼眶就湿润一次，复工了，复产了，湖北，武汉，应该很快也会恢复了吧！

4月初，武汉继续向好。超市开始面向个人售卖，虽然冷清，门可罗雀，毕竟已经开门纳客。各行各业都在跃跃欲试。平时邹平常光顾的理发室也已经悄悄开张营业，接受预约服务。头发有点长了，习惯了短发的邹平早已忍得辛苦。坐在宽阔舒适的理发椅上，看着帅气的理发师一剪一剪地精修细节，镜子里的邹平一点点回归原貌。镜子不说谎，鬓角白发横生，不由得暗生悲凉。但与那些凋零的春华相比，能健康地迎来转机已是万幸，衰老是生命的必由之路，顺其自然吧！

齐耳短发，邹平一身清爽地走出理发室。虽然只是理了一个发，但邹平的心中却有一种实实在在的从头开始的轻松，她有预感，武汉很快就要重启了。

重启？是的，重启！要如何抓拍国网湖北电力在武汉重启瞬间的表情呢？要怎么才能讲好重启时刻的国网故事呢？这一次要传播的新闻内核是什么呢？邹平加快了脚步，她要赶快回到办公室，回到电脑前，回到她的战队中间去，去完善自己的最新策划。

6 _ 飞奔的大白菜

望着一货车大白菜向着武汉飞奔而去，宋伟荣的心也随之起飞了。她与丈夫老袁对视一眼，读懂了彼此眼神里的祝福与期盼。武汉快点好起来吧，我们想回家！从1月22日离开武汉到今天，已经整整43天了，这段时间夫妻俩共同承受了超越以往他们人生经历总和的慌乱、焦灼与无助，面对各种各样的突发状况见招拆招，逢山开路遇水搭桥，个中滋味一言难尽。

宋伟荣是国网湖北电力安监部应急处处长，很久之后，每次跟别人说起自己那段时间的经历时，她都要特意解释一番，自己与家人外出不是在武汉封城前夕的逃离，实在是早早确定好的行程。宋伟荣与丈夫老袁是校友，是博学睿智的大师兄与文武双全的小师妹的天作之合。儿子圣诞节休假从纽约回到武汉，假期一结束就飞走了，勇闯天涯的少年有自己的出行计划。宋伟荣的妈妈几年前也大病一场，她有个心愿，趁父母腿脚灵便的时候带他们到处走走看看。夫妻两人一合计，干脆趁春节假期带二老去日本旅行，于是提前在网上订了机票和酒店，就等着放假启程出发。

新冠肺炎疫情初现端倪时，宋伟荣也犹豫着要不要更改行程。毕竟自己是安监部的应急处长，是突发事件的排头兵，横向上协同，纵向上参与，统领协调省市区三级应急基干队伍。宋伟荣的办公室里常年备着应急救援装备包，随时待命，随时出发。宋伟荣内心深处有一丝担忧，无来由的担忧。网上风声鹤唳，但是武汉的大街小巷红火热闹，欢天喜地迎新年，一片岁月静好现世安稳。出门需要采买随身携带的日用品，大街上人头攒动，熙熙攘攘，超市里人声鼎沸，买卖兴隆。宋伟荣想也许是从事应急工作时间久了，总是先做最坏打算，有遇事探底的惯性思维，应该是自己过度敏感了吧。

花开两朵，各表一枝。日本的温泉水温恒定，浸泡其中，洗却一身的疲惫与困顿，舒心欢畅。正所谓温泉汩焉，以流秽兮；蠲除苛慝，服中正兮。然，武汉的新冠肺炎疫情却一直持续升温。1月23日凌晨看到封城的消息时，身处异国他乡的宋伟荣第一反应就是，回国，回武汉！接下来几天的行程里，一家人意兴阑珊，对武汉家乡的关切远远超过了对异域风情的兴趣。各种渠道传来的消息都不是好消息。武汉成了一座围城，里面的人想出来，外面的人想回去。所有的公共交通停运，封城，武汉的家暂时是回不去了。问题是对于来去匆匆的游客而言，日本也不能久待。他们还能去哪里呢？

去贵州，回老家去！宋伟荣老家在贵州黔东南苗族侗族自治州凯里，在武汉读完大学后留在武汉工作，后来嫁给了武汉土著大师兄老袁。武汉算是宋伟荣的第二故乡。她的提议获得了家人，尤其是宋伟荣父母的认可。

1月28日，好不容易改签成功的一家四口，落地贵阳龙洞堡国际机场，随即被安置到指定的隔离酒店进行医学观察。

用“文武双全”一词来形容宋伟荣极为贴切，文能写会画；武嘛，参加国网应急管理培训，作为国家电网系统唯一一个安监应急处处长，万绿丛中一点红，分外耀眼夺目。再强大的人在不可预估的新冠肺炎面前也有脆弱的一面。她一直关注着国网湖北电力工会在“爱如电”App上发布的全民战“疫”守望幸福活动的系列作品，一首歌、一幅画、一条短视频、一段配乐诗朗诵……每一部作品都饱含真情，让国网人感受到公司对员工的关爱与牵挂。在疫情的寒冬里，“爱如电”App让爱可以被表达，让爱流动起来，温暖着千万国网人的心灵。这种漂泊中来自集体的温暖给了宋伟荣勇气和力量，让她也萌生了创作的激情。

被隔离在贵州酒店的时候，宋伟荣画了一幅速写《美丽的天使》。画的是每天为隔离的湖北人测体温的酒店女服务员。疫情之下，她有家不能回，冒着被感染的风险，全天候坚守岗位，不是医生却做出了白衣天使般的牺牲。宋伟荣把《美丽的天使》发给了工会，如愿刊发。隔离结束前夕，宋伟荣把画稿送给了那个女孩。自始至终，她都不知道那个女孩的名字，也没有看见她真实的容颜，但并不影响两个陌生人之间爱的传达。

单人独间的 14 天隔离期满，一家人才重新聚首。老袁订到了火车站附近的一家商务酒店。彼时，他们还心存一点奢望，武汉的封条是一夜之间贴上的，也许会在一夜之间揭开，恢复正常。住得离火车站近一点，武汉启封就可以在第一时间返回。虽然住进了条件相对好一点的商务酒店，但是疫情期间酒店不供应餐食，还不如在隔离酒店时，虽然环境相对差一点，至少一日三餐有保障。吃饭成了一大难题，宋伟荣与老袁正当年，还好一些，吃点饼干、火腿肠，或者泡一桶方便面，能凑合也能对付，但父母年事已高，70 多岁的人吃不好饭对健康极为不利。当下还有什么比健康更重要的吗？宋伟荣有点自责与愧疚，本来想带父母出门休闲放松，孰料每天为了找饭吃而绞尽脑汁。武汉什么时候才能重启？会是明天吗？日子一天天过去，失望一点点攀升。没有希望的日子度日如年。这时，大洋彼岸的儿子的一个举动让宋伟荣的丈夫老袁产生了新想法。儿子在纽约采买了 200 个口罩和一批护目镜，只给自己留了 40 个口罩，其余的全部捐赠给了武汉。儿子的义举让宋伟荣夫妇刮目相看，相互慨叹了一番。儿子有行动，老子也不能没有表示，老袁也要动起来了！

民以食为天，疫情期间在外漂泊的武汉人不能好好吃饭，那被疫情围困在城里的武汉人呢？交通受阻，物流不畅，蔬菜水果、日用副食品的短缺可想而知。武汉市民面临生活物资紧缺的新闻不绝于耳。老袁感同身受，他跟妻子商量要给武汉捐赠一批蔬菜。

老袁的想法，宋伟荣百分百赞同，她的意见是收购她家乡凯里的蔬菜支援武汉。贵州有 50 个国家级贫困县，天无三日晴，地无三尺平。每一个从贵州大山深处走出去的大山的孩子，只要有一点点能力都会反哺那山那水。作为凯里人，宋伟荣了解凯里的好山好水，那里出产的蔬菜水果品质非常好。疫情面前，人可以停下来原地不动，但蔬菜不行啊，它不受人力控制，到了成熟的季节，物流几乎停滞，凯里的万亩蔬菜基地有不同程度的滞销。老袁此举无疑是两方利好的双赢，一边拓宽了凯里菜农的蔬菜销路，一边又支援了武汉，缓解物资紧缺的状况。

想到了就去做。虽然以前老袁也陪宋伟荣回老家，但那都是知道归程的出行，唯有这一次，不知归期。一家人收拾行李，坐上了贵阳开往黔东南州的火车，目的地凯里。宋伟荣打趣老袁，不辞长作凯里人吧！

蔬菜收购进展顺利，宋伟荣从小在凯里长大，亲戚朋友同学一大堆，通过他们的牵线搭桥，夫妇俩联系上了凯里经济开发区管委会和康达扶投公司，通过他们购买当地开发区各村蔬菜种植户的新鲜蔬菜。消息传开，菜农们欢欣鼓舞，既为自己的蔬菜找到销路开心，也为能给遥远的武汉人尽一份心意更加开心不已。当季的蔬菜很多，新鲜的绿叶菜富含维生素 C，但是不耐储存。此时的宋伟荣和丈夫已经充分意识到新冠肺炎的严重性，也知道武汉一时半会儿不能恢复以往的生活节奏，所以耐储存的萝卜白菜应该是最合适的选择。有道是树高千丈不忘本，根永远在萝卜白菜附近！

蔬菜货源敲定了，运输就得提上日程。怎么把蔬菜运到武汉？康达扶投公司问遍了与自己合作的物流公司，无人接单。特殊时期，愿意跑武汉的司机少之又少。宋伟荣这边也发动亲戚朋友发布信息，万能的朋友圈实在是太强大了！很快，一位勇敢的货车司机小马哥站了出来。

小马哥的电话打到了老袁的手机上，发布信息的时候留的是他的电话。

小马哥说他看到信息的时候，一点犹豫都没有。如果算上这一次，他已经是第三次在疫情暴发后进武汉了。小马哥说的话很实在，即便是有疫情，日子还得继续，要吃饭要穿衣要工作要生活。每一次去武汉，小马哥都会做万全的防护，严格按照钟南山院士说的来。小马哥的切身体会是，只要做好防护措施，安全还是有保障的。

老袁跟司机小马敲定了出发时间，闲聊天的时候把他觉得有趣的话转述给宋伟荣。司机师傅说安全的话让她灵机一动。这几天宋伟荣一直在头疼一个事，疫情期间，国网湖北电力云课堂在线直播。国网湖北电力安全总监李培乐通过网络平台讲解了疫情期间的“安全第一课”，《厚植安全理念，用好管控平台，深入推进“3+1”安全管理体系落地时间》，直播在线收看超过 12 万人。3 月 8 日是宋伟荣在线直播讲课的时间，她一直没想好自己要讲什么，就在听到丈夫讲小马哥疫情期间接二连三进出武汉时，她一下子想到了自己的授课题目。

3 月 3 日晚上，吃罢晚饭，康达扶投公司就组织开发区菜农行动起来，先采摘后清洗再进行称装，按照进超市的净菜标去准备，萝卜白菜都是一个个清洗，认真去泥后再包装。他们希望能够让武汉人吃到干干净净的凯里蔬菜。大家唱着山歌，从晚上一直忙活到 4 日凌晨。晨曦中，新鲜、干净的蔬菜被拉到了凯里滨江路统一装车。

这段时间，宋伟荣与老袁一直借住在宋伟荣的妹妹家。临出门的时候，宋伟荣发现老袁手里攥着一个弹簧秤。她有点纳闷，转念就明白了。老袁啊老袁，你就等着被我们民风淳朴的凯里实力打脸吧！

9000 斤鸡蛋、7200 斤白萝卜、3960 斤大白菜以及 1800 斤大米陆续集中到了滨江路。老袁拿着弹簧秤称了几袋大白菜之后就把秤收起来。宋伟荣悄悄问他为什么不称了，老袁说每袋都超了十多斤呢，说完乐得眉开眼笑的。

天地之间一片云蒸霞蔚。

3 月 4 日下午两点，小马哥即将开着满载宋伟荣夫妇爱心的大货车从凯里出发，驶往武汉。宋伟荣把事先准备好的口罩、酒精等防疫物品亲手交给他，千叮咛万嘱咐一定要注意安全防护。做安全的朋友！

小马哥做了一个胜利的手势启程奔赴武汉。

货车向着武汉飞奔而去，宋伟荣的心也随之起飞了。她与老袁对视一眼，读懂了彼此眼神里的祝福与期盼。

“老袁，你听到我刚才说的话了吗？”

“做安全的朋友？”

“嗯，《做安全的朋友》就是我 3 月 8 日的直播主题！”

彼时，宋伟荣不知道，一个月之后的 4 月 8 日就是武汉解封重启的日子，因为，武汉是真的安全了。

二声部：爱之圆舞曲

▼

1 _ 父爱如山

“我陪你走回去，你快去收拾东西吧！”

艾波从来没有想过自己的父亲会如此和颜悦色地跟自己说话，也从来没有想过老父亲会在自己成年也成为一个年轻的父亲之后，一改往日的严厉与严苛，主动提出陪他回老家。这样的记忆模糊而又遥远，那应该是大脑皮层残存的些许童年碎片吧！

艾波与父亲是典型的中国式父子，心里有话不说出来，拙于表达，也不屑于表达。父亲很传统，用他的传统威严为艾波搭建了一个传统的严父慈母的传统家庭。母亲勤劳，略带神经质，尤其是在新冠肺炎疫情面前，恐慌、焦虑，不得已父亲将母亲的手机收了起来，让她眼不见心不烦。母亲每天把自己的时间安排得满满当当，打扫卫生，家里的地面一遍遍地拖，桌椅板凳一遍遍地擦拭，用重复的机械性劳动打发足不出户的时间，聊以抒怀。

1988 年出生的艾波是独生子，研究生毕业入职国网湖北直流运检公司的葛洲坝换流站。葛洲坝换流站是葛洲坝—上海直流输电工程的首端站，是中国第一条超高压直流输变电工程，是西电东送的重要通道之一。艾波从第一次进站就喜欢上了这里的环境，一年四时景不同，春有迎春纳福，樱花烂漫，桃李争奇斗芬芳；夏有石榴花开红艳艳，木槿花锦绣；秋看银杏金黄，轻嗅桂花香；冬天蓊蓊郁郁，满目葱茏的养心护目绿色。艾波喜欢花花草草，性格内向的人通常会对植物情有独钟。葛洲坝换流站的花草树木虽然都是人工栽植，但对于从小到大生活在丘陵地貌的艾波而言，抬头望绿，俯仰之间野花遍地，依旧会有亲切感。

1月25日一大早，接到葛洲坝换流站站长李超打来的返岗工作电话时，艾波一家人正在边吃早餐边看早间新闻节目《朝闻天下》。关于新冠肺炎疫情的各种消息漫天飞舞，父亲一向关心国家大事，雷打不动地收看中央电视台的《新闻联播》。在父亲的认知里，中央电视台的权威播送就是他人生的指南针、导航的灯塔。

“艾波，你能回来吗？”站长李超虽然打来电话，但语气不是命令，而是征询意见。

“没问题，我回去！”一秒钟的犹豫都没有，艾波的回答张口就来。话一出口，艾波才注意到围坐在餐桌旁的家人神态各异。3岁的女儿一脸懵懂，小脸埋进香喷喷的蛋炒饭里，正吃得不亦乐乎。妻子脸色略带幽怨，母亲红了眼圈，父亲则不动声色。

“是我们站长李超，他说换流站要封闭运行，通知我回去上班。”

“一定要回去吗？”妻子轻声问了一句。

“我想回去。”艾波低下头，回避着妻子泫然欲泣的眼神。

彼时，艾波一家人住在宜都的家里，以往艾波都是从宜都的家直接开车去葛洲坝换流站上班。但此一时非彼一时，艾波打了几个电话之后得知，他经常走的这条路上已经设置了两个关卡，宜都市关卡和宜昌市关卡，宜都这边出不去，宜昌那边进不去。艾波打听到宜都换流站与葛洲坝换流站之间的班车还在正常运行，那也就是说，只要想办法赶到宜都换流站班车停靠点就能返回葛洲坝换流站。办法也不是没有，只能先从宜都家中回到艾波的老家高坝洲镇白洪溪村，再从村里抄小路到宜都站去坐车。艾波给朋友打电话咨询能不能从宜都开车回高坝洲镇，朋友很快回复他说，不能，高坝洲镇也设了关卡，车辆无法通行。艾波叹了一口气，那就只剩下一个办法了，走回去！

艾波的焦灼与想返岗的急切，父亲看在眼里，他拿出自己的保温杯，泡上茶，对儿子说："我陪你走回去，你快去收拾东西吧！"

艾波愣了一愣，随后默默回自己房间收拾东西，却发现妻子已经帮他收拾停当。

艾波跟在父亲的身后出了门，出门的时候，他看了一下时间，下午四点半。

这天早上刚下过一场雨，在城区走的时候不觉得异样，柏油路上没有泥泞。远远地望见宜都城区往高坝洲镇的路口，有警察也有防疫人员，莫说是汽车了，就是摩托车也不让通行，行人看那架势也不放行，不断有人悻悻折返，一脸愠色。父子俩面面相觑，怎么办？

父亲说："莫急，咱们走小路！你在后面跟着我走。"

小路不好走，路况千差万别，有水泥路，有砂石路，更多的是土路，被清晨的雨水浸泡过后变得松软湿滑，特别难走。艾波这才注意到，父亲脚上穿着一双雨鞋。原来老艾早就预料了这一步。父亲穿着雨鞋，健步如飞；艾波穿着运动鞋，挂满了泥巴，两条腿像灌了铅一样沉重。为什么刚才出门的时候，父亲不让自己也穿上雨鞋呢？艾波暗自嗔怪父亲，转念一想，即便是父亲开口让自己穿，自己会听吗？中国式父子的另一个模式就是，你让我往西，我偏要往东；你让我干的我偏不干，你拼命阻止的我偏要试试看。艾波也曾经与父亲正面刚过无数次，柔软的母亲是父子二人的缓冲地带。直到艾波自己做了父亲，一次女儿发烧，他不眠不休地守在女儿床边，实在困得不行了，手机设置好闹钟，一个小时给小宝贝量一次体温，直到孩子退了烧，艾波悬着的心才平稳落地。

艾波读大学的时候，有一次感冒，仗着自己年轻，不吃药生扛。时间拖得有点久，导致肺部感染，落下了病根。忽冷忽热，呼吸道一受到冷热交替的刺激就会咳嗽不止，夏天吹空调或者是秋冬季节冷空气突袭的时候，尤其明显。那个时候也是频繁、密集地接到母亲电话的时候，电话一接通，母亲都会说："你爸让我跟你说夏天出点汗没啥，别老是吹空调！""你爸让我嘱咐你出汗了擦干再洗澡！""你爸让我给你电话……"艾波能想象得出来，母亲打电话的时候，父亲一定就在不远处看着，听着。养儿方知父母恩，做了父亲的艾波理解了父亲，一度他以为自己懂得了父亲的全部，而今天，父亲又给自己上了一课。关键时刻，父亲就是一座山，可以随时成为孩子的依靠。

6点了，天完全黑透了。父亲变魔术一样从怀里掏出来一个手电筒，打开来，光柱刺穿黑暗，虽然照不亮远方，但是足以照亮脚下的路。父亲依旧走在前面探路，艾波紧紧跟随。父亲突然一回头，发现虽然隔着一两米，艾波依然是整个人身处黑暗之中。父亲便把手电筒给了艾波，让儿子从后面给他照着路，这样一来，艾波脚下的路亮了，父亲也行进在光明之中。手电筒的光柱打在父亲的背上，他的影子比他的人到了更远的地方探路。艾波，工科男艾波，终于在32岁这年理解了朱自清先生在《背影》中洒下的泪水。

父亲的电话响了，那是父亲的父亲，艾波的爷爷打来的。艾波父子出门没多久，父亲就往老家白洪溪打了电话，说今天晚上两个人回去。爷爷应该是诧异的，却也没有多问，那也是一对平常无话的父与子。爷爷79岁，奶奶76岁，身体也都硬朗健康。爷爷奶奶生活一向很有规律，五点半吃晚饭，散会儿步，八点就上床睡觉。早上六点，侍弄房前屋后的菜田，种的各式各样的蔬菜一年四季都吃不完。本来艾波的父母也生活在老家，自从艾波有了孩子，父母才进城去帮小夫妻照顾孩子、照顾家庭，年轻人忙于事业，父母就是他们全身心投入事业的有力支撑。

父亲在电话里跟自己的父亲说着已经走到哪里了，还要多久才能到家。估计电话那头问他一会儿想吃什么，父亲说："随便！"身后的艾波轻笑出声。"随便"也是他的口头禅，每次他打电话说回家吃饭，母亲照例会问他想吃什么，艾波总是回答随便。原来这就是长大后我就成了你！其实无论是父亲的“随便”还是艾波的“随便”，都不是敷衍，而是信任，充分的信任，潜台词是只要是家里的饭菜，吃什么都行，都好。

跟父亲预估的时间差不多，8 点钟，白洪溪村遥遥在望，一片灯火阑珊。艾波家与爷爷奶奶家比邻而居，一边黑漆漆一团，另一边的小院子里闪耀着暖暖的亮光。

爷爷奶奶一改惯例，还没有吃饭，他们一直在等，等儿子等孙子。家里准备了火锅，牛肉、丸子、鱼糕，还有爷爷奶奶菜田里亲手种的青菜。艾波给爷爷和父亲一人倒了一杯稻花香，他自己不喝酒。火锅在“咕嘟咕嘟”欢快沸腾，奶奶不停地给孙子夹菜，把艾波的碗堆成了一个小山包。此时的艾波不再是那个年轻的父亲，在爷爷、奶奶、父亲面前，他还只是一个孩子。

一夜无话，一夜无梦，艾波睡得踏实又香甜。

早上 7 点，父亲把艾波叫醒，让他去爷爷奶奶家吃早饭。父亲已经联系好了村里的亲戚，8 点准时送艾波到宜都换流站去等开往葛洲坝换流站的班车。

出发的时间到了，父亲没有来送艾波。爷爷奶奶站在门口，一直在挥手，直到后视镜里看不到他们，艾波憋了许久的眼泪才流了下来。

2020 年 1 月 26 日上午 10 点，艾波回到了葛洲坝。随着艾波的返岗，至此，参与葛洲坝换流站新冠肺炎疫情期间封闭运行的 14 名电力员工全部到岗到位。

2 _ 母爱似水

代时雨觉得自己置身于一个清澈见底的湖泊之中，悬浮在湖心，隐隐有一束光从湖面透下来，一片柔和的光晕将他包围其中。他翻了一个身，头发像参差的荇菜左右摆动。他闭着眼睛，嘴里吐出一串泡泡。气泡像有生命一样，你追我赶向着光源飞奔而去。代时雨看到自己睁开了眼睛，是幼鹿一样的眼神。他用手划动湖水，手穿水而过。忽然，湖水激荡，一个巨大的漩涡从湖底开始一点点向上螺旋式生长，很快就把代时雨旋了进去，天旋地转，一股强劲的吸力拖曳着代时雨向下坠落，坠落，不知要坠向何处……代时雨倏地睁开了眼睛，心在狂跳，扑通扑通。是一个梦。

与大多数同龄人一样，代时雨的性格里也有一点宅的属性，习惯于借助网络工具解决现实生活中的疑难杂症。关于这个梦境，代时雨在抖音直播间里问过一个在线答疑的心理学博士。博士说，人类从生命伊始就身处子宫的一汪羊水之中，小孩子生来喜欢玩水，当长大后意识到危险才会理智性地远离。博士问代时雨，是不是想念自己母亲了，那就常回家看看吧，免得将来子欲养而亲不待时后悔。博士的一番话让代时雨鼻子发酸，是啊，他想妈妈了。

在中国的传统文化里，人们习惯说严父慈母，父爱如山母爱如水。严父是儿女坚实的依靠，为他们遮风挡雨；慈母则是儿女心灵上的依赖，是孩子避风的港湾。代时雨在新闻报道里读到过艾波与父亲的故事，艾波的父亲在儿子最需要帮助的时候伸手助力，送儿子返回抗疫保电的工作岗位，无疑是一位好父亲。

父母爱孩子的方式千差万别。代时雨的母亲不是柔情似水的慈母类型，她身上有着百折不挠的坚韧与不达目的誓不罢休的拼劲，在母亲的教导下，代时雨从小到大都是“别人家的小孩”，学习好、独立能力强、有上进心。代时雨本科就读于武汉大学，读研究生时，远离父母独自离家去了山东大学。毕业后参加了国网湖北电力的考选，2018 年入职国网孝感供电公司开发区供电中心配电运检班。

2019 年 10 月底，代时雨作为新入职员工前往山东参加国家电网公司集中培训，学习结束后返回湖北，公司给了他几天假期。代时雨家住汉阳，家里还是老样子，母亲忙着做生意，早出晚归。父亲上班的工厂效益不好，早早就离职跟母亲一道做生意了。从菜市场的卤料小摊位到独立的门店，再到总代理主营批发，代时雨特别佩服母亲面对困难百折不挠的干劲，仿佛这个世界上没有她吃不了的苦，没有她干不成的事。忙于事业的母亲，被父亲妥帖地照顾着，很多人在成年之后想念妈妈菜的味道，代时雨家弥散的却是爸爸菜的香气。母亲一身卤料味，二十多年浸润在花椒、大料、草果、桂皮、香茅草之中，母亲经常开玩笑地说，再高级的香水也不如她的卤料香。代时雨的女朋友在武汉同济医院工作，四个人开心地吃了一顿饭，休整了一天，代时雨便回孝感上班了。

代时雨这几天睡眠一直不好。要么睡不着，好不容易睡着了之后就做梦，像电视连续剧一样，有时候他甚至会在梦境中意识到自己是在做梦，而且有些梦还会一遍又一遍地重复。这段时间反复出现在梦里的是一片油菜花田，碧绿与鹅黄都是春天娇嫩的颜色。梦中的代时雨走在无边无际的油菜田里，蜜蜂嘤嘤嗡嗡贪婪地吸食着花蜜。代时雨曾经给母亲看过婺源的油菜花美景，母亲瞥了一眼，不以为意："不如我们老家黄陂，小桥流水有什么好，我们黄陂有木兰山天池、木兰草原的哟！改天等有空的时候，妈妈带你去。"

时至今日，代时雨才明白，改天真的是世界上最远的一天。等有空，空，不是等来的。

2020年春节前夕，生产任务繁重，虽然武汉与孝感的城际列车只有半个小时的车程，代时雨却没有那半个小时的时间。春节正是卤料的销售旺季，母亲和父亲也是忙翻了天，收货、发货忙得不亦乐乎。彼时，已经隐隐有关于肺炎的传闻，代时雨给母亲打电话提醒她买口罩、戴口罩，母亲在一片嘈杂声中说"冇得事，冇得事！"母亲的执拗，作为儿子的代时雨最清楚不过，他知道任他说千百遍，对母亲而言也是耳旁风。

武汉的形势每况愈下，直到封城。单位随即启动抗疫保电应急值班。代时雨给家里打电话，这个时候的他已经将近三个月没有回去过了。给父母打电话商量回家的事情时，母亲在电话里一改以往连珠炮一样说话的节奏，轻声细语地不要让代时雨回家，说现在回武汉太危险，父亲则让代时雨好好工作。就这样，代时雨留在了孝感。每天早上八点半，他就跟同事一起巡视城区 6 个特级保电医院的线路，重点清查架空线路沿线的树障和鸟窝，除了对线路上的设备使用红外测温仪检查，还对环网箱的每一个间隔的电缆仓使用超声波检查是否有放电情况。这样枯燥、单调的巡视作业，上午八点半一遍，下午一点半一遍，一天两遍的巡视频率一直持续到孝感解封。

1 月 29 日，抗疫保电值班的第 6 天。上午 10 点钟，代时雨接到了父亲的电话。父亲哽咽着告诉他，母亲现在在同济医院的重症监护室抢救，医生让家属做好心理准备。原来一周前，代时雨往家里打电话的时候母亲已经被确认感染了新冠肺炎，那个时候就已经入院治疗了。代时雨恍然大悟为什么母亲说话的声音会那样有气无力，是新冠病毒侵蚀了母亲的肺部，把她变得虚弱不堪，连说话都变得困难。代时雨想立刻飞奔回武汉。一向和气的父亲在电话里疾言厉色："你不许回来！你妈从一知道自己病了就跟我商量好了，不能让你回武汉！你现在回来，你对得起你妈妈吗？她不想见你吗？不让你回来就是为了你的安全，你要是回来也被传染上，你妈她能闭上眼吗？"

"爸，你没事吧？"代时雨哭着问。

"我没事。不用担心我！不许回来，记住！"父亲挂断了电话。

代时雨还是忍不住向领导请假，他想回武汉，回家，回去看一眼病床上的母亲。妈妈，你还好吗？我好想回去啊！你快好起来吧！坚持住，熬过去！我还没有结婚，还没有把儿媳妇给您娶回家，妈妈，你快好起来吧！

领导拒绝了代时雨的请假请求，看似无情实则有情。领导对代时雨说："你有想过父母为什么不告诉你吗？这是他们对你的保护。你认真想一想，哪有不希望孩子在身边照顾的父母？就是新冠病毒太可怕了，你父母才不让你回武汉，如果你被感染了，就辜负了父母对你的爱护。"

凌晨时分，代时雨再次接到父亲的电话，母亲走了。那天夜里，代时雨泪湿枕巾，哭了整整一夜。他想起来小时候母亲带他去学游泳的情景，想起了母亲说自己老家黄陂油菜花田时眼神中的自豪，还想起了母亲的泪水……代时雨上初中的时候，母亲的卤料事业刚刚从小摊位转为店铺经营，每天忙得脚不沾地。代时雨感冒了，久拖不愈，发展成急性鼻窦炎，做了一个小手术。拆线的那天，医生从代时雨的鼻腔里把止血的纱布抽出来时，流了好多血。在代时雨的记忆里，母亲极少掉眼泪，但那一次生性要强的母亲哭得特别伤心。伤在儿身，痛在娘心。如果受伤的是母亲，她一定会咬牙挺过去，但伤在代时雨身上，母亲一遍又一遍地对他说，对不起，是妈妈不好，妈妈没有把你照顾好！

曾经自责没有把代时雨照顾好的母亲走了，这一次她没有把自己照顾好。母亲笑着说“冇得事，冇得事”，不把代时雨劝诫她戴口罩的事放在心上的模样还历历在目。代时雨偶尔会自责，当时为什么不坚持一下呢，应该把口罩买来逼迫着父母戴上，那结果会不会就不一样了呢？很长一段时间，代时雨的睡眠质量差到了极点，晚上睡不着觉，一闭上眼睛，关于母亲的点点滴滴就会像潮水般涌来，直到把他湮没。白天，代时雨若无其事地与同事一起全身心投入工作，他发现只有工作才能分散他的注意力，只有在工作的时候，他才不会胡思乱想。

在代时雨情绪最低潮的时候，单位领导和他所在班组的同事向独自生活在孝感的他伸出温暖的手，到他住的地方探望他，送疫情期间稀缺的蔬菜和水果，同居一室的同事兼室友变着花样地给他做美食改善生活。病毒无情，人间有爱。代时雨默默接受着来自各方的关爱。

2 月 4 日，国网孝感供电公司开发区供电中心接到孝感防疫指挥部的通知，重庆医疗救援队对口援助孝感。那段时间，气温非常低，医疗队住的宿舍电线线路老化，不足以承受取暖设备的高负荷，医院的用电设施急需增容改造。那天，代时雨与配电运检班的同事们身穿防护服、护目镜进入了医院内部。那是疫情暴发以来代时雨第一次进入收治新冠肺炎确诊病人的医院。工程量不大，大家配合默契，将一条五百米长的架空线接入医院宿舍配电箱，又把医疗队员住的几十个房间原有的小容量空气开关，全部更换成大容量的。其实工作到这里也就算完成了，但是配电运检班细心地把供暖设施一一接入线路中，测试供暖效果。不能让这些勇敢的白衣天使在异地他乡受冻，国网人要用电给他们送去光明与温暖，医生护士是救死扶伤的天使，保护好他们，让他们休息好，保持健康的体能和状态，其实就是在间接地拯救更多的人。

2月16日，国网河南电力应急发电车开到了孝感东南医院，代时雨与配电运检班兵分两组，协同处理，一组装设隔离栅栏，另一组将发电车4根30米柔性电缆同时展放。晚上7点，随着应急发电车的一声轰鸣，连接电源车与医院配电柜的电闸瞬间合上，送电作业一次成功。第二天一早，他们又赶赴东城区一医院和老城区一医院，将另外两台发电车接入医院配电柜，为孝感的抗疫定点医院安全供电保电护航。

白天特别累的时候，代时雨夜晚就能睡个好觉。每天晚上睡前，他都会在心底对母亲叙述一遍自己这一天来的工作内容，做了什么，有什么意义。妈妈，我努力工作就为了不再让别的孩子跟我一样失去妈妈！

有时候，清晨醒来，代时雨会发现自己的枕巾是湿润的，也许在夜晚的梦中他又流泪了吧。其实梦境是个好东西，借由梦境，穿越时间的隧道，回到自己想回到的时间节点。梦，成了连接代时雨与母亲的桥梁和媒介。母亲猝然长逝，不告而别，作为最亲近的人，代时雨知道自己的烦躁易怒、失眠、多梦易醒、无缘故的哭泣和情绪低落都是正常的心理反应，统统归纳为心理应激反应。这样的状况会持续3到6个月，而后就会慢慢恢复。

武汉重启了，孝感解封了……湖北的元气正在一点点恢复中。

有人说，时代的一粒灰，落在个人头上就是一座山。代时雨不以为然，时代的一粒灰，落在个人头上依然是一粒灰。诚然这粒灰很重，能压垮人，能压死人，但是灰就是灰，它终究能被时代大风吹走，吹散，也能被英雄的人们移走，战胜，埋葬。

3 _ 兄弟

这是一顿老齐家迟到的年夜饭。从大年三十一直推迟到2020年5月

24 日，星期日。并非刻意邀约，起因是齐攀的儿子齐润泽要去找齐军的儿子齐梓尧玩。齐攀的儿子 6 岁，齐军的儿子 11 岁，从春节前到现在，这一对小兄弟就一直没有见过面，顶多是两个人各自拿着手机视视频、聊聊天，但那哪能抵得过见面玩得开心过瘾啊。这天恰好齐攀值班，儿子看着爸爸要出门，就吵着要爸爸送他去找哥哥。齐攀拗不过儿子，只好给自己的哥哥齐军打个电话。1983 年出生的齐军是国网武汉市江夏区供电公司五里界供电所主任，弟弟齐攀小哥哥两岁，是江夏区供电公司运维检修部的副主任。

“哥，润泽吵着要去找哥哥玩，我值班，顺路把他送过去！”

“来吧，我今天休息，你嫂子也休息！梓尧这两天也天天念叨着去找弟弟玩，快来吧，你正好中午过来吃饭！别再在办公室吃盒饭了。”

一场家庭大聚会的帷幕由此拉开。先是齐攀的妻子来电话，说是大嫂让她中午过去吃饭。一会儿，老妈又打电话过来说，齐军一会儿去接他们老两口到他家吃饭，让齐攀也早点回去。后来，儿子和侄子联合起来给齐攀打电话，让他回家吃饭的时候记得给他们买酸奶，还一定是炭烧酸奶。这天上午，办公电话没接几个，家庭电话倒是此起彼伏。想起几个月前，办公电话一个接一个，接连不断升腾跌宕的时候，简直恍若隔世一般。从新冠肺炎疫情吃紧到云开日出光明重现这段时间，齐攀跟哥哥齐军只见了三次面。每一次都是匆匆照面，说的话除了工作还是工作，没有私聊，更没有闲谈。

1 月 25 日，大年初一下午，武汉市防疫指挥部决定在江夏区建设一座专门收治新冠肺炎病人的雷神山医院，与蔡甸区的火神山医院遥相呼应，火神、雷神一起发力，对阵新冠肺炎疫情。江夏区供电公司接到雷神山医院开建的通知后，迅速组织人手前往现场勘测，第一波到达现场的人当中就有齐攀。雷神山医院的建设场地是武汉军运会军运村的停车场。作为运维检修部的副主任，齐攀被指定全面牵头雷神山医院项目电力施工建设。现场勘测结果很快有了结果，雷神山医院大约需要 10 台环网箱、26 台箱式变压器和 7 公里电缆。这样的工程任务量，按照以往的建设速度，最快也得半个月才能完成，但武汉防疫指挥部只给了江夏区供电公司三天时间，而且是死命令，不许打折扣，三天的时间为雷神山医院送电。当天晚上的碰头会开到凌晨，物资采购、施工人员调配，专人专责，齐攀的任务是各项方案的制定与审定。大家把所有能想到的难题一一列出来，办法总比困难多，先提出问题，再想办法解决问题。雷神山医院配电网络以军运村配电网络为基础，采用双电源、四回路的供电结构，施工难度不大，难点在于任务与工期之间的冲突，以前江夏区供电公司也承担过任务重、时间短的电力施工建设任务，雷神山医院这样任务量与工期之间绝对失衡的施工任务还是第一次遇见。的确是个不小的考验！

最终敲定了多点开工的施工方案，集合江夏区供电公司辖区所有能调动的资源和力量，集中力量办大事。

晚上，齐军接到了要在江夏区黄家湖开建雷神山医院的通知，五里界供电所承担了安装 5 台箱变计量装置的现场任务。

兄弟俩都在做着准备。齐攀继续完善方案，齐军则连夜组织工人，又是疫情又是春节假期，组织人手并不容易。大年初二，齐军带着 3 名党员和 3 名技术骨干到达了现场。第一件事就是领任务，确认五里界供电所负责安装的箱变计量装置的准确安装任务。现场一片嘈杂，人来人往，车来车往。彼时正值新冠肺炎病人确诊直线上升的时候，确认病例扶摇直上，每个人心里都暗藏着恐惧。雷神山医院建设现场，虽然人多，但是大家尽量避免面对面，每个人都有意识地与其他人隔着一段距离。安全帽、N95 口罩、冬季工衣、防护服，能穿戴的大家都尽量穿戴起来，毕竟做好防护措施就意味着安全，而安全就是健康。

在来的路上，齐军就知道弟弟齐攀一定在现场。他本想打个电话，想了想又作罢。齐军比齐攀大两岁，弟弟从小就是个机灵鬼，人聪明，头脑灵活，学习也比哥哥好。小时候，邻居们、亲戚朋友们没少拿这哥儿俩比较，但这并不影响齐军齐攀兄弟俩的感情。长大了，各自成家立业，巧得很，兄弟两个都生了男孩，又是一对小兄弟。成年后的齐军、齐攀各自有各自的同学圈、朋友圈，不像小时候那样朝夕相处，没事不联系，有事不客气。兄弟俩无论哪一个有事，第一时间想到的都是彼此，血脉亲情就在那里，即便平时感觉不到，也从未远离。

齐攀看过施工队伍名单，里面有五里界供电所。当时齐攀就知道作为供电所主任的哥哥一定会来，即便不是主任，哥哥也会来，他就是那样的性情，认真、负责，时刻把大局观念摆在第一位。齐攀穿梭在一片忙碌中，一边工作，一边在人群中张望，寻找一下熟悉的身影。人影憧憧，哪一个才是我的哥哥齐军？

此时的齐军正在紧张地忙碌着，五里界供电所的施工地点在强军路一侧。除了他们，还有其他的供电所也在同时施工。大家都在拼工期、比进度。现场作业环境狭窄，变压器型号复杂，齐军扯着嗓子大声喊话，声音才能冲出口罩、冲破喧嚣，让自己的同事听到、听清楚自己在说什么。大家不要慌！时间虽然紧张，但千万不要一味图快，安全最重要！五里界供电所的 6 个人被分成两组，齐军则两边来回跑，每安装完一台箱式变压器，齐军都要亲自复检，确保安装无误。

一月份的风，寒凉入骨，加上这几天一直冬雨潇潇，停停歇歇，时断时续，寒湿，阴冷，泥泞。齐军既要监督安全，又要强化工作标准，还要注意一起工作的兄弟们的身体健康，这些朝朝暮暮相伴的异姓兄弟其实比自己的亲兄弟跟自己在一起的时间更长，工作中的相互分担也早已让他们情同手足。大家铆足了劲，通力合作了 7 个小时之后，5 台箱变计量装置顺利安装完毕。就在这时，齐军用眼角的余光看到了一个身影，中等身材，瘦瘦的，全身上下布满了泥点子。咳！这不是齐家老二，自己的弟弟齐攀嘛！

齐攀也看见了齐军。他正在跟其他人忙着讨论雷神山医院内部的线路设计方案，实在是无暇跟自己的哥哥寒暄打招呼。有时候就是这样，当你有空的时候找不到想见的人，当想念的人真的出现在你面前时，却又没有了时间。生命中的阴差阳错，比比皆是，真理一般涵盖了亲情、友情以及爱情所有领域。

齐攀挥了挥手，齐军点了点头。兄弟俩擦肩而过。

再次见面是在中国光谷日海方舱医院的保电现场。日海方舱医院所在的江夏区藏龙岛栗庙路，正好是齐军所在的五里界供电所的保电辖区，附近两公里范围内有五个医学隔离区，外经贸学院、湖北经济学院、藏龙岛卫生服务站、乔亚医院以及日海方舱，是武汉密度最大的隔离区域之一，保电压力巨大。雷神山医院电力施工结束之后，齐军就带着同事们迅速撤回，以缓解供电所的保电压力。这个区域也是江夏区供电公司重点巡查、运维检修人员重点倾斜的区域，作为运维检修部副主任的齐攀更是三天两头地往这里跑。说来也怪，齐攀来了好几趟，老是跟哥哥齐军错过。从日海方舱医院建设到关闭，两个人只在此地遇见过一次，公事公办地聊了一下方舱医院低压运维的情况，因为齐攀还要去别的地方检查，匆匆一个照面就各奔东西，各忙各的去了。

齐军目送弟弟离开，在齐攀打开车门的刹那，喊了一声："齐攀！"

齐攀停下脚步，站在车边上，等哥哥继续说话。齐军张了张嘴没说出来，冲着弟弟摆摆手："没事，走吧！"

时针指向11点，一个同事敲了敲齐攀的门，说："齐主任，刚才听你接了好几个电话，家里有事你就先回去吧！马上就下班了，我盯一会儿，有事我给你打电话。"

同事话音刚落，嫂子的电话就打过来了："齐攀，早点回来啊，今天的红烧鳜鱼是咱妈亲自下厨啊，凉了不好吃的，赶紧滴哟！"

齐家的妈妈菜一向丰富，红烧排骨、爆炒小龙虾、凉拌毛豆，还有就是老妈最拿手的红烧鳜鱼，是齐军、齐攀从小到大，两只手四根筷子决斗角力抢夺的美食场。老妈做红烧鳜鱼有她的独门秘制酱料，武汉本地的黄椒，择净、清洗、晾干。慢慢在砧板上剁碎，老妈的诀窍就是一个"慢"字，不是火急火燎地快刀乱剁，而是不疾不徐，不急不躁，沉下心来，一刀是一刀地将辣椒斩成碎末，再加入葱姜蒜末和食盐、白糖拌匀，瓦罐里密封半个月就成了。齐家两个媳妇一前一后进门，老妈手把手教两个媳妇做辣酱。一样的食材，一样的手法，两个儿媳妇做出的黄椒酱却味道各异，只有一个共同点，是全家人品尝过得出的一致结论，两个媳妇徒弟都没有婆婆师傅做得好吃。每年，老妈都会多做几罐黄椒酱，老大家的、老二家的，一碗水端平。妈妈菜的味道，就是一家人幸福的味道。红烧鳜鱼上桌的时候，齐攀闻着香气进了门。

家里热闹得像沸腾的火锅，已经很久没有闻到这样丰盛的饭菜香气了。武汉烟火倾城的时候不以为然，久别重逢，才知道何其珍贵。父亲老齐喝白酒，哥哥齐军喝啤酒，齐攀下午还要开车去上班，只能喝茶。一家人举杯同庆的时候，齐攀忽然想起来，他与哥哥第三次见面是在 4 月 8 号武汉解封的那天。彼时雷神山医院关闭已经提上日程，齐军去查看自己供电所负责运维的设备，遇到了正在巡查的齐攀。那天的天气很好，哥儿俩的情绪也都不错。虽然依旧是匆匆一面，但那时的齐军、齐攀已经知道，他们离举杯同庆的日子不远了。

4 _ 故事大王

“我不睡，我就是不睡！”女儿一脸娇憨，明明已经困得睁不开眼睛了，发现妈妈拿走她手里的绘本，立刻睁圆了眼睛，努着小嘴巴，振振有词，“爸爸答应我了，今天晚上要给我讲《小猪佩奇过大年》！”

妻子没办法，只好跟万泉打电话。“故事大王先生，你的小情人等着你讲故事，就是不睡觉呢！你能不能先停一分钟，跟她说一句话。她其实很困了，估计只要能听到你的声音也就安心睡觉了。”

万泉打开视频，看着女儿哈欠连天却又强撑着的小模样，鼻子有点发酸。

“小苹果，对不起啊，爸爸今天有点忙！”

“爸爸，我想……”果然不出妻子所料，女儿只是看了一眼万泉，“想”字后面的内容还没有说出来就倒头睡着了。她所有的坚持就是为看爸爸一眼、听一听爸爸的声音，能不能听到爸爸讲故事已经变得不重要了。妻子在手机那端示意万泉不要再说话，摆了摆手，挂断了视频。

万籁俱寂，这个时间大多数人应该都准备休息了吧？新冠肺炎疫情限制了人们的出行，也悄然改变着很多人的生活习惯，熬夜的人少了，毕竟熬夜透支体力，导致身体免疫力下降。疫情如穹庐，笼盖四野，免疫力强弱与健康与否正相关。生存危机迫使人们改变习以为常的生活习惯与生活方式，但也有不得不熬夜的人啊，就像此时此刻的万泉在加班抢修一样。龙泉换流站阀厅烟感探测器故障从下午两点报警，一直抢修到现在，他连晚饭都还没有吃呢！

万泉所在的龙泉换流站是国网湖北直流运检公司管辖的七座换流站之一。从 1 月 27 日集中驻站封闭管理保电到今天，刚好一个月的时间。封闭运行的除了站内的工作人员，还有检修中心为每座换流站配备的运维检修人员，根据各换流站的实际情况，合理调配一次检修人员与二次检修人员的配比，站内运行人员和驻站检修人员通力协作，日夜不停地巡查，保障着换流站的安全运行。

原本这次封闭值守万泉是可以不参加的。2018 年 10 月，万泉前往内蒙古呼和浩特，技术支持蒙东电力科学研究院。2020 年 1 月 12 日，万泉从冰天雪地的内蒙古返回湖北宜昌休年假。在内蒙古工作期间，哪怕是妻子梁湘燕生孩子，万泉也是严格遵守一个月回一次家、每次休息 4 天的规定。万泉的父母身体不好，无法帮小夫妻照顾小孩，所幸家中有岳母帮衬着，让身处茫茫草原的万泉心安神定。如今，万泉的二宝已经 5 个月大了，好不容易有个超长假期，万泉恨不得包揽家中的一切事务，补偿一下妻子。但好像实际操作起来有点事与愿违，作为二次检修班技术负责人的万泉在工作台上可以游刃有余地大展身手，但是站在厨房的炉灶台前却有点心余力绌。不是蒸饭的时候水放少了，就是炒菜时盐放多了，吃得一家老小直皱眉。即便是给娇嫩嫩、柔软无骨的儿子换片尿不湿，也总达不到妻子的标准，还招来一脸的嫌弃。

万泉回到宜昌的时候，新冠肺炎疫情已经是星火燎原之势，有传闻也有谣言，真真假假让人无法准确判断。人在家中休假，心却在手机的工作群里关注着同事们的工作动态。

七座换流站即将封闭运行前夕，二次检修班班长刘浔在微信群里问检修人员谁能参加封闭驻站值班。彼时已是春节假期，很多人已经离开了宜昌。随着武汉封城，湖北各地相继实行交通管制，想回也回不来了。检修班留在宜昌的人并不多，再加上家中有事实在是走不开的，一开始报名的人不多。万泉想报名，但看看家中 6 岁的女儿和 9 个月的儿子，一脸疲惫憔悴的妻子，再看看忙里忙外的岳母，虽然自己在家帮不上她们多少忙，但至少疫情期间一家人能相守在一起。妻子梁湘燕发现了万泉的异样，问他怎么了。听了万泉的犹豫之后，梁湘燕忍不住笑出了声。

“你快去报名去驻站吧！这有什么可犹豫的呀！”

“你真让我去？”

“嗐，内蒙古你还待了一年多呢，我说什么了？赶紧收拾东西去吧，反正在家你也帮不上我和妈多少忙，还一个劲地添乱！”

万泉知道妻子这么说是让他去上班的时候不要有过多的心理负担。妻子是万泉的解语花，从他们 2016 年初识的时候，万泉就心知肚明。梁湘燕的大学同学是万泉的高中同学。彼时，万泉是华中科技大学电气与自动化专业的学生，梁湘燕是武汉大学水利水电工程专业的学生。万泉去武汉大学找自己同学玩的时候偶然遇见了梁湘燕，一眼万年，从此，活泼开朗的小燕子就在万泉的心里筑巢垒窝。一有闲暇，万泉就坐着 591 路公交车，颠簸十几站地去见自己心心念念的姑娘。大学三年级那年，两个人正式确定了恋爱关系。转眼之间就是毕业季，梁湘燕的计划是继续攻读研究生，毕业后再回宜昌老家。万泉则报考了国网湖北电力，被分到了直流运检公司国家电网宜昌公司，先行一步去恋人的家乡打拼。2013 年，万泉终于等到了他如期折返的小燕子，抱得美人归。

梁湘燕是三峡电力职业学院的一名教师，每年有寒暑假期，体贴的她为万泉创造了一个安全稳定的大后方，让丈夫每一次的离家出征都无后顾之忧。2018 年援助内蒙古如是，2020 年疫情驻站封闭值守更是如此这般。报名之后，万泉被公司安排到龙泉换流站驻站保电。

龙泉换流站是三峡电力外送工程“三峡—常州”±500 千伏直流输电工程的首端站，西连三峡左岸电厂、500 千伏斗笠变电站和九盘变电站，南接 220 千伏杨家湾变电站，东连江苏常州±500 千伏政平换流站，是三峡电力外送的重要通道之一，是华中电网与华东电网直流联络线，也是华中电网重要的枢纽站。驻站封闭值守后，万泉每天严防、紧盯、细查，对龙泉站重要的控保系统设备、测量设备进行重点巡查，记录相关数据，对于各类缺陷及时妥善处理，守护着换流站的健康与稳定。除了守护龙泉换流站，相邻的宜昌换流站也在万泉的服务范围内。

一天，正在龙泉换流站进行二次设备专业巡视的万泉，突然接到了远在江陵换流站驻守的检修班班长刘浔的电话。

宜昌换流站单元 I 极控系统 PCPB 频发“渝侧单元 I 第一套阀冷系统 CCPA 不可用故障”告警，你过去处理一下吧？

没问题，我马上过去。万泉一边答应一边去收拾工具。

宜昌换流站渝侧连接重庆市九盘变电站，鄂侧连接龙泉换流站，直流系统双单元额定功率 2500MW，额定电压±420kV，额定电流 1488A。宜昌换流站于 2017 年 5 月场平开工，2017 年 9 月土建主体工程开工，2019 年 3 月带电调试，2019 年 7 月 1 日正式投入运行。刘浔说的宜昌换流站单元 I 极控系统 PCPB 频发“渝侧单元 I 第一套阀冷系统 CCPA 不可用故障”告警非同小可，而且刘浔还在电话里特意强调，现场两套阀冷系统均存在外部故障告警！

这次告警是宜昌换流站投运后的第一次，万泉立即与设备厂家电话联系，商讨处理方案。厂家给出的意见是，需要将第一套阀冷系统停用。因为检查处理过程需要断开与极控的通信模块电源，但厂家说停用之后不敢保证对另一套阀冷系统有什么影响，对可能会造成的极控单系统运行后果不可预估。

厂家的答复让万泉的心里“咯噔”一下，捏了一把汗。防疫保电关键时期，万万不能出一点纰漏啊！万泉与驻宜昌换流站的检修员陈国训一起仔细查阅图纸，把故障系统与其他外部系统接线全部核实了一遍，研究控保逻辑，与刘浔进行视频会议评估风险。反复商讨了整整一天，才确定了一套风险可控的处理方案，最终成功消除了缺陷。

夜幕降临，又到了“故事大王”万泉爸爸的开讲时间。今天晚上，万泉给女儿讲《睡美人》。每一次万泉都会认真备课，他会在手机上提前百度故事内容，看一遍之后，提炼出故事大纲，用女儿能理解的方式讲给她听。“故事大王”非一日之功，更不是一蹴而就，而是用父爱小火慢炖炼化而成的。

“公主陷入了长久的沉睡……”万泉已经学会拿捏着分寸，用语音语调声情并茂地营造故事氛围。

“爸爸，公主还能醒来吗？”女儿小苹果总是一边听故事一边参与，小脑瓜里永远装着十万个为什么。

“能啊！公主只是睡着了，睡着了都会醒来的。就像小苹果睡着了也会醒来一样。一年又一年，直到有一天，来了一个王子，他看到了沉睡的公主……”

“爸爸，我知道了！王子就把公主叫醒了是吗？王子是不是这样说，别睡了别睡了，快起床吧！起来跟我一起玩！是不是这样说呀？”

“我的小苹果真是太聪明了！”

“爸爸，我不用王子叫我起床！我要爸爸叫我起床！”

“好！”看着视频里女儿朝颜一样的脸庞，年轻的爸爸万泉流下了一串老父亲欢欣交集的泪水。

5 _ 爱情的模样

我歌唱爱情而没提你的名字

我写的更多的是别人的灵魂

——［法］苏利·普吕多姆《灵感》

曾海燕的眼泪来得猝不及防，前一秒钟还在谈笑风生，下一秒已经梨花落雨。她说到了同事，30 岁的调度员李新宇，一个年轻的爸爸。春节前，他把怀孕的妻子送回了老家孝感云梦县，自己则一放假就回去陪她。孰料天有不测风云，1 月 23 日，武汉封城，国网武汉供电公司调控中心随即启动封闭值班制度，只有调度员安全，武汉电网才能安全。疫情期间，调控员人手紧缺，2 月 4 日，李新宇放下待产的妻子，几经周折回到了自己的调控台前。在封闭值守一个半月之后，在妻子临盆前夕才回到她的身边，在朋友圈刻印下自己的遗憾与祝福：

> 2020 年 3 月 27 日 18：42，六斤八两的儿子球球出生啦！一路狂风加闪电从武汉到云梦，正好赶在儿子出生的前两分钟到了手术室前，幸运地见到了球球第一面！是不是故意等爸爸回来才出来的呀？由于工作原因，曼曼孕晚期我不在她身旁，两边的爸爸妈妈辛苦了！老婆大人辛苦了！接下来我来接力！

同为女人，我知道曾海燕泪从何来。她是妻子是母亲，我也是，李新宇的妻子同样也是。试问哪一个女人不希望自己怀孕的时候，自己的丈夫环绕左右贴心呵护？作为国网武汉供电公司调控中心主任的曾海燕通知李新宇返岗工作的时候，不是没有考虑到他的实际情况，但是调度员的岗位实在是太特殊了，他们工作的专业性很强，需要专业知识的储备，需要熟知整个电网的情况。培养一个合格的调度员，悟性高、上手快的需要两到三年的时间，资质普通一点的需要四到五年的时间。岗位的特殊性决定了这个群体人数不多，一个萝卜一个坑，不可或缺，不可替代。

一个妻子、母亲以工作的名义褫夺了另一个妻子、母亲原本应该享有的幸福与安逸，同为女性，曾海燕心有愧疚，但是从她的职责岗位出发，她觉得自己的决定是正确的。就像2008年汶川大地震时，武汉震感强烈，彼时的曾海燕说过一句话：地震来临，大多数人逃离的时候，调控中心的调度员要做逆行者，调度员的职业决定我们奔跑的方向只能是调度室！

曾海燕与丈夫王建平早就商定好了，丈夫带着11岁的儿子回陕西富平县老家过年，她在武汉值班。等值完班再回去跟他们团聚。1月23日凌晨，武汉封城。丈夫给曾海燕打了一个电话，之后就没有了消息。这一天，曾海燕从早忙到晚，通知调度员返岗，安排他们单人单间的住宿，重新排班，从原来的每天三班倒、每班8小时运行模式改为两班倒、每班12小时。

等调控中心的一切安排停当后，曾海燕才开车回家。在楼下，远远地望见自己的家有灯光。曾海燕心中一惊，她记得很清楚，自己上班出门的时候是关掉了家中所有的灯。只有两种可能，一种是家里进小偷了，不会的，哪里会有心理素质这么好的小偷，开着灯，明目张胆地盗窃？还有一种可能就是……不会的，怎么可能呢！

哆哆嗦嗦地打开门，果然是第二种最不可能的可能！丈夫王建平回来了。这个男人给自己的妻子打了一个电话之后，便开车从陕西富平县一路狂奔，晚上9点多回到了武汉。

“你干吗要回来？你知不知道这个时候回来有多危险？”曾海燕又惊又喜，又气又急，又哭又笑。忽然她想到了一个更重要的问题，“儿子呢？你把他也带回来了？”

“没有。我把儿子安顿在西安他舅舅家了！他大舅他二舅都是他舅，高桌子低板凳都是木头！”

曾海燕被王建平逗得破涕为笑，刚想靠近丈夫一步，被丈夫一个手势制止了。“别！不要投怀送抱，赶紧去洗手间，把自己彻底消毒杀菌，酒精消毒液都给你准备好了，赶紧去吧！你吃饭了没，我煮了一碗面，没吃完呢，要不要给你热一下？”

从这一天开始，丈夫便成了曾海燕的大后方。王建平在武汉大学工作，延迟开学让他更有充分的时间成为妻子背后稳固的支撑。

每次开车去上班，穿行在萧索的武汉街头，曾海燕经常会想象丈夫独自驾车七百多公里，开十几个小时从西安回到武汉的情形。结婚十年，曾经的浪漫与心动随着武大樱花的明明暗暗逐渐凋落殆尽，剩下的是两个人对家庭的责任与义务，一个是孩子的爸爸，一个是孩子的妈妈。有人借用王国维在《人间词话》中的人生三重境界，来定义爱情的三重境界，第一重境界出自晏殊的《鹊踏枝》，昨夜西风凋碧树，独上高楼，望尽天涯路。第二重境界在柳永的《蝶恋花》，衣带渐宽终不悔，为伊消得人憔悴。辛弃疾的《青玉案》中藏着第三重境界，众里寻他千百度，蓦然回首，那人却在，灯火阑珊处。仔细品读一下，人生的境界与爱情之境界多有重合，本就在情理之中，这样的诠释也不无道理。1979 年出生的曾海燕刚过不惑之年，庚子新春的经历，无论是生活还是工作，都在这个超长待机的春天里给她上了一堂醍醐灌顶的人生课，让她从此能像她特别喜欢的漫画家丰子恺老先生一样，不乱于心，不困于情，不畏将来，不念过去，不宠无惊过一生。

曾海燕的办公室在 7 楼，调控中心在 6 楼，大部分封闭值守的调度员住在 8 楼，还有一部分被安置在其他的楼层。视频连线是她与同事们的常态化沟通模式，除非有特殊情况，否则曾海燕是不会破例与调度员们见面的。6 楼，7 楼，8 楼，无论是调度员从工作的 6 楼回到休憩的 8 楼，还是从休息的 8 楼去往 6 楼的战场都要经过曾海燕的 7 楼，不管是否见面，她都在那里守候。曾海燕无须封闭，有时她会回家，有时候就在办公室和衣而眠。在家里，丈夫是她的后援，在调控中心这个大家庭里，曾海燕则是调度员们的后援。身处职场，职业精神是必备素养，职业精神与性别无关，但职业思维却有男女差异。

作为一个女性管理者，曾海燕的冷静与坚定之外更有细致入微的柔性管理智慧。国家电网曾经有过男调度员一统天下的单边时代，后来才逐渐有女性调度员的声音和身影，事实证明，在这个专业性强、综合素质高的岗位上，女性调度员的表现丝毫不逊于男性调度员。但想要与男性同事保持同样的工作状态，其实需要付出比男性更多的精力，克服更多的困难，比如生理周期、内分泌起伏对身体与情绪的影响。在国网湖北电力调控中心采访彭丰主任时，他曾经谈到过封闭运行期间物资的补给，女性调度员列出的清单上有卫生巾。彭丰当时还检讨是自己的疏忽，其实这样的疏忽情有可原。同样的问题，在曾海燕负责的国网武汉供电公司调控中心，封闭值守的物资供应目录中“卫生巾”赫然在列，因为她本就是一个女人，一个女性调度员。调度员卞明月着急返岗，洗护用品只带了一个洗面奶，每天素颜朝天。彼时，没有人知道准确的封闭运行时间，后来自备的卫生巾即将耗罄之时，曾海燕未雨绸缪的贴身绵柔就成了对调度中心姑娘们最贴心的关爱。

从紧迫到缓和，武汉、湖北乃至整个中国都等来了可以稍微松口气的一天。新冠肺炎疫情趋于平稳之后，曾海燕住在办公室的概率随之锐减。每次从办公室回到家，依然保持着消毒杀菌的警觉。丈夫总是安慰曾海燕：“放心吧！你没事的，你壮得像头牛！”

曾海燕虽然生于长江岸、长于长江畔，但她更像西北姑娘，犹如一海碗滋味厚重的岐山臊子面，酸爽开胃，香辣够味。丈夫的调侃揶揄听来相当逆耳，每每让她在镜子前多徘徊几分钟，立志发誓要减肥。

武汉高校开学时间遥遥无期，闲置在家的王建平在学校之外拓展了一个新学堂，厨房。丈夫苦练厨艺，曾海燕则被动试吃。功夫不负有心人，只要意志坚定，铁杵也能磨成针。王大厨技能与日俱增，从最初的做什么菜都是一个味道，到后来的百菜百味，甚至一种食材也能出神入化地发挥出各种味道。煲汤的手艺更是让人瞠目结舌，不仅鸡汤、排骨汤手到擒来，连最考验煲汤技艺的清水白菜汤也能做得有滋有味。成为料理达人的丈夫不满足于家中厨房的常规化设备，网购补全了各种堪比专业级的厨具，每天在厨房里奏响锅碗瓢盆交响曲，忙得不可开交。

一天早上，曾海燕从睡梦中被韭菜盒子的香气唤醒。素三鲜，韭菜、鸡蛋、木耳，绿莹莹、黄澄澄、黑黝黝，三种普通得不能再普通的食材，杂糅在一起就成了天底下最清爽、最香醇的美味。丈夫还加了河虾提鲜。活蹦乱跳的虾子，斩头去尾，背上剪开，把虾肠线剔除，轻轻一剥，晶莹剔透的虾仁就完整地剥离了，像个羞涩的裸女一样蜷缩起来，再与调好的韭菜馅料融合到一张面皮里，鲜香四溢，吃在嘴里齿颊留香，鲜滋味美得恨不得吞了自己的舌头。丈夫突飞猛进的不仅仅是中餐技艺，西餐也早已不在话下。儿子自陕返鄂，吃到老爸给自己做的意面，惊呼已经赶超了半秋山西餐厅大厨的水平。

往往是吃饱喝足，曾海燕才会恍然间想起自己的减肥大计。泡一壶消食茶，临窗而坐，相对无言。夜晚是武汉的灯光秀场，璀璨与炫目背后是安全无虞运行的武汉电网。没有人知道也无所谓，每个人的人生意义终究还是需要自己来定义。

今年没去武大看樱花，还是蛮遗憾！这是曾海燕的一大憾事，毕竟从就读武汉大学那年至今，她没有缺席过一场樱花盛宴。

有什么可遗憾的！来日方长，樱花每年都会开的。

楚地迓韵：吉庆街头

◎收件人：刘一江
◎主　题：吉庆街头

接到你的电话，你问我为什么那么吵，因为妈妈在汉口的吉庆街头。旁边楚音软语的是林闽阿姨，我在这里新结识的一个朋友，妈妈的同龄人。相比妈妈的粗喉咙大嗓门，是不是觉得轻柔的声音要悦耳许多？一方水土养一方人，长江两岸的姑娘大多水润灵动，无论是性情还是声音，或多或少都天然自带几分水的属性。

马上就要离开武汉了，计划内的采访已经结束，所剩无几的部分囿于各种原因无法约到采访对象本人，只能根据他们各自的实际情况后续做电话采访。但凡涉及群体，可以分类为大多数、少数人和极个别，妈妈采访到了大多数，聆听了他们故事，少数需要做补充采访，当然也有个别人直接拒绝接受采访。看到这里，是不是想起了我们经常讨论的一个话题，历史是被少数人左右的还是由大多数人决定的？我们争论过很久，对吧，历史的必然性由多数人决定，这是人民的力量；历史的偶然性则受少数人影响，那是英雄参与历史的方式。《生命交响》这本书不是某一个英雄的赞歌，而是一组深具英雄气概的普通人的群像，他们当中的每一个人都是普通人，身处平凡的世界，却在危机来临之际有着英雄般的选择。他们当中的每一个人都否认自己是英雄。

返程的车票已经买好了，6 月 12 日从汉口站返回青州。爸爸会去车站接我。

吉庆街离汉口火车站只有十几分钟的车程，再有几个小时我就要离开武汉了。黄永玉老先生在他的《沿着塞纳河到翡冷翠》中写道，任何一种环境或一个人，初次见面就预感到离别的隐痛时，你必定爱上他了。

毋庸置疑，武汉是一个值得被爱的城市。难道妈妈在不自知的时候已经爱上这座城市了？

林闽说，很多外地游客会去户部巷寻觅美食，但武汉本地人，尤其是老武汉是有“过早户部巷、消夜吉庆街”之分的。白天的吉庆街门庭冷落车马稀，因为它是属于武汉夜晚的，吉庆街的营业时间从早八点到次日凌晨两点。上午很多店铺是不开门的，午后才是吉庆街伸着懒腰、打着哈欠慢慢苏醒的时间。

站在吉庆街头，置身一群真人比例的铜人雕像之中，你可以站在他们的摊位前等着美食出锅，可以与他们围坐在一个桌前，喝杯茶，品一曲汉剧悲迓腔，也可以与他们肩并肩比肩而立，顺着他们的视线望过去，听听风中的诉说，关于汉口的前世与今生。吉庆街，一度是全国唯一的可以占道经营的地方，在取缔中涅槃重生，参差不一的枝枝蔓蔓被修修剪剪，终成今天规范规整的模样。

吃一口蔡林记热干面，浓郁的芝麻酱瞬间增加了口腔的摩擦力，贪婪的舌头只顾吸食美味，几乎没有余力搅拌面条。四季美的汤包汁水横流，比撒尿牛丸过瘾千百倍。终于吃到了传说中的三鲜豆皮，是正宗的老通城豆皮，外酥里嫩，浓浓的豆香，香！一人一杯老万成酸梅汤，消食解腻。与林闽手拉手信步游走在吉庆街，此刻，我俩的丈夫、儿子都不在身旁，少女心爆棚，两个高龄少女后的心情像吉庆街夜晚的灯火，明媚无忧。“少女后”的名词解释参照“博士后”，博士后不是学位，而是一段经历；同理，少女后也是指一种状态。即使白发苍苍，容颜迟暮，也有一颗随时拥抱真理、善良与美丽的心。岁月沧桑变幻，皱纹满面，白发苍苍，身材臃肿，乳房下垂，肌肉松弛，即便肉身破败如棉絮，但，在他人看不到的内里，仍然有生机，仍然有鲜活的灵力。这就是少女后。

中山大道的一处空场上，广场舞神曲响彻天际，大妈们翩翩起舞，有的戴着口罩，有的没有。我拍了一段视频，发给远方的亲人。武汉，这座完成全民核酸检测的城市，从新冠肺炎疫情暴风眼蜕变成了全中国全世界最安全的城市。江汉路步行街两旁夜市繁盛，叫卖声浪一浪高过一浪。这里曾经是池莉笔下来双扬的生活秀场。还记得妈妈书橱里那套《池莉文集》吗？如果把“武汉”的名词作形容词来用，池莉便是一个很武汉很武汉的作家，她对于武汉气息、武汉味道、武汉特质的把握与描摹，在所有武汉作家中无人匹敌。

林闽开车送我回酒店的路上，我问她，多年过去，想起今年，印象最深的会是什么？她说会想起武汉空荡荡的街和她接触过的援鄂医疗队医生护士的眼睛。他们都戴着口罩，只露出一双眼睛，每一双眼睛都像天上的星星。每次林闽去医院给医疗队送医疗物资，每一次都会得到他们最无私的保护，医生和护士似乎总是忘记真正身处险境的是他们自己。车行至长江二桥，三阳路广场的灯光秀点亮星河、绚丽耀眼，巨无霸字符“武汉加油”“湖北加油”“中国加油”映红了江面。林闽说，武汉封城奋战疫情的时候，道无车舟的寂静夜晚，城中各式建筑，高楼大厦外墙上的景观灯光从那时就亮起来了，此后的每个夜晚都会准时亮起，流光溢彩，光耀江城。这些在夜幕下闪烁的灯光，点亮了每一条隔离的街道，点亮了每一个禁足的小区，点亮了每一户不能开启出行的家门，点亮了武汉人的眼睛和心扉，成为新冠肺炎疫情阴霾笼罩下的武汉、湖北乃至中国的希望所在和精神寄托。那不是一盏灯，而是一座灯塔，上面有武汉城市的风骨，更彰显着所有中国人在灾难面前的坚强与永不屈服。

这天晚上，林闽落泪了，笑中带泪。她说终于坚持到可以笑谈那段日子的时候了，自己在庚子年的春天里流了太多的眼泪，以后的岁月要笑着过。

在汉口火车站，踏上返程的路。告别的时候，妈妈也是眼含热泪，对着武汉的朋友笑着说了声“再见”。国网湖北电力工会干事毛佳说我表情凝重，眉头拧得像擎天柱，笑得比哭还难看。

19：39，准点抵达青州。妈妈从这里出发，如今又回到了曾经出发的地方，虽然手握核酸检测阴性的报告单，依然不能掉以轻心，不能再麻烦别人。爸爸已经从千佛山医院返回，奶奶的病情危重，已是强弩之末，生命的烛火一点点黯淡下来，风中之烛，随时有熄灭的可能。爸爸早就等在出站口，等得心急如焚。因为我是这趟在青州下车的所有旅客中唯一一个自武汉返回的，出站的时候颇费了一番工夫，详细登记了所有的资料。在出站口左顾右盼的爸爸居然没有戴口罩，是妈妈的检测结果给了他信心吗？也许吧，当然，我也对自己有信心，笃信自己是健康的、安全的。

其实我在从武汉返回的路上，途经徐州停车掉转行进方向时，就已经接到了东营公安机关打来的电话，简单问询了我的一些情况，警察叔叔提醒我必须要去隔离酒店做核酸检测。

到达隔离酒店时已经是晚上十点多钟，填表格的时候出了一点问题，因为没有事先确定核酸检测结果出来以后的去向，是居家隔离观察还是另择住处隔离观察，不能准确提供未来去处的网格员姓名与联络方式，又耗时良久。从下午一点多钟从武汉出发到夜幕中的东营隔离酒店，没有吃饭没有喝水，饥渴、焦虑、困顿、烦躁、不安交织在一起，几近崩溃。忽然想到了疫情期间从日本返回武汉未果，转而去贵州的宋伟荣与丈夫老袁以及她的父母家人，彼时的武汉人更是举步维艰。疫情初期，正因为对新冠病毒的恐怖，人们才谈疫色变，所以那些白衣天使，那些抗疫保电的国网人，那些保障社会秩序正常运转的各行各业每一位逆行者的大义之举百分百就是英雄般的行为。

肚子饿得咕咕叫，即将到青州站时，高铁上的服务生说：“阿姨，等你到隔离酒店不一定有晚饭吃，给你带一个煲仔饭，用微波炉加热一下就可以吃!”小姑娘预见到我会错过晚餐，却没有料到隔离酒店里根本就没有微波炉。

打电话给酒店服务台要了两瓶水。按照工作人员的提示去电梯口等。“叮”的一声，电梯门开，两瓶水傲娇地站在电梯轿厢里。拿起水，对着空空荡荡的轿厢说了一声：谢谢！眼泪掉下来了。

房间里的烧水壶指示灯不亮。再次致电服务生，得到的答复是我的房间有一个插座坏了，而我偏偏就选择了那个坏的。

午夜时分，喝到了回到东营的第一杯热茶!

作为国网湖北电力工会干事的毛佳，确实是一个尽职尽责的工会干部，像呵护他们国网职工一样关爱着我，一路信息追踪，直到我安顿下来。他发给我一张图片：6 月 13 日零时起，湖北省重大突发公共卫生事件应急响应级别由二级响应调整为三级响应。就是现在。

李玉梅于东营纬科公寓
2020. 6. 13 凌晨

第四乐章

回旋曲：光明

只要坚定信心、同舟共济、科学防治、精准施策，我们就一定能打赢疫情防控阻击战。

Do _ 为武汉拼过命的我们

元稹有诗云：池光漾彩霞，晓日初明煦。本文的“明煦”，不是风景，而是有血有肉的七尺男儿，国网武汉供电公司总经理，明煦。

在所有我认识的人当中，明煦是名如其人的一个。明煦很忙，他的采访不好约，且采访他的前提是提供准确而明细的采访提纲。终于与他比肩而立，录音笔字节跳动，记录下我与明煦的对谈。

我问明煦的第一个问题是，从新冠肺炎疫情发生直到现在，作为国网武汉供电公司的总经理，他走过了怎样的心路历程。

明煦略一沉吟，用了三组关键词：初期的压力与悲痛，中段的坚定与专注，后期的感动与成就。

明煦说，疫情发生到现在，武汉的防疫保电取得了重要胜利。国家电网公司 2020 年第二季度工作会议，用“战果显著”四个字总结了一季度的疫情防控工作，对处于最要处、最难处、最险处的国网武汉供电公司赞誉有加。明煦说他其实一点都不愿意去回想那段时光，因为太难、太苦了。

每天忙碌的时候，明煦不觉得有异样，但只要周围静下来、安静下来，尤其是他一个人在办公室的时候，思绪会不由自主地回到过去，回到那段惊涛骇浪、惊心动魄的日子。既有起初未知病毒威胁的恐惧，也有不畏风险、挺身而出的感动；既有连续作战的疲惫，也有战胜挑战的欣喜。每一次的回忆都令明煦百感交集，从初期的压力、悲痛到后来的坚定、专注，最后收获了感动、成就。对身处保电主战场的国网武汉供电公司来说，这次防疫保电难度不亚于 2008 年的冰雪灾害，不次于 2016 年的洪水内涝，是武汉有史以来历时最长、保电点最多、面临挑战最大的保电。从 1 月 23 日武汉封城开始，到 4 月 18 日武汉市降为低风险等级，保电历时 86 天，创历史纪录。

在明煦的案头有详尽数据比对，2020 年新冠肺炎疫情期间保电的线路、客户数量比 2019 年 10 月武汉军运会时要多得多，疫情期间保电客户最高峰时 600 多家，而军运会时则只有 200 多家。以往的保电，安全风险集中在电网侧和客户侧，但这次保电是在武汉封闭管控、防疫初期感染病毒意味着死亡威胁的情况下进行，员工身体上、心理上都面临着前所未有的极限挑战。挑战极不寻常，困难极不寻常，取得的成效也极不寻常。除了繁重的供电保障任务，武汉的电网铁军还创造了一个又一个国网速度、国网奇迹，他们不讲条件、不计代价，三天三夜点亮雷神山、五天五夜点亮火神山、37 小时点亮武汉最大方舱医院……以世所罕见的速度建成多个防疫客户专用配套电力工程。用语言概述，只有寥寥数语；用文字记录，也是屈指可数的字符。但明煦知道，疫情期间的每一次电力施工，国网人都是在以命相搏，都是拿命拼出来的。看到员工几天几夜不能休息，看到他们跳进冰冷的水中敷设电缆，作为一线战场主将的明煦，心如刀割。他担心员工的生命安全，也担心工程进度，一边是战友情深，一边是社会责任，两边都重若千斤。在已经收治了新冠肺炎病人的方舱医院，明煦前往现场查看情况的时候，恰好遇到了抢修，人手不够，那一刻，他没有一丝犹豫，不再是国网武汉供电公司总经理明煦，他只是怀揣初心的国网力量的普通一员，进入方舱医院，与同事并肩战斗在一起。于是乎，国网人守住了武汉的光明，为武汉带来了希望。

4 月 18 日，国家电网公司召开 2020 年第二季度工作会议。会上，毛伟明董事长说，华中分部、湖北公司、武汉公司泰山压顶不弯腰，经受住了前所未有的考验，广大职工战斗在抗疫的最要处、最难处、最险处，用实际行动为“武汉是英雄的城市，湖北人民、武汉人民是英雄的人民”添了彩、助了力！

毛伟明董事长的一番话让在武汉分会场参加会议的明煦泪洒当场。他深知，如果没有国家电网公司、国网湖北电力的统筹指挥、全力支持、关心关爱，绝不可能取得现在的成绩。毛伟明董事长、辛保安总经理等领导先后 6 次连线致电国网武汉供电公司，使整个防疫保电工作的方向明确。当武汉身处困境的时候，国家电网公司更是举全公司之力支持湖北和武汉。1 月 26 日，武汉与国家电网公司视频连线时，提出了防疫物资存在实际困难，国家电网公司连夜安排，三个省电力公司接力，27 号上午 10 点物资就送到了武汉。国网一盘棋，在这张棋盘之上，没有一座城池是孤岛，更不存在一个人的战斗，国家电网公司是所有国网人共同的坚强的后盾。

其实，除了对国网武汉供电公司的褒奖之词，毛伟明董事长还有一句话也让明煦触动很大，感慨万千。“广大职工是战胜困难挑战的最大底气。”

白衣逆行者，医务人员请战上前线，不计报酬、不论生死，慷慨悲壮。国网员工何尝不是如此呢？他们在抗击疫情中所迸发出的英雄气概、团队精神和大爱担当，这样的员工是国网宝贵的财富。退掉回家的车票，毅然决然参加封闭值守的国网武汉供电公司电力调度中心调度员卞明月；穿梭往返在火神山医院、雷神山医院电力施工现场的国网武汉供电公司华源输变电公司陈世雄；跳进寒冷刺骨的泥水中敷设电缆的蔡甸区供电公司安监部主任王波……国家电网公司特意邀请被表扬的在疫情防控斗争一线涌现出的部分先进个人远程参加了第二季度工作会议，并当面向他们致以敬意！是啊，这些人都是武汉的英雄，是为武汉拼过命的人。明煦下意识地重复了一遍自己的话，我们都是为武汉拼过命的人。

等明煦稍稍平复了一下他的情绪，我抛出了第二个问题：“疫情是非常态生活，你个人以及作为总经理的你做好迎接二季度生活与工作的准备了吗？”

明煦说他在 3 月 24 日参加湖北省疫情防控新闻发布会时，就国家电网一揽子方案回答过记者的提问。具体来说，就是做好大企担当、大供之治、大城电网、大网生态这“四篇文章”。既要守牢安全生产“生命线”，做好疫情常态化防控下的复工复产，又要助力武汉经济发展保卫战。几天前，明煦陪武汉市领导一起走访了华星光电、光迅科技等高新企业，现场解决企业的实际困难，帮助企业全力复工、复产、达产。

明煦特别解释了“四篇文章”中的大供之治。zhi，既是高质量的“质”，也是智慧的“智”，还是制度的“制”，是三位一体的。明煦说他有信心，在后疫情时代，带领他的团队保持无私无畏、一往无前的英雄之气，毫不懈怠、奋勇前行，坚决夺取疫情防控和服务经济社会发展“双胜利”。豪情万丈的明煦，其实头脑无比清晰。这场疫情对武汉的冲击前所未有，一季度国网武汉供电公司售电量 108.35 亿千瓦时，同比下降 18.13%。但是危和机总是同生并存的，克服了危就是机。武汉市政府已经出台了一系列惠企利民政策，年初定的投资一万亿元的目标也没有变，英雄的城市可期。明煦说他是真的很忙，要做的事情太多了。新冠肺炎疫情耽误了太多的时间，现在要做的就是把失去的时间抢回来。每个人都有一种时不我待、只争朝夕的紧迫感，等不起、坐不住、慢不得，时间不够用，必须闻鸡起舞！明煦击节而叹，摩拳擦掌：搏杀二季度、冲刺三季度、决战四季度！

不知不觉中，采访超时了，明煦的手机里陆续有电话进来。明煦后知后觉地问我：“你是不是问了好几个不在采访提纲之内的问题？”我轻笑出声。所有的问题，无论是必答题还是附加题，明煦都已经做完了。

面对如此明亮和暖的明煦，心有愧疚，我说：“明总，我给您留了广告时间！国家电网公司出台了稳就业的六大举措，2020 年预计比 2019 年增加 40%的就业岗位，招聘政策白纸黑字表明了会向湖北等重点区域倾斜。您可以在《生命交响》中，推荐一下英雄无敌的国网武汉供电公司。”

“英雄？”明煦说在他的理解里，“英雄”等同于武汉方言“不服周”，不服输、不甘心，一种骨子里的坚强。武汉是一座英雄的城市，经过新冠肺炎疫情期间这场大战大考，武汉正在加速恢复元气，焕发生机活力。

武汉的好，三天三夜，不，五天五夜，无论是雷神山速度还是火神山速度都说不完。楚山楚水楚文化，大江大湖大武汉，两江奔腾、百湖润泽、三镇鼎立，一个“大”字体现了武汉水一般的包容性。武汉有深厚的荆楚文化，有浪漫的武大樱花，文艺青年可以在这里邂逅琴台知音与黄鹤白云，美食达人可以尽享一个月都不重样的武汉早餐。武汉不仅仅是一座英雄的城市，更是一座“有颜值、有内涵、有味道”的城市。

国网武汉供电公司前身要追溯到1906年成立的汉镇既济水电公司，有着深厚的历史底蕴。武汉电网是湖北乃至华中电网最大的供电枢纽和负荷中心，用电负荷和用电量占湖北省的三分之一。无论是1998年洪水、2019年军运会保电，还是2020年防疫保电，处处都能看到供电铁军的身影，国网武汉供电公司是一个“有担当、有实力、有前景”的企业。欢迎广大学子加入国网武汉供电公司大家庭，让我们一起点亮江城的万家灯火！

Re _ 后疫情时代

在武汉采访月余，唯一一个对我提及后疫情时代，并畅谈各种预估、预判的人是邝斌，国网武汉市东西湖区供电公司总经理。

邝斌看上去不像南方人，魁梧健硕，倒更像是我常见的山东大汉，孔武有力，有一股倒拔垂杨柳的劲头。跟明煦一样，邝斌也极不情愿回忆刚刚过去的日子。就在我来采访的前一天，2020年6月4日，随着所有新冠肺炎确诊病人康复出院，一度被喻为“风暴之眼”的金银潭医院恢复了平静。东西湖区供电公司也正式向国网武汉供电公司提出了退出抗疫保电的书面申请。

金银潭医院是武汉最大的专科传染病医院，因为最早收治新冠肺炎的患者而成为全国瞩目的焦点。在邝斌的记忆里，重要的时间节点应该是在1月17日，金银潭医院病床趋于紧张，逼近饱和。两天后，东西湖区供电公司就把金银潭医院列为重点保电单位。

邝斌清楚地记得，金银潭医院周围小区的亮灯率不足百分之十，原本万家灯火的小区里漆黑一片，小区居民能搬走的都搬走了，与明亮的路灯相比，只有黑魆魆的楼宇静穆寥落，幽影憧憧。

第一次进入金银潭医院的画面一直盘旋在邝斌的脑海里，成为挥之不去的记忆。金银潭医院有700多间病房，900多张床位，其中重症病区100多张，高峰时达到了400多张。后期多出来的重症病房都是在新冠肺炎疫情集中暴发之后改建的，时间紧迫，电力施工采用的是应急方式。就在改建重症病区的过程中，曾经发生过两次停电。第一次停电的时候，邝斌便挺身而出，第一个带头进入了金银潭医院。

“跟我来!”金银潭医院的配电房毗邻隔离区，不足百米。危险的气息弥散在每个人的心中。邝斌一句“跟我来”比任何话都鼓舞人心，提振士气。

邝斌带着抢修小分队仔仔细细巡查了外围线路，没有异常，详尽详细地检查了配电房，没有问题，可以肯定故障一定出在病房内部。大家面面相觑，进入金银潭医院内部已经是冒了极大的风险，要想真正、彻底解决问题，必须要更进一步，进到病房内部去查看。理论上来说，供电公司的负责范围到配电房为止，用户室内的电力故障不是他们的服务范畴。是更进一步还是后退一步？众人静默，看着邝斌。

这一次，邝斌无言，他甩开膀子，大步流星走进了病区。何须语言，只需看行动：跟我来!

一进入病区内部，故障就摆在那里，一目了然。应急的电力方式，一味求快，赶进度，要速度，全部采用的插排连接，而且一块块插线板平铺在地面上。护士打针残余的药液、病人的尿液、病人用力咳嗽的痰液，任何一个滴进插线板，都有可能造成短路跳闸。发现问题就要立刻解决问题，邝斌带着抢修小分队，逐个病房逐个病房地把原本平铺在地面上的插线板一个个立放起来，并且靠墙固定，最大限度地减少液体飞溅入内的可能。工作量不大，大家齐动手，很快就将插线板规整到位。一次送电成功!

众人离开病区，脱掉被污染的隔离衣和防护服，里面的衣服都湿透了。

我问邝斌那是辛苦的汗水，还是恐惧焦虑的淋漓冷汗？

邝斌淡然一笑，他说，进第一个病房的时候的确心存恐惧，但是到了第二间、第三间就不觉得了，后面的那些更是无从谈起什么害怕。即便是病房上躺着呼吸急促的病人，在病房里工作的医护人士也是一副淡定自若、从容不迫的模样，相比医生护士而言，偶尔才进入病房内部工作的自己和工友怕什么呢？当人专注于自己的工作时，是没有多余的精力去做更多考量的。彼时，眼中只有工作，没有其他。

1 月底 2 月初的时候，金银潭医院的气氛更加紧张。院长张定宇请求东西湖区供电公司加大对医院的保电力度。金银潭医院原就是双电源，属于三金潭变电站的供电范畴。随着重症病区的改建、新建，用电量激增，急需补强电源。从接到张院长的请求到电源补强工程完工，只用了短短的三天时间。邝斌为金银潭医院量身定做了一个专属保电方案，动员设备厂家提供了两台 500 千瓦发电机，从马池变电站引入一条 10 千伏电源线，加上原先的两路电源，可最大限度地保障保金银潭医院的电力供应。邝斌还动之以情晓之以理，动员设备厂家参加金银潭医院的保电值守，形成了院方设备科、设备厂家、发电车供应商和东西湖区供电公司四方联动的保电格局，为金银潭医院的安全供电上了双保险。补强工作通道操作的时候，需要再次进入医院内部，这一次与重症病区的距离是 300 米。没有片刻的犹豫，戴上护目镜，穿上防护服，振臂一呼：“跟我来！”邝斌再次带头进入了现场。

为什么一定要亲自带头呢？

是啊，这个问题，邝斌其实问过自己。作为一名从基层抄表员成长起来的总经理，邝斌深谙一线员工的心。群众看党员，党员看干部。火车跑得快，全凭车头带。关键时候的挺身而出胜过千言万语。所以，不能退缩，只能带头勇往直前。

其实从新冠肺炎疫情发生之后，即便是疫情最严峻的时候，邝斌心里一直也保持着清醒、科学的认知。即使一度连专家都摸不着头绪，手足无措时，邝斌也没有恐慌过。马上奔五的邝斌，对疫情不恐慌，只有惊愕。惊愕自己生活了大半辈子的武汉突然变得匪夷所思，面目全非，不是那个自己习以为常的武汉了。没有眼花缭乱的过早，没有人声鼎沸的夜市排档，没有人，安静下来的武汉，一个人开车或者走路时能听到自己“咚咚”的心跳声。虽然不恐慌，但依然会紧张，尤其是疫情蔓延的速度快得吓人，感染人数直线上升，身边认识的人陆续有感染，有病亡，那都是曾经的熟识，眨眼之间就成了一串数字。

邝斌的母亲是武汉市中心医院供应室的护士长，从小耳濡目染许多医学常识，虽然没有子承母业，但邝斌对医学一直是兴趣浓厚。小时候，他曾多次参加少儿红十字急救培训，对人工呼吸心肺复苏、野外常见的溺水、骨折等意外，甚至生化防护、传染病防护都有了解和涉猎。少年时学到的本领记忆犹新。他坚信，只要内心不恐慌，行为不乱，防护得当，生命健康一定安全无虞。每次收工之后，邝斌会在第一时间做好个人的消毒杀菌，他还不厌其烦地督导、叮嘱参与现场保电的每一个员工，工作的时候认真做好防护，下班之后严格进行消杀。正是因为风险管控到位，东西湖区供电公司所有参与抗疫保电的一线员工无一人感染。

从2月3日开始，武汉紧急抽调20个省大型三级综合医院的医学救援队，将武汉市体育场馆、武汉国际会展中心、武汉客厅等13处逐步改造为“方舱医院”，用于集中收治新冠肺炎轻症患者。其中位于东西湖区的武汉客厅方舱医院是由卓尔旗下物业武汉客厅会展中心改建而成，是武汉首批启用的三家方舱医院之一。武汉客厅数千平方米的空旷空间里，需要安装数百个临时照明灯，供电线路全部需要重新铺设。这样的工程量按照平时的工作进度，至少需要五天，完全达到通电要求最起码需要十天。五到十天工作量的工程，邝斌带领供电保障人员，不吃饭不喝水不休息，机器人一样连续不断工作，硬生生用五个小时完成了。为方舱医院三天建成投入运营夺得了制胜先机。

“邝总，您昨天晚上几点回去的？”

“昨天啊，昨天早一点，凌晨一点吧！”

“嫂子睡了吗？”

“没呢，她习惯了等我呢！”

自从接到抗疫保电任务，邝斌就没回过家。起初是爱人颜芬隔三岔五给他送些换洗衣物，后来，颜芬干脆打包好行李，陪邝斌一起住在单位的临时宿舍里。邝斌身高体胖，血压不稳，有时候忘记吃药，血压会一路飙升。颜芬只想离他近些，可以提醒他按时吃药，到点睡觉。颜芬与邝斌同年参加工作，曾是一个班组的同事，两个人的婚姻是一段备受祝福的办公室恋情。颜芬要来陪邝斌，他一开始不同意，之所以不回家，选择住宿舍就是为了保护妻子。颜芬坚决要来，她说两个人必须在一起，生死都要在一起。自从妻子陪邝斌一起住宿舍，他更加注意个人防护，妻子舍命相陪，邝斌能做的就是加倍防护好自己，保护好自己就是间接地保护好爱人。邝斌回家大都已是凌晨，三四点钟是常有的事情。妻子也早已习惯了等候夜归人，有时候实在熬不住等不起了，就为他留一盏灯。

2 月 9 日凌晨两点，武汉客厅方舱医院接收病人人数陡然激增，临时需要增设供电设施，现场施工人员对设备参数不熟，原本运行正常的医院立即处于紧急状态。现场工作人员不得不给邝斌打电话，询问前期施工时的具体情况，邝斌在电话里指导着现场施工人员排除险情。不大一会儿，邝斌突然出现在了现场。原来邝斌不放心，一边接听着同事的电话，一边往现场赶过来。大家群策群力，出谋划策，奋战了一夜。第一缕阳光让武汉客厅的楼宇更加明丽红艳的时候，新增设的供电设施完成了施工安装。在邝斌的眼里，供电工作没有难点，只有细节，而每一个细节都是重点。新冠肺炎疫情是全人类面临的前所未有的状况，抗疫保电事关生命，马虎不得。

曙光乍现，旭日东升，阳光普照。新冠肺炎疫情终于迎来了转机，邝斌却日渐忐忑，他时常会站在自己的办公室窗前看着远处深思，在巡查保电单位的路上看着街道两旁关门闭户的商铺叹息。夜色中，在金银潭医院门口，萧瑟的小区让他惆怅。穿行在武汉无人的马路上，更是愁肠百结。实地走访、电话寻访企业之后，企业的窘况看在眼里急在心上。办公桌上，一季度的电费明细表让他倒吸一口凉气，其实也不出所料。生活还要继续啊，后疫情时代与新冠病毒多么相似啊，一样的不可预知走向，一样存在着诸多的不确定性。武汉重启了，复工复产后的好消息层出不穷，多多少少减缓了邝斌心中的忐忑。4 月中旬，国家电网公司 2020 年第二季度工作会议如期召开。邝斌如饥似渴地吸收着会议精神，对承上启下的二季度有了新预期，形势在变，思路与方法也要准确识变、科学应变、主动求变。5 月下旬，肖黎春董事长前往北京出席第十三届全国“两会”。那段时间，邝斌每天关注新闻动态，他知道那是号角，是指南针，是发令枪。

新冠肺炎疫情这样百年不遇的人类大考题，面对病毒威胁时的惶恐焦虑，痛别亲人爱人时的忧伤苦楚，长期居家隔离时的憋闷孤独……武汉都挺过来了，能战胜疫情，就一定也能浴火重生。疫情短期内会给湖北经济社会发展带来阵痛，但不会影响经济稳中向好、长期向好的基本面。留得青山在，不怕没柴烧。青山绿水在啊，明眸皓齿笑语春风。

Mi _ 在希望的田野上

国网湖北电力长阳县供电公司的李道平怎么也没有想到，在自己退休倒计时开启的时候，还能遇上新冠肺炎这样百年不遇的大事件。按照他原先的计划，他的人生剧本应该是这样的。人老了，59 岁的老头了，体力精力都大不如从前，无法再像年轻人一样参加变电站检修、线路维护以及农网改造。所以当国网长阳县供电公司需要驻村帮扶队员到榔坪镇茶园村时，李道平就报了名，一来他本就是榔坪镇人，离老家近；二来也给公司留点年轻力壮的中坚力量，基层电网公司工作压力大，人手本就不富裕。其实，1960 年出生的李道平曾经在自己的老家榔坪镇咸池河村当过村长、村支书，也算是有基层工作经验的人。退休之前发挥一下余热，试试水再淬淬火，在青山绿水之间锻打一下自己的不老宝刀，对李道平来说也是一桩乐事，不亦快哉。

武汉封城的消息一夜之间传遍了大江南北，李道平心里一惊，茶园村外出打工的青壮劳力比较多，这些人春节前夕陆续从湖北各地返回，他们当中有没有传染源呢？接到返村通知的时候，李道平的老伴坚决反对他回去，马上就要退休的人了，万一有个三长两短怎么办。李道平也害怕，各种关于新冠肺炎的消息让人不寒而栗，尤其是中老年人，免疫力低下，一旦感染后果不堪设想。试问谁能不怕？但是怕又有什么用呢，医院里的医生护士怕不怕？昼夜不休建设火神山医院、雷神山医院的建筑工人怕不怕？现场保电的国网职工怕不怕？应该都怕吧，在不可知的疫情面前，是人都会怕，任谁也会怕。难道就因为怕就能不去工作吗？不能。李道平说服了老伴，收拾行李打包如期返回了茶园村。

茶园村与李道平老家咸池河村相距 30 公里，是一个深度贫困村，村里 800 多户人家，3000 多口人分散在方圆 85 平方公里的 8 个居民小组。村域面积大，资源贫瘠，贫困发生率在 28%以上。在李道平的记忆里，槲坪镇的各个村都差不多，一样的山，一样的水，一样的路。以前山路难行，这几年交通改善了许多，虽然依然不能媲美城市，但是与昔日的槲坪镇比较已经不能同日而语。这样的场景，李道平小时候不敢想，也无从想象。变化的是越来越便利的生产生活条件，不变的依旧是绿水青山，以及那方纯净的水土养育的淳朴自然的人们。

茶园村村民郭从望一家四口、三代人住在摇摇欲坠的土房子里。老父亲 87 岁，一身老年病，几乎没有劳动能力。哥哥嫂嫂离婚之后，嫂嫂改嫁他人，哥哥负气离家出走，至今杳无音信。两个年幼的侄子便跟着郭从望一起生活。郭从望 45 岁了，依然孑然一身，没有讨到老婆。想想也在情理之中，一个上无片瓦遮身、下无立锥之地的男人，自己挣扎的贫困线上，整日整夜为穿衣吃饭头疼发愁，谈何成家？谈何立业？茶园村像郭从望这样穷得娶不上媳妇的光棍不止一个，而是大有人在，原因无一例外，都是因为穷。被穷折磨得躯体与灵魂都羸弱不堪的人们要么像郭从望一样，要照顾年老的父亲、年幼的侄儿，被家人牢牢束缚在村里，一辈子在大山贫瘠的土地上刨食儿，要么就像他哥哥一样选择跋山涉水逃离大山，去陌生的城市打工谋生。那些去往城市的男人女人，有的甚至逢年过节都不回来，来回一趟山高水长，一路花销支出不菲，不回来还能多挣点加班费。一场疫情将去往异乡的茶园人一个个都赶回了家乡，仅从武汉返回的就有87人之多。茶园村地广人稀，路口众多，疫情期间在九个主要路口设置了关卡，排查重点人群。茶园村不具备提供专门的隔离点的条件，只能让他们居家隔离，村里给他们每人发放了体温表，让他们方便自己随时监测体温。

每天，李道平都会挨门逐户去做体温登记，早上一遍、下午一遍，无一遗漏。防护措施简单至极，只戴一个口罩。能不进门就尽量不进门，非要见面的就隔着两米的距离。

“今天早上体温多少度?”

“36.6℃!”

“好，没事，晚上我再过来。家里的菜吃完了没，还有啥需要没?”

李道平的工作，可不单纯是每日早晚监测统计茶园村从武汉返回人员的体温。这些人被封闭在家，家人也都是密切接触者，同样暂时不能自由活动。87个人就涉及87个家庭，几百人的日常生活所需也成了李道平需要解决的问题，蔬菜水果、日用副食品，家家户户的物资供应统一配送。李道平一刻不得闲地往返奔波在茶园村的大街小巷，整整40天。

在路上奔波的时候，途经茶园村200千瓦的光伏电站时，李道平有时会被太阳能板的反射光晃一下眼睛。这是国家电网公司2016年光伏扶贫电站建设行动的硕果，2017年9月14日正式捐赠给茶园村的。这不仅是一座光伏电站，而是茶园村的聚宝盆，一年就能为茶园村创造18万元的集体收入。目力所及，李道平还能看到已经初具种植规模的千亩高山脆梨和千亩魔芋，隔得太远了，林下种植的中草药李道平看不见，但他闭着眼睛也能叫出一串名字，独活、当归、川穹……茶园村平均海拔 800 米以上，最高处海拔可达 1700 米，半山腰旗云缭绕，雨水丰沛，一年四季分明，夏有凉风冬有雪。这里的中药材饱餐日月之精华和天地之灵气，品质好，药力足。再往前走就是茶园村六组的银金山，也是茶园村中药材和小水果基地连片集中的中心地带，规划完成即将开工建设的茶园村农产品冷藏保鲜库就在这里。有了冷库就能突破四季的限制，延长水果蔬菜的保鲜期和储藏期，今天的银金山，一定会变成茶园村明天的一座金银山。李道平一路感慨一路前行，忽然意识到，谢县长好久没来茶园村了呢！

被李道平惦念的谢县长，名叫谢海红，也是一名国网人。

谢海红，本科就读武汉大学，拥有武汉大学和三峡大学双硕士学位，是高级工程师，湖北省人力资源管理学术委员会委员，国家电网首批专业领军人才。说起金光闪闪的履历，谢海红会谦逊地摆摆手，好汉不提当年勇！2016 年 8 月，受组织委派，谢海红到长阳土家族自治县挂职担任副县长，分管扶贫工作。国家电网公司定点扶贫单位为长阳县、秭归县、巴东县、玛多县、神农架林区“四县一区”，其中“三县一区”在湖北，湖北宜昌市独占长阳县、秭归县。

到任后的谢海红住进了长阳 20 世纪 80 年代建设的干部交流房，连窗户都还是木质的。清晨开窗透气要用铁挂钩将窗扇固定，以防被风吹上。房屋内部粉刷一新，干净整洁地迎接他这位扶贫县长。这套交流房，谢海红一住就是四年，白天穿梭在长阳的清江画廊里访贫问苦，游人眼中如画的风景，细细探究一番，却是当地人心中挥之不去的贫困梦魇。夜晚枕着清江入眠，他干脆把自己的微信名改成了“清江水”，入驻抖音视频，以“红哥说长阳”向网民宣传长阳的旅游资源，在抖音直播间推介长阳的优质土特产，直播卖货。

谢海红对茶园村的贫困原因做过深入的研究分析，他走遍了长阳大大小小的山脉以及所有的村村寨寨，这片土地的土壤厚度令人担忧。何为土壤？传统意义上，土壤学家和农学家把土壤定义为“发育于地球陆地表面能生长绿色植物的疏松多孔的结构表层”。土壤层次包括覆盖层、淋溶层、淀积层和母质层，土壤厚度指的是淋溶层的最上面一层。这一层也被称为腐殖层，是肥力性质最好的一层，植物根系和微生物也集中在这一层。茶园村的土壤问题就出在这一层，一锄头挖下去，无须调动身体的洪荒之力，只需轻轻使出寻常之力，就能见底，下面就是寸草不生的岩石。贫瘠的土地上能侥幸存活的只有玉米、土豆这类低附加值的农作物。还有最重要的一点就是区位劣势，茶园村太偏远了，从长阳县城到茶园村要走四个小时，同样的车程，四个小时足够谢海红开车从长阳回到武汉了。去茶园村的路也不好走，山路十八弯，望山跑死马。天气晴好的时候一路风景，如果遇到雨雪天气则是一路危险重重，那一段路一直都是地质灾害频发区域。

怎样才能使贫困的山区摘掉穷帽，拔掉穷根？怎样才能把中央打赢脱贫攻坚战的部署落到实处？国家电网与湖北的扶贫帮扶缘起 1995 年，屈指一算已经整整 25 个年头了。2020 年是脱贫攻坚战的收官之年，国家电网的扶贫开发也进入了啃硬骨头、攻坚拔寨的冲刺期。然而，就在 2020 新年伊始，新冠肺炎疫情突如其来地暴发了。

1 月 22 日，谢海红从长阳开车回武汉接上女儿，父女俩按照事先商定好的计划，高高兴兴回洪湖老家过春节。开了一天的车，回到洪湖老家，吃了父母精心准备的晚餐，谢海红倒头就睡，等他一觉醒来再一看手机，武汉封城了！一夜过后，他被封闭在了洪湖乡下，回不去武汉。妻子则被圈禁在武汉城里，出不了城。一个多月的煎熬，路封了，各种生活不便蜂拥而至。谢海红既要照顾父母，又要安抚女儿，一家人在不可知的新冠病毒面前抱团取暖，相互鼓励。

谢海红人在洪湖，心系长阳，颇有点“人在曹营心在汉”的意味。受疫情影响，整个湖北地区的农业、运输业、服务业均严重受阻，多地出现农产品滞销现象，贫困群众生活保障受到影响。长阳县岩松坪村、招徕河村、渔坪村的椪柑和血橙进入盛产期。一树树金灿灿的小橘灯，如果采摘不及时、销售不及时，村民们一年的辛苦就都打水漂了。2月5日，谢海红电话调度长阳供电公司、长阳慧农帮公司开展抗疫捐赠，采买果农滞销的春柑、橙子，捐赠给宜昌、长阳医院的医护人员、公安民警等一线抗疫人员，向他们“橙”致敬意。除了直接采买之外，慧农帮团队还积极帮助果农寻求政策支持，进行商超对接，打开向湖北省外销售的渠道，与顺丰快递、中通快递等各大物流形成湖北地区运输合作，确保农产品运输配送的时效性。

国家电网公司决战决胜脱贫攻坚视频会议召开前夜，谢海红赶回了长阳。疫情防控、脱贫攻坚、复工复产，三驾马车齐头并进，哪一项工作也不能掉以轻心。

依旧坚守在茶园村的李道平终于又见到了谢县长。

新冠肺炎疫情渐趋缓和，却也是最吃劲的关键阶段，关卡犹在，防控依然严峻。春耕备种也不等人，到了关键时期。最令李道平欣慰的是，茶园村陆续返回的务工人员，无一人感染新冠肺炎。即便如此，李道平依然劝阻村民不串门、不聚集、不赶场，外出必须戴口罩。他建议村民在春耕生产时分片分区，减少人员流动，既减少疫情传播，又不耽误春耕生产。

只要能严防严控全村人员大流动，茶园村的新冠肺炎疫情防控就成功了一半，这一点李道平深信不疑，这也是武汉封城的原因所在。虽然人在家里，但是村民的心在田间地头，在自己的一亩三分地里。春耕的日子一天天临近，化肥呢，种子呢，啥都没有啊！村民的情绪开始有了些许的变化，村干部的电话此起彼伏，都是村民打来质问他们该怎么办，有什么打算的。茶园村乡亲微信群里，关于春耕的语音留言更是一段一段地霸屏。李道平与村干部双管齐下，一边在微信群里接龙，一边给没有智能手机不会用微信的农户打电话，统计筹备茶园村百姓春播所需的肥料、种子、农药以及耕田机的配件、刀片和柴油。统计结果出来之后，李道平第一时间将茶园村民的购买清单上报给了国网长阳县供电公司。

很快，国网长阳县供电公司就按照茶园村民的需求清单准备好了春耕物资，还附赠了一千个口罩、二十斤消毒液、十个喷雾器和两箱 A4 打印纸，补充茶园村的防疫物资和办公所需。

运送物资的时间敲定了。一天晚上，李道平在似睡非睡中突然想到了一件事，惊出了一身冷汗。这么一大宗物资，村民集中分发，这不也是大型聚集嘛！哎呀，还是蛮危险的嘛，怎么办呢？李道平觉也不睡了，直接给村干部打电话，两个人在电话里一来一回，来来回回商量了好几个方案，最终决定到时候将物资送到茶园村民相对集中的村组公路，分时段通知村民到指定地点领取。虽然增加了村干部和国网长阳县供电公司运送物资人员的工作量，但避免了人群聚集，消除了感染隐患。李道平觉得，这点人为增加的工作量，值！

春耕生产开始了，茶园村农产品冷藏保鲜库也要动工了，春回大地，茶园村欣欣向荣。

茶园村驻村队员李道平终于又见到了奔忙在青山秀水间的扶贫挂职副县长谢海红。在春天，在希望的田野上，两个国网人，一个宏观审慎，大处着眼；一个根治沃土，小处落脚。站位不同，目标一致，都是为了点亮山乡，圆老百姓一个光明、温暖、富裕的中国梦。

七月流火，李道平站完了他职业生涯中的最后一班岗，光荣退休。八月未央，谢海红四年下派挂职锻炼期满，正向着下一个年头迈进中。他打定了主意，只要组织上一天不下达回撤的指令，他就还是一湾清江水。抖音直播带货要继续，上一期的长阳蜂蜜直播了 90 分钟，观看量直逼百万，直播结束后的反馈说销量还不错。下一期的直播文案已经放在谢海红的办公桌上了，这段时间忙着跑乡镇还没顾上看。他已经熟谙直播窍门，只要坐在了摄像头前，就能开始各种花式推送。“红哥说长阳”也要继续录制，要让更多的人知道清江画廊的美，激发他们来长阳旅游的愿景。旅游业是目前全球最大的产业和发展最快的新兴产业之一，文化与旅游有着天然的内在联系，文化是旅游的灵魂，旅游是文化的载体。抖音短视频把文化和旅游产业相结合，真正达到了水乳交融，既放大了旅游的载体作用，又拓展了文化的传播渠道。

谢海红在台历上标注出了挂职第五年的起始之日，把国家电网董事长毛伟明到长阳县调研巩固扶贫成果时说的一段话摘抄在上面：点亮山乡，只是国家电网公司扶贫路上的一个胜利节点。脱贫不脱帮扶，未来的路还很长，需要国网人继续点亮！

Fa _ 为换流站保驾护航

采访饶磊的地点在宜昌换流站。彼时，宜昌换流站正暂停运行，接受一年一度的例行全面体检。

饶磊是国网湖北直流运检公司检修中心的副主任，年轻的“80后”有为青年。饶磊说，宜昌换流站是他们检修中心上半年年度检修任务中的最后一座换流站，这里的工作完成之后，就要备战迎峰度夏以及汛期换流站的保电。

饶磊的采访时断时续，不是被电话打断，就是他突然被同事喊去现场做技术指导。饶磊家住宜昌伍家岗长江瑞景小区，疫情发生不久，小区里有了第一例新冠肺炎确诊病人，从1月27号就被封闭，直到3月下旬，饶磊才从封闭的小区里出来到单位上班。饶磊用难忘、感动、幸福大致概括了疫情期间自己被封闭在家的经历。

2020年对大多数中国人来说都是难忘的，只不过每个人难忘的点不同而已。饶磊的难忘是因为感动。一场疫情，刷新了饶磊对医生护士的认知，以前因为一些个人的原因，一度让他对医护人士这个群体产生过不好的印象。看到那些白衣逆行者，看着他们脸上被口罩勒出来的印痕，捂出来的红红的皮疹，看着他们义无反顾的背影，饶磊放下了心中的执念。小区封闭，居民被隔离在家，社区工作者、志愿者，一个个身穿红马甲的身影承担起了小区内外的环境消毒工作，对发现确诊病人的楼宇、单元进行彻底的消毒。饶磊觉得他们特别了不起，面对不可知的危险，明知山有虎，偏向虎山行。医护人员、社区工作者、志愿者，他们当中的每一个都知道一旦被感染，等待他们的将是什么，但是他们依然去做自己该做的事情。饶磊把这个英雄的行为定义为职业精神。

同样具有英雄般职业精神的还有饶磊的同事们，检修中心九十多人的队伍，负责着国网湖北直流运检公司所辖的七座换流站的日常运维消缺，他们就相当于是换流站设备的医生。

时光回溯，回到武汉封城，国网湖北直流运检公司做出换流站封闭值守决定的时刻。与换流站工作人员一起封闭工作的还有检修中心的检修班组。春节假期已经开始了，当时整个检修中心留在宜昌周边的检修人员只有三十几人。通知一发，主动报名的也是这三十几个人，其他人心有余而力不足，疫情初期湖北的交通管制严格到没有经历过的人无法想象的地步。

看着微信工作群里踊跃报名的工友，饶磊落泪了。两个孩子第一次看到爸爸掉眼泪，吓坏了，偷偷跑去跟妈妈咬耳朵："妈妈，爸爸哭了！爸爸怎么了？"

饶磊的妻子跟他是同事，妻子理解自己的丈夫此刻复杂的心情。安慰的话略显多余，她悄悄给丈夫带上门，让他自己安静地待一会儿吧。有些情绪就是需要自我消解、自己消化的。两只"小兽"，一个10岁，一个5岁，他们好奇地等待妈妈的答案，妻子却怎么也给不了孩子正确的答案。只能交给时间，时间会回答成长，会给出最好的答案。多年之后，也许饶磊的两个孩子会在不经意间回想起2020年自己父亲的泪水，到那时，孩子们就应该能够理解了吧。

按压下内心的波澜壮阔，饶磊把报名的检修人员汇总，按照一次检修与二次检修进行了科学搭配，上报至检修中心党总支。简单来说，换流站外部的大型设备为一次设备，负责外部设备维护维修的即一次检修人员；控制一次设备的设备叫二次设备，负责二次设备健康运行的就是二次检修人员。检修中心根据葛洲坝换流站、龙泉换流站、江陵换流站、宜都换流站、团林换流站、施州换流站和宜昌换流站七个换流站的基本情况做了科学布局与分配，还分别征求了七位换流站长的意见。任务到人之后，检修人员就在规定时间内分别到各个换流站封闭值守去了。

二次检修班的班长刘浔被派往了江陵换流站。技术负责人万泉从冰天雪地的内蒙古刚回来不久也报了名，被派去了龙泉换流站。成川参与值守的是葛洲坝换流站，疫情期间，成川处理过的几次换流站故障是饶磊最深刻的记忆，没有之一。

2 月 7 日晚上，成川完成常规巡视就休息了，当时已经下起了雨，零星小雨。凌晨两点，警铃大作，葛洲坝换流站极 I 阀控 VBE C 相 MC 板卡突发故障，情况非常紧迫。葛洲坝换流站是中国第一条超高压直流输变电工程“葛洲坝—上海”±500kV 直流输电工程的首端站，设备运行已经 30 年了。每次年度检修，这里都是重点检修对象。这样的故障，单凭成川一人独木难支，再强的技术能手，一个人也无法完成这样的抢险维修任务，最起码得有 5 个人模切配合才能顺利排出故障。

葛洲坝换流站按照故障汇报制度做了汇报，首先汇报国家电网调度中心，而后汇报湖北直流运检公司，并通知直流运检公司检修中心。

接到电话的时候，饶磊还没有睡熟，无法安睡几乎是他疫情期间的常态。手机放在枕边，醒来第一件事就是看一眼工作群里的信息。饶磊的手机不会关机，而是 24 小时待机状态，只要是工作电话，无论何时拨打，永远有人接听。饶磊的微信里置顶了七个群，都是工作群，只要不是在执行维修任务，他每隔十分钟就会看一下手机。除了这七个群其他的群都被饶磊设置成了消息免打扰，“叮”“叮”“叮”……听久了，听习惯了，有时候饶磊会产生幻听，明明听到了“叮”的一声，等他打开手机看的时候，却没有新消息。

一天，饶磊发现置顶的群增加了一个，变成了八个。原来是妻子觉得她不被重视，趁饶磊不注意的时候，把自己的微信号也设置成了置顶模式。饶磊觉得老婆的小心思可爱得不得了，可爱归可爱，他还是趁妻子不注意的时候，把妻子设置成了免打扰模式。

接到葛洲坝换流站的故障报修电话，饶磊整整一夜没有合眼，换流站里抢修了多长时间，他就等待了多长时间。针对故障，大家讨论了许久，一致决定申请进入单系统运行状态，有效规避故障处理中存在风险，确保安全更换极Ⅰ阀控 VBE C 相 MC 板卡。在葛洲坝换流站值守人员的协助下，成川顺利地排除了故障。凌晨三点，葛洲坝换流站直流系统恢复正常运行。这个时间节点原本是深度睡眠的最佳时间，一个有着正常的作息规律的人，此时此刻应该在深睡，应该是睡得最沉、最熟、最香的时候，但无论是葛洲坝换流站里的抢修小分队，还是身在宜昌家中的饶磊都毫无睡意。窗外，万籁俱寂，静得能听到自己的心跳声。今天是元宵节呢，但大雨鸠占鹊巢，把美丽的嫦娥仙子赶回了广寒宫。饶磊起身站在窗前，看远处的星光点点，不，那不是天上的星光，那是人间的灯光。凡有灯光处，皆有国网人的足迹。饶磊心中释然，紧张的神经瞬间得以放松，倦意随即袭来。熬过了黎明前的黑暗，饶磊在晨曦中沉沉睡去。

饶磊说，之所以对 2 月 7 日印象深刻，除了那天晚上彻夜不眠关注葛洲坝换流站的故障之外，在这一天，国家电网出台了应对疫情影响，全力恢复建设，助推企业复工复产的十条举措。这十条，饶磊斟字酌句地研读了一番，仍有许多地方没有吃透精神。3 月初，国家电网发布了复工复产疫情防控工作指引，其中的八个字让饶磊纠结的心绪拨云见日，豁然开朗。科学精准！分区分级！

一度被新冠肺炎疫情按下的暂停键，随着疫情趋于平稳，逐渐被复工复产的快进键替代。

4 月 5 日，经过精心准备的湖北直流运检公司一年一度的检修工作拉开了帷幕，这次检修是新冠肺炎疫情发生后、有序复工以来，湖北直流运检公司首次开展的年度检修。饶磊带着他的工友们整装待发，目的地——江陵换流站。江陵换流站将是 2020 年度检修的第一座换流站。

江陵换流站，是国家电网向南方电网输送清洁电能的唯一超高压通道——江城直流工程的首端站，承担着三峡水电跨区跨网外送重任，输送容量 300 万千瓦。疫情期间一刻不停向南方电网输送电能。把江陵换流站作为第一站，饶磊考虑更多的是，让这座维系着三峡电力外送的重要通道、国家电网与南方电网直流联络线、华中电网重要的枢纽站更加健康、坚固，助力各大企业复工复产。

制订 2020 年度检修方案的同时，饶磊还做了疫情防控专项方案，既要对检修安全质量进度进行管理，也不能放松检修期间的疫情防控，参与检修的人员必须先经过新冠病毒核酸及抗体的双合格检测。最大的麻烦在于，疫情期间，外单位和厂家不允许进站，所有检修项目全部由国网湖北直流运检公司检修中心自主完成。这对电网医生们来说是挑战，也是试金石。

刘浔已经等待大部队很久了，他从大年初四到江陵换流站驻守，就一直没有离开过。妻子和两个孩子有岳父母照顾着，刘浔没有任何的后顾之忧。其实，刘浔临出发前预估的驻守时间是十四天，两周。家人早就习惯了他随时出门、随时加班、随时抢修的工作节奏，早就习以为常。刘浔的父母在海南文昌买了海景房，几乎每年都要过去过年，但刘浔只去过一次。不是他不想去，而是工作职责在身，不允许他去。

两周的时间飞快过去，快是因为刘浔每天都在排除故障。除了吃饭睡觉，不是在消除故障，就是在去消除故障的路上。两周的时候，刘浔接到了继续坚守的通知，哎！那就继续驻守吧，反正每天忙忙碌碌的，也没觉出来与平日有什么两样。新冠肺炎疫情影响波及了很多人的情绪，但总有人例外，刘浔就是其中一个。他情绪平稳，寄情于工作，每天都很累，躺下之后，头一挨着枕头就能进入深睡状态，连梦也不做一个。江陵换流站倒是没发生影响运行的大故障，只是小故障层出不穷，差不多每天都有。除了要亲自上阵处理陵换流站的故障，作为二次检修班的班长，刘浔还要远程指挥、协助其他的同事处理故障，尤其是协助以一己之力兼顾龙泉换流站、宜昌换流站两座换流站的二次检修班的技术负责人万泉。2 月底的时候，万泉驻守的龙泉换流站阀厅烟感探测器发生故障，虽然不是大故障，但阀厅是换流站的心脏，事关心脏无小事，是必须要彻底排除的。也许是多年工作之中养成的默契，一遇到问题，万泉习惯性地咨询刘浔，其实也不仅仅是万泉，二次检修班的所有人都会习惯性地在遇到问题的第一时间联系刘浔。在刘浔的远程帮助下，万泉耗时两天，终于将龙泉换流站阀厅烟感探测器的故障点挖了出来。

刘浔整整在江陵换流站封闭值守了62天。等到可以返回的时候，迎来了一年一度的年度检修，饶磊给刘浔打电话说："兄弟，在站里等我们吧！"刘浔觉得这个建议也蛮好，以逸待劳，坐等与大部队胜利会师。

4月5日，江陵换流站直流系统停电检修消缺正式开始。直到这个时候，饶磊才意识到疫情期间检修人员进站驻守是为本年度的检修做了一个绝佳的铺垫。因为有了他们的超长待机，把换流站的情况摸得非常清楚，检修的时候有了比以往更明确、更准确的指向性和针对性。驻守期间，刘浔发现了江陵换流站存在多处电容器接头发热和5611滤波器C相的不平衡电流偏大的问题。如果不解决好，运行时很可能出现电容烧毁或不平衡电流超过整定值，引起滤波器跳闸，甚至导致整个直流系统无功功率不足的严重后果。这个虽然是一次设备存在的问题，但是依然被刘浔捕捉到了。一次检修班用5个小时顺利完成了148只电容器电容量的精准测量，在认真分析数据、细致计算后，将误差控制在万分之几的水平，配算好了电容量，解决了江陵换流站第一大组滤波器C相不平衡电流过高的问题，部分电容接头发热问题也随之迎刃而解。

江陵换流站的阀厅是一个近八层楼高的架空大厅，面积近半个足球场大。厅内有六座四层楼高的阀塔，阀塔的核心元器件是晶闸管。阀塔共有1080个晶闸管，通过编程的方式控制晶闸管的导通，从而控制换流阀整体运行情况，实现交直流电的转换，将三峡地区的清洁能源转换为直流电，点对点送到广东负荷中心。江陵换流站已经健康稳定运行16年了，每年的年度检修都会对换流阀塔上的重要组件进行检测。阀厅检修是二次检修班的战场，作为二次检修班的班长，刘浔不可或缺。

阀厅检修需要站在二十米高的作业车上，这还不算，阀塔的个别部位还需要爬上去进行作业。阀塔的夹层空间有限，猫腰，低头，蜷着身体在夹层间小幅移动。刘浔早已习惯了这个动作。每一个换流阀组件都高度精密，刘浔必须全程注意力集中。刘浔本就是一个专注力碾压大多数人的存在。别人的专注力需要训练，需要养成，而刘浔是父母给的，浑然天成。阀塔运行时晶闸管会发热，在晶闸管周围，有一圈圈的冷却水管环绕，帮其降温。管道里的冷却水不是普通的水，而是去离子水。数千米长的冷却水管，要一厘米一厘米地查看是否存在渗漏或裂缝，一千多个晶闸管，要一个一个地检测，为一座换流站的庞大心脏做一次全方位、无死角的保养终非一件易事。

今年的年度检修，调度给江陵换流站设置了九天的工作时限。每年的年度检修对饶磊来说都是一场大考，回回时间紧迫，次次任务繁重。换流站检修需要停止电量输送，电网的输送能力随之下降。从调度的角度出发，维修时间越短越好；但从检修人员的角度而言，检修时间则越长越好，何况今年还遇到了新冠肺炎疫情。今年这套考试卷要做到检修防疫两不误，着实让饶磊费脑筋。检修项目部每天召开线上工作协调会，逐一讨论现场换流阀设备、直流控制保护系统、内外水冷设备、换流变压器等多个检修作业面的情况，合理安排工作，避免交叉作业。整个施工区域都使用硬质围栏隔离，只留一个单向进出口。每个施工区域同一时间只允许一个施工班组进场作业，规避疫情感染风险。检修人员集中封闭住宿，避免与无关人员接触。除了住宿，检修人员三餐实行一人一餐，盒饭采用无接触式的方法配送到检修现场。

九天后，江陵换流站年度检修完美收尾，国网湖北直流运检公司检修中心 2020 年度检修初战告捷。

马上就要离开江陵换流站，人群中，踟蹰的刘浔走在最后面。饶磊忍不住喊了他一声：“刘浔，是不是待习惯了，不舍得走啊？”

“咱们这是回家吗?”

“想得美，去下一站，施州换流站。出发!”

So _ U 形曲线

一天当中见到了国网湖北电力营销部的两位副处长，客户处的佟翾与营业处的宋睿，两个人分别用了一个比喻，试图让我更加理解他们的工作。

佟翾说，如果说国家电网是一座连心桥的话，营销部就在桥头堡的位置上。

宋睿说，营销部就是将万千电气设备与广大用电客户连接起来的一座桥梁。

桥?! 桥头堡!?

采访他们之前，我做了一点功课，在国家电网网站上了解了一下营销部。

国家电网公司营销部为电力需求侧管理工作的归口管理部门。职能是负责对公司产品价值实现过程中各销售环节进行管理、监督、协调、服务。营销部是一个企业的经济命脉，营销部业绩的好坏直接影响到企业的收入。一般来说，营销部负责人的要求比较高，要有较好的沟通能力，市场开发和分析能力，管理能力，应变能力，责任心强，有号召力，熟悉营销模式，具有业务开拓渠道，有良好的营销管理策略及经验。

虽然我依然保持着对“营销部”工作定义与工作范围的疑惑，但有一点是肯定的，这两位年轻的副处长仿佛都是比照着国家电网的岗位用人标准锻造的自己，良好的教育背景，良好的心理素质，良好的沟通能力，妥妥的三好学生。

我犹豫再三，还是把我内心的比喻说了出来，跟两个昔日的数学学霸交流了一下。小学数学课本里面有道折磨我多年的应用题，一座蓄水池有甲乙两个进水管……在我的理解里，国家电网的营销部就相当于蓄水池的其中一条进水管。

宋睿说："也不能完全这样理解，电力部门很多，大家是要齐心协力把稳定、安全、便宜的电能送到千家万户。营销部主要负责接待客户，了解需求，做好供电服务，按国家政策收取电费。其中，电价电费政策落实在营业处，就疫情期间来说，我们是把国家各类用电优惠政策变成一颗颗温暖的火种，送进企业，送到家中。"

佟翾倒是附和了我的观点，说："李老师比喻得有几分道理。营销部需要担负的职责简单说就是要把电费收回来，按照国家标准把电价执行好。服务客户用电需求，一口对外，营销部就是国家电网的那一口。我们的工作就是站在客户视角，监督、协同国网公司各个专业为客户提供服务，改善服务的水平，提高服务的效率。"

佟翾是在1月21号才后知后觉地意识到气氛不对劲，那天，他第一次戴上了口罩，结果两天后武汉便封城了。佟翾不断地在脑海里翻腾着自己的记忆，试图复原自己的活动轨迹和路线图。那段时间，岁末年初，聚会多聚餐多，再加上工作忙，加班是常事，加班夜班去消夜更是常有的事情。他密切关注着自己去吃过饭的地方以及跟自己一起吃过饭的同学、同事、朋友的状况，提心吊胆了两个多星期。对照专家的观点，再看看自己的身体状况，佟翾才放下心来。疫情期间，国网湖北电力营销部客户处的主要精力放在了为抗击新冠肺炎疫情的定点医院、方舱医院、各级防疫指挥部、生产口罩、防护服厂家等重要疫情防控重点场所上面，统筹负责湖北全省范围内的保生命线与救命电力线。

第一次拿到通行证的那天，佟翾特意开车去了一趟汉口江滩，坐在车里看江滩边上那块熟悉的足球场。昔日的喧哗与热闹，如今的静寂与清冷。一个人也没有！昔日的足球铁三角，如今也只剩下他这一角，那两角，一个奋战在火神山，一个奋战在雷神山。盯靠在火神山医院电力施工现场的是蔡甸区供电公司总经理胡浩，驻扎在雷神山医院电力施工现场的是江夏区供电公司总经理陈刚。陈刚、胡浩与佟翾三个人同岁，都是1977年生人，在一间办公室里共事了两年多。陈刚性格外向，爱开玩笑，明明酒量不行还喜欢有事没事喝一瓶，每次提议的都是他，最先倒下去的也是他。胡浩也是一个外向的人，在工作中遇到的冷场与摩擦全靠他一力化解，协调管理能力让人叹服。相比这两位已经走上主要领导岗位的老友而言，佟翾个性内敛，偏内向一些，钻研业务的兴趣远大于组织协调。职场百态，本就有人适合做事，有人适合管理，关键是找到自己最合适的位置。只要有空，周末三个人都会相约在汉口江滩的足球场上踢一场酣畅淋漓的球。三个人的性格也都印证在球场上，陈刚踢前锋，胡浩踢中场，佟翾踢后卫。佟翾想给他们打个电话，寻思半天，又放下了手机。他们一定在忙，哪有时间长吁短叹？佟翾太了解他们了，都是撸起袖子拼命干的急性子，还是不打扰他们了吧。总会过去的，绿茵场舍不得他们这群老男孩！永结无情游，相期邈云汉。

佟翾家住汉阳，他所在的小区里已经有八名确诊的新冠肺炎病人。出门的时候已经是下午两点钟，街上空荡荡的。绕了一大圈才到办公室，多日不见的同事见面第一句话就是：你怎么样？家人怎么样？

营销部有二十多人，春节假期回家了一半，留在武汉的也有一半。从那天开始，留守武汉的人员就正式上班了，36楼的灯光从此彻夜不熄。那天晚上，佟翾是晚上九点回家的。九点的街市给他的感觉是去年此时凌晨武汉的模样。刚下过雨，一地流光溢彩。霓虹闪烁，给城市化了一个烟熏妆，明与暗，黑与白，阴与阳。四通八达的道路，灯火通明的路灯，一栋栋高矮胖瘦、参差不齐、古今中外的建筑，就是没有人。城市睡意正浓，正在酣睡不醒，还是被病毒折磨得心力交瘁，奄奄一息？明天当太阳升起时，一切就会变得不一样吗？就会回到过去，回到曾经熟悉的武汉印象吗？

佟翾心情跌落谷底的时候，远在孝感老家的宋睿也不舒服。

1月19号，宋睿在网上购买了口罩，收货地址填写的就是老家孝感。放假那天，一家人就开车回老家过春节去了。回家第二天，武汉封城了，想赶回来已经是来不及了，只好待在家里。没多久，村里就开始排查自武汉返回人员，宋睿家就成了重点监控对象，别说回武汉，连大门都不让出了。

一场新冠肺炎疫情改变了很多，就国家电网而言，同样改变了以往许多大家习以为常的工作方式。以前要集中在会议室里开会安排部署任务，贯彻落实各种精神，疫情期间统统改为视频会议。无论身处何地，只要有网络，只需一部手机，就能天涯若比邻互联互通。科技改变世界，改变了生活，工作原本就是生活的一部分。

宋睿所在的国网湖北电力营销部营业处负责着整个湖北省电网用户的抄表收费管理。疫情来了，不能出门，居民可能因未交电费而造成停电，宋睿将这一情况及时汇报国网总部，并建议在抗疫特殊时期，全力保障居民用电。1 月 27 日，国家电网公司发布十项举措，其中一条就是“全力确保民生用电，疫情防控期间，居民用电客户采取欠费不停电措施”。这条措施为千家万户熬过这段艰难的时光点亮了一盏永不熄灭的“灯”。

春节前回到家的时候，宋睿当时还犹豫过要不要带笔记本电脑，想来假期里也不会有什么紧急工作，总觉得反正没几天就回武汉，就没有随身携带。滞留在老家，用手机办公有诸多不便。他就起了回武汉的心思。

2 月 14 号，孝感天气一天三变，早上起床的时候，天阴沉着一张脸，风不吹树不摇。吃罢早饭，就下起了小雨。看着窗外绵绵的雨丝，宋睿决定当天就回武汉。打了十几个电话，武汉防疫指挥部开接收单，孝感防疫指挥部开放行单，等两个电子通行证都发到宋睿的手机上，已经是下午了。雨停，云开，冬日暖阳。妻子不声不响地给宋睿收拾好了行李，小女儿黏在爸爸怀里不肯撒手，千哄万哄才把她放下来。孩子哭得撕心裂肺，几乎动摇了宋睿回武汉的决心。

这是宋睿疫情以来第一次走出家门。孝感回武汉的高速公路上，一个小时的车程里，宋睿只看见一辆巡逻的警车，此外就是他自己。一下高速，进入武汉的第一道关卡，警察拦下他查看完通行证，给他敬了一个礼。那一刻，宋睿突然有种悲壮的豪情在心底涌动。

不过才离开了几天，曾经的武汉却物是人非，繁华不再，一片凄惶。在自己家，武昌融侨华府小区门口，社区工作人员与志愿者全副武装，他们告诉宋睿小区里今天刚刚有了一例确诊病例，叮嘱他没事别出门，生活需求可以小区团购，分时段分散领取。

宋睿正式开始了居家办公的日子。没几天，宋睿就总结出来居家办公的好处，一天二十四小时，只要不闭上眼睛睡觉，任何时间都可以是工作时间。古人开门七件事，柴米油盐酱醋茶。今非昔比，居民的水电气暖四项基本消费记录中，电，位居、稳居第一位。在社区工作者普遍反映的社区疫情排查难问题上，他灵机一动，用电量减少、激增、停滞最能直观反映居家情况，为何不用用电大数据来服务疫情精准防控呢？说干就干，他立即组织专业团队，通过采集系统导出用电量明细表，进行统计、分析和筛选，建立了正常用户、当前不在家用户、春节不在家用户等六种监测场景。

经过数据信息脱敏处理后的湖北 273 万用电客户的阶段电量数据陆续提供给了湖北各地的防疫指挥部门。不久，好消息传来，营销大数据减轻了防疫排查人员入户的工作量，提升了摸排的整体效率。

很快又到了月底用电抄表的时间。此时的局面是除了部分钢铁制造、石油炼化重工业没停工之外，像食品加工、纺织业等大部分企业临时性关停，餐饮企业全部关停。宋睿绘制了一张 2020 湖北用电量走势图，目前看是 L 形，但宋睿最希望看到的还是 U 形。用电量因为疫情暂时停滞，一定会在疫情过后，触底反弹。

国家电网的利好政策一波接着一波，像哔哩哔哩网站上的弹幕，让人应接不暇。从十条，到三十条，条条芟繁就简，深中肯綮。从减免非高耗能大工业和一般工商业企业电费的 5% 到出台两部制灵活电价政策，每一条都抓住了问题的关键，照亮了企业复工复产的路。一条通往光明的路。虽然艰难，但也要前行的路。

一切都在向好！三月份的用电量居然高过了去年同期，难道复工复产按下了快进键？认真研究之后，宋睿否定了自己内心短暂的小兴奋。是2020年新春的低温寒潮导致的居民用电上涨以及新冠肺炎定点医院、方舱医院的用电量，但不管怎么说，不再是L形曲线，而是朝着宋睿希望的U形曲线发展了。

佟翾迟迟没有拨出的电话也终于拨出去了，就在武汉重启，火神山医院、雷神山医院先后关闭之后。老男孩们的足球之约也已经初步敲定了时间。

宋睿的妻子也回到了武汉。妻子是给他下了预备通知的，给他留足了打扫卫生的时间。心领神会的宋睿在小区的团购群里迅速采买了肉蛋奶和水果蔬菜，让已经空腹、饥饿、贫穷了有些时日的冰箱吃得滚瓜肚圆。他把摞得山高的泡面桶一股脑丢了出去，暂停了一天的工作，把家里的客厅努力恢复到妻子离开之前的模样。家在宋睿汗流浃背的付出里原形初现。

那大武汉呢？有全中国那么多人的助力，一定也会康复如初，大武汉还是大武汉，永远都是大武汉。

La _ 夜市的灯火

远远的街灯明了
好像闪着无数的明星
天上的明星现了
好像是点着无数的街灯
我想那缥缈的空中
定然有美丽的街市

——节选自郭沫若《天上的街市》

4月8日，武汉重启。开心激动之余，武汉街头并没有立刻恢复到从前的人头攒动、摩肩接踵。大多数人并没有从新冠肺炎疫情的阵痛中完全复原，也许是被疫情阴云笼罩得太久，停滞原地不动，还没有完全从恐怖和惨痛中回过神来。毕竟还有部分确诊病例在医院接受治疗，并没有全部康复出院。只有少数人大着胆子出门，口罩依然是生活标配，要让武汉人彻底放下心中的芥蒂，还需要一些时日。所以，待在房间里面的人依旧待在房间里面，忙碌的依然是那些疫情期间一直在奋战的人们。其中就有国网武汉供电公司客服汉口分中心车站营业班检查主管，王旭明。

王旭明给我讲了一个疫情期间让他印象深刻的停电抢修故事。2月24日，黄石路德润大厦四栋居民楼的电缆密目烧毁，导致一千多户居民故障停电。他们从下午五点抢修到晚上十点半，只恢复了三栋楼的供电。最后一栋楼的故障相对复杂，维修进度缓慢。王旭明特别担心一件事，居民会因为电而走出房门。当时德润大厦也是一个发现了新冠肺炎确诊病人的小区。物业管理人员和社区的网格员在小区里不时到现场拍摄一段电力工人抢修故障的视频发在群里，以安抚居民的情绪。彼时，武汉已经封城一个月了，熬过了最初的震惊、恐慌与手足无措阶段，大部分的武汉居民已经可以理性、客观地看待新冠肺炎疫情。没有一个居民在群里发牢骚，表达不满，反倒是被点赞与感谢刷了屏。为物业点赞，为网格员志愿者点赞，为电力抢修人员点赞。

封城，是一把双刃剑，它意味着市民的日常生活受到限制，需要让渡部分人身自由来阻断疫情传播途径；也意味着在这段时期，病患需要忍受精神上的恐惧和身体上的痛苦。这都是打赢新冠肺炎防控阻击战而不得不付出的代价，事实证明，“壮士断腕”的决绝确实换来了“战场”上的主动。有一种痛，只有身处武汉经历过那段日子的人才能够理解。那天的故障一直抢修到凌晨五点半，德润大厦最后一栋楼送电成功。王旭明心想，安睡一夜的小区居民，一觉醒来，就会发现家里有电了，电视可以看了，冰箱可以用了，抽油烟机可以吸走油烟了，烧水壶、微波炉、咖啡机、电烤箱、豆浆机又可以使用了，手机也可以充电了，可以继续聊语音、视频通话，小孩子的网课也能继续了……王旭明是个喜欢换位思考的人，穿上印有“国家电网”标志的工作服就是国网人，这是他的职业。脱下工装回到家，他也是一个小区居民，如果家里停了电，试问自己急不急？会不会着急上火？没有电，楼层住得高一点的居民用水都是问题；没有电，燃气热水器也打不着火，洗个澡都是奢望。每次现场维修，王旭明都不觉得是为他人在工作，他觉得那些居民其实都是他自己，大千世界中的无数个自己。知道自己的心，明白他人的不容易，就会争分夺秒地工作，早一分钟、一秒钟恢复供电，点亮万家灯火。

武汉的路灯一直是亮着的，没有缺席过武汉的夜晚。武汉的霓虹灯辉也是夜夜辉映着江岸，弹奏着疫情期间最温暖人心的和弦。但那不是王旭明内心深处一直期盼的灯光，那些灯也很明，很亮，很美，但那些灯不能代表武汉，美则美矣，没有灵魂，没有烟火气，是一曲阳春白雪。非市井，不武汉。它们是武汉的脂粉，却不是武汉的心跳。

越来越多的人试探着走出了家门，尤其是在 6 月 2 日，武汉市集中核酸检测结果公布，武汉人服下了一颗妥妥的定心丸。更多的人鼓起勇气，推开屋门，来到户外拥抱久违了的阳光，呼吸一口自由的顺畅的空气。这才发现，原来从 5 月 31 日晚上开始，保成路的夜市已经正式恢复开街了。

“地摊经济、小店经济是就业岗位的重要来源，是人间的烟火，和‘高大上’一样，是中国的生机。市场、企业、个体工商户活起来，生存下去，再发展起来，国家才能更好！我们会给你们支持的。”小夜市里蕴含着大民生。自从被李克强总理点赞之后，全国各地陆续出台措施，鼓励地摊经济、夜经济发展。夜经济如何离得开电？重启夜经济，电是原动力。

保成路夜市是武汉最大的夜市，重新启动，电力先行。夜市用电，怎样才能做到更安全、更美观、更洁净，国网武汉供电公司客服汉口分中心车站营业班从班组长王侨到检查主管王旭明都煞费了一番苦心。有方案、有计划、有步骤，保障着夜市平稳供电及用电安全。他们建了一个“保成路夜市供电服务”微信群，把供电客户经理、夜市管理方、夜市商家都拉进来，有事可以直接在群里沟通。

卖服装的摊主卢爽中等身材，虽然看上去年纪不大，却已然是保成街的老摊主，深耕夜市服装摊多年。保成路夜市重启的消息传来，蛰伏等待了漫长一春的摊主们（喜）出望外、（大）快人心、（普）天同庆、（奔）走相告。唯有卢爽如热锅上的蚂蚁般焦心如焚。原来，卢爽之前的转供电方暂停供电了。看着其他的摊主准备出摊营业，自己的摊位却无电可用，卢爽能不心急火燎嘛。那段时间，王旭明几乎长在了保成街，一天在保成街上来来回回，少说也得几十趟。卢爽在微信群里求助发出去没多大会儿，王旭明就出现在了卢爽的面前。这有何难！王旭明指导着卢爽用手机在网上国网 App 中申请报装用电。

根据疫情期间国家电网出台的系列政策，卢爽可以享受小微企业“零费用”接入方式的优惠。上午受理的用电申请，下午就装表接电。国网速度快得让卢爽好一阵子没回过神来。

夜市重启倒计时，客服汉口分中心主动与保成路夜市的市场管理部门对接，摸排了一遍夜市客户侧电表箱、线路、插排和摊点，重新测算出用电需求，未雨绸缪从 60 千瓦增容到 100 千瓦，助力夜市一千多家摊位开张大吉。

夜幕降临，城市华灯齐放。保成路夜市人声鼎沸、灯火通明。小商品琳琅满目，服装、鞋帽和箱包，洗护、日化和百货，吃的喝的玩的，男士的女士的老人的小孩的，就怕不来不逛，只要走一走、逛一逛，没有人不消费，无一人空手而返。摊主们大声地招呼行人，招揽生意，会吆喝让人驻足，才有机会卖货。卢爽也不例外。她整理着摊位上的服装，用她独有的服装推销话术吆喝着。摊架上的灯，照亮了卢爽的方寸小摊。这盏灯，不是一盏普通的电灯，而是一盏财富之灯。这盏灯虽然瓦数不大，亮度不高，既不富丽堂皇，也不高端大气上档次，但这盏灯也能照进卢爽腰间的钱包深处，在那里安营扎寨，繁衍生息，无须大富大贵，但求小康和顺。

“我的摊位漏电了，麻烦供电公司来看看啊！”

“保成路夜市供电服务”微信群里传来了卢爽的紧急呼叫！

6月3日天晚上，班组长王侨、检查主管王旭明、检查员孙艺舟都在保成路夜市巡查，用电安全无小事，漏电故障不容小觑。三个人从不同方向迅速集结到了卢爽的摊位。原来是卢爽发现自己摊位的支撑铁柱带电。他们一边用试电笔测试，一边让卢爽将照明电源逐个断开。几分钟后，查明了漏电故障的根源，是一组射灯电源线绝缘损坏了，从而导致卢爽的整个摊位铁柱带电。将漏电的射灯电源线拆除后，卢爽的摊位恢复了正常用电。晚上十点的保成路，正是一天当中的好时候，卢爽的摊位前挤满了询问的主顾。闪烁的霓虹下，你来我往讨价还价，平凡热闹的市井人生。看来今晚卢爽的生意不错嘛！

排除完故障的三个人收拾完工具，悄然离开，隐入了保成路的夜色里。功成不必在我，功成必定有我。

前一天晚上，差不多也是这个时候，夜间巡查的王侨与王旭明刚走到江汉二路路口，随着“砰”的一声炸响，一个手机贴膜的摊位停电了，幸好没有伤到人。王侨反应迅速，他赶紧疏散开人群，免得造成二次伤害。王旭明抓紧时间对电源接入口、途径方向以及插线板进行了逐一排查，原来是这个商户的线路出现了破损，却没有绝缘保护，绑扎在摊位的铁架上，引起短路，导致炸响无电。半小时处理完故障，恢复供电，重现光明。

夜未央，庭燎之光不灭。夜市不散，电力人巡查不休。

“王旭明！”

背后传来熟悉的声音，不会吧，这个时间她怎么会在这里？是自己听错了吗？

“王旭明！！”

没错，是自己老婆的声音。王旭明转过身来，妻子王妮娜就在不远处向自己挥着手。众里寻他千百度，蓦然回首，那人却在灯火阑珊处。从疫情开始到当下的复工复产，王旭明都没怎么陪伴在妻子和儿子身边，早出晚归的，经常是他出门的时候，他们还没有睡醒，等他回到家的时候，他们又进入了梦乡。惊喜归惊喜，喧哗的夜市不是聊天诉衷肠的地方。王旭明扯过王妮娜，自拍了一张夫妻街头的合影放在了朋友圈：遇见你是最美丽的意外！

遇见是意外，但是武汉重启不是意外，而是必然。从 4 月 4 日重启，到保成路夜市开街，这座英雄的城市正以不可思议的速度在满血复活。没有在暂停中沉沦，而是从暂停中爆发，迸发出了前所未有的活力。

保成路的夜市囊括了尘世间所有的颜色、气味和声音，是最原汁原味的武汉生活。这是天上的街市吗？不，这是人间的烟火。在这人间烟火气里走一遭，五感六识感识一番，就知道中国的大武汉真的回来了！

Xi _ 生命交响，大爱如电

飞机在跑道上的滑行速度越来越快，越来越快，他感到一股强大的推背感将他向上托举着。苍鹰振翅，起飞了！飞机直上云霄，天地之间一片光明。

飞机进入匀速，翱翔在云层之上，舷窗外的阳光有些耀眼，他拉下遮光板，闭目假寐。乘坐南航航班飞往北京，去参加第十三届全国“两会”的国家电网湖北省公司的董事长、党委书记肖黎春，在脑海中回味着刚才起飞前的推背感。仅仅是一种感觉吗？不是。这是一种力量，这股力量送他凌风御云，两个小时之后就可以抵达北京，这是一种合力，这种合力是他背后八万湖北电网人的凝心聚力，而他只是他们当中的一名代表，带着他们那个英雄的集体沉甸甸的嘱托与希冀飞往北京。

就在几天前，鄂州 500 千伏吴都变电站顺利投产，这是 5 月份以来湖北投产的第二座变电站，第一座是 500 千伏恩施建始变电站。恩施建始变电站建成投运的意义在于提升了恩施电力负荷高峰时段的供电可靠性，从根本上解决了恩施州电网与湖北省主网连接薄弱、供电可靠性低的问题，打通了恩施清洁能源外送的第二大通道。鄂州吴都变电站的投运同样解决了鄂州地区电源点单一问题，改善了鄂州电网供电网架结构，尤其是能够为正在建设中的全球第四、亚洲第一的湖北国际物流核心枢纽及鄂州货运机场提供安全稳定的能源保障。这是来自建设部的力量。

他忽然想起了疫情期间每天召开的碰头会，想到了手握指挥棒的其他领导班子成员：胡卫东、侯春、余先进、涂海江、张立庆、周新风、姚志荣、吴耀文、冀肖彤，个性迥异、经历不同的他们，并肩联手、齐心协力；想到了设备管理部的未雨绸缪，一月中旬的时候蔡敏不给部门骨干假期，而是劝说他们留守武汉；想到了后勤工作部的事无巨细，有着好酒量的山东大汉戴长军疫情期间滴酒不沾，戒烟多年的人却开始一天能抽三包烟，每一张手写的会议纪要上都沁满了烟味；想到了物资部的千里调配以及云商招标；想到了安监部的线上安全培训，无死角全覆盖；想到了电力大楼32层昼夜不熄的灯光，那里面时时上演着老中青三代调度员的日与夜；想到了一心只为他人造像、无暇顾及自我描摹的宣传部；想到了疫情期间工会想尽一切办法服务职工、关爱职工，组织的一系列提振士气的“全民战疫、守望幸福”活动，开通的网上心里帮扶平台，强信心、暖人心、稳民心。在“爱如电”App上共唱抗疫歌曲，其中的一首歌，旋律优美，朗朗上口，他也会时不时地轻唱：

你是寒冬里的暖流
你是酷暑中的清风
你是平安的守护者
光明的承诺从未变过

你是长河中浪花朵朵
你是秋日金黄的硕果

你是黑夜里的万家灯火
吹响跨越奋进的号角

一路有你温暖着我
你的力量引领我向上
善良的你感动着我
你的担当激发我梦想

你的故事在身边传扬
人间真情永远流淌
平凡中的美丽闪耀光芒
我愿与你追赶太阳

想着想着，轻声哼唱了几句，他睡着了，嘴角挂着一丝微笑。这应该是近半年以来他睡得最熟最沉最香甜的一觉。一梦穿越南北，从长江到黄河，从黄鹤楼到天安门，从触目暮霭沉沉楚天阔到远望长城内外的京畿大地。停机坪上，手持引导牌的工作人员戴着口罩，露着一双忽闪忽闪的大眼睛，含笑不语。

北京的街头比武汉热闹，车水马龙，人头攒动，除了人人佩戴口罩之外，新冠肺炎疫情的痕迹在这里已然所剩无几。他在下榻酒店的案头看见了一个信封，一时技痒，就着笔墨画了一幅小画。一只苍鹰收敛羽翼，傲立山巅，苍目向着不远处还未成熟正在灌浆的麦穗张望，一只红彤彤的七星瓢虫正在尽职尽责地工作。他一直喜欢画鹰，每每提笔在案前站定，满纸素练风霜扑面而来，导引着他不得不画。为何要再添一株小麦呢，今日是小满啊，哦，在二十四节气中唯一一个专门以小麦命名的节气这天，画一株小麦，才算是应景。人虽非草木，但亦如草木。人种，天收，即为小满。不求太满，小满即是圆满。就像他刚刚参加的那场抗击新冠肺炎疫情的阻击战，他们只是取得了暂时的胜利，而不是压倒性胜利，形势依然严峻，包括他在内的所有人都做好了与病毒长期斗争的准备。在危机中育新机、于变局中开新局。既要乘风破浪，也要行稳致远。这也是一种人生的小满智慧吧。

夜幕降临，华灯闪耀。他知道是谁点亮了那一盏盏的光明。他庆幸自己生活在这样一个伟大的时代，人民有信心，国家有力量。明天，第十三届全国两会即将开幕。明天，又是崭新的一天。

_后记_

拥抱一座城池，浇筑一段记忆

▼

这是今年写完的第二本书。因为新冠肺炎疫情，我所供职学校的开学日期一再延后，超长的寒假给了我充足的居家时间，完成了去年暑假前往云南怒江州贡山县独龙江乡采风作品的书写任务。交稿后不久，便启程去了武汉。

武汉归来，十四天隔离期满，超长寒假随即宣告结束，好在没过多久，美好的暑假翩然而至，使我得以继续以如如不动之姿埋首堆砌我的纸上建筑。去武汉之前，友人赠我的余华音乐笔记《间奏》就摆在我的案头，我将书中涉及的所有乐曲一网打尽，一边聆听一边书写，交响乐像一条浩荡的河流把我与真实生活分割两岸。左岸是烟熏火燎的柴米油盐酱醋茶，右岸则是无用之用、灵魂至上的缥缈所在，许我思维奔逸之境。斯是陋室，不容我有一间属于自己的书斋，沙发的一角就是我的书写之所。当音乐响起，指尖弹奏键盘，舞之蹈之，字节被我下了降头，任我摆布。

一曲《生命交响》演奏完毕，心里空落落的。原本打算缓缓神再写后记，但却停不下来。窗外有棵国槐，长得无法无天，已经从一楼蹿升到了四楼，俯瞰着这座楼宇里男男女女的红尘世相，旁观我在日光与月光下锻造出来的不同质感的人间悲喜章节。这是一棵树龄差不多与我同年的树，它枝繁叶茂，阳光需要竭尽全力才能突出重围爬上我的窗台。每每抬头，都是流动的光影在婆娑起舞。虽已是立秋时节，却仍属三伏之末，夏蝉哭得声嘶力竭，尤其是在一场接着一场的雷暴骤雨之后。我会看着窗玻璃上湍急的大川大河灵魂出窍，是怒江水、是独龙江水、还是长江水？不，大江们离我太远了，这里是黄河入海之地，只能是黄河水。愣神发呆久了，也会莫名其妙地流眼泪，舌头鉴定过，味道不喜不悲。悲伤的眼泪是酸的，喜悦的眼泪是苦涩的，而我的眼泪淡而无味，成分氢二氧，是纯粹的眼泪，是此刻白日梦的眼泪，更是无数个清晨熹微中沁湿过枕头、辗转难眠梦回武汉的眼泪。

两年前，我就为这座城池流过眼泪，寻访人民英雄纪念碑浮雕背后的故事时曾经造访过武汉，被这座极具英雄气质的城市深深折服。眼泪是一条从心发源的河流，天然自带河的属性。但它的枯水期、平水期、丰水期却不按年份、不辨季节，只论心情。2020 年，我的泪河再一次漫漶武汉。

是从什么时候开始再次为武汉流泪的呢？如果记忆没有出错，应该就是在《焦点访谈》节目里第一次看到卞明月采访的时候吧。那是湖北国网人疫情期间在中央电视台的第一次亮相。从那天开始，一支英勇善战的电网铁军进入了全国人民的视野。几天后，电力硬汉陈世雄的抗疫保电故事在《新闻联播》头条播出。彼时，我从未想过几个月后我能与她、与他面对面畅谈，在她的清泪旋涡里回溯调度台的封闭时光，沿着他的泪溪洄游到昼夜奋战的火神山、雷神山建设海洋。

眼泪从来不是软弱、胆怯、退缩的代名词，相反，它在我的辞典里代表慈悲与悲悯、给予与奉献。万古奔涌的长江本就是唐古拉山的眼泪，左眼流淌着任性，那是水的本性，它贵为天地之灵，明而不透、有体无形，实则冰，虚如云。平静时水光波影，止水微澜；愤怒时巨涛骇浪，吞天食地。右眼满目慈爱，母亲一样润泽哺育沿江两岸。诗人马行吟诵，“你要看到河流，你要看到弓起的腰身，你要看到河流身后，一片落叶托付的沉寂。”在池莉的笔下也有一条河，《你是一条河》，一条叫“辣辣”的人生之河，遍尝酸甜苦辣咸鲜，方知人间有味是清欢。试问，尘世间的你我他，谁的生命不是一条河？有始有终，有春夏有秋冬，有春江花月夜，也有独钓寒江雪。江河有殇，国家、民族甚至人类亦然。这场席卷全球的新冠肺炎疫情，没有谁能凭一己之力超然事外。大江东去，日夜不息，沧浪之水终归入海。就像没有战胜不了的敌人、没有克服不了的困难一样，一切苦厄终能渡过。我倾尽身体里所有的汁水去拥抱这座江城，用我的眼泪，用我的汗水，甚至我血管里汩汩流淌的血液，以及我的生命。我想到了一而再再而三地去献血的志愿者林闽，我答应过她，如果我再回武汉，一定与她一起去献血，把我400毫升的生命注入武汉的体内。我心甘情愿。

武汉我是一定会再去的。我幻想在一个夜晚，沿着长江大桥的左侧，从这头走到那头，再沿着右侧从那头返回这头。如果幸运，我希望那天会下雨。我还希望，会有友人陪在我身边，是啊，我在武汉有了一众过命的朋友。虽然是在疫情警报解除的后疫情时代，他们依然称赞了我的勇气，将我们短暂的相处冠之以过命的交情。如果再见到那位在庚子新春失去了母亲的代时雨，我希望能给这个比我的儿子大不了几岁的少年一个拥抱，一个母亲的拥抱。

在这个世界上，可以被浇筑且凝固的除了水泥建筑，还有其他。哪怕把钢筋吞入腹中，钢筋水泥森林也并非永恒，它依然不能避免坍塌、崩坏的宿命。唯有记忆，尤其是被泪水浇筑的记忆，它是无形的，但它却如影随形；它看不见摸不着，但却无处不在。记忆？记忆！尤其是关于一座城池的记忆，呐喊与彷徨，喧哗与骚动，光荣与梦想。这些，我都收录在了这本书中。我为这座城池流淌了半年之久的泪水，五月入楚，硝烟未尽，一步踏入一条生命大河。一滴水珠，一朵浪花，一叶惊涛，荣与辱之间，是生与死的距离。新冠肺炎疫情是一面照妖镜，人性尽显无疑，照见人心，窥见人性。不分你我，没有地域，不分种族，没有国界。一条大河，既能看到深不见底的人性之恶，也折射出人性的光辉与美好。我的泪水里什么都有，我的泪水里又什么也没有，它仅仅是我的眼泪，发源于我的心河，流向远方的家。每个人出生时，都是伴随着一声响彻天地的嘹亮哭声，被泪水冲洗过的眼睛之后才能识得世间万物，才能辨识无情物与有情众。雨休雷止，最后一个音符休止，雷韵激荡，雨音袅袅。我如释重负。

雨后被泪河洗涤过的我有着更加明亮的眼睛，更加坚定地践行眼中有人、心中有情。这是一个作家亲近文学的基本姿态。文学这条路，从来就不是坦途，但我既不想停下来，也不想回头。一路跌跌撞撞走到今天，承蒙诸多照拂与提携。然而不想言谢，一来大恩不言谢，二来要感谢的太多，岂不罗列成了一部感谢经。知我、懂我者看到这里，必当会心一笑。天道无亲，常与善人。一切尽在不言中吧。

唯愿山河无恙，众生皆安。

李玉梅于黄河口菊香园

2020年8月15日

图书在版编目（CIP）数据

生命交响 / 一半，李萍，雷钟洋著. —北京：中国工人出版社，2020.10
ISBN 978-7-5008-7497-3

Ⅰ. ①生…　Ⅱ. ①一…　②李…　③雷…　Ⅲ. ①报告文学－中国－当代
Ⅳ. ①I25

中国版本图书馆CIP数据核字（2020）第190286号

生命交响

出 版 人	王娇萍
责任编辑	安　静
责任印制	栾征宇
出版发行	中国工人出版社
地　　址	北京市东城区鼓楼外大街45号　邮编：100120
网　　址	http://www.wp-china.com
电　　话	（010）62005043（总编室）　（010）62005039（印制管理中心） （010）62382916（工会与劳动关系分社）
发行热线	（010）62005996　82029051
经　　销	各地书店
印　　刷	北京美图印务有限公司
开　　本	710毫米×1000毫米　1/16
印　　张	17.75
字　　数	200千字
版　　次	2020年12月第1版　2021年5月第3次印刷
定　　价	58.00元